Eppu Nuotio

Falsche Farbe

Roman

Aus dem Finnischen übersetzt
von Detlef Wilske

Finnischer Originaltitel: Musta

Die Übersetzung wurde freundlicherweise von FILI – Finnish Literature Exchange gefördert.

Mein Dank gilt Martti Teikari, der als Arzt und Redakteur die medizinischen Details geprüft hat. – Eppu Nuotio

Covergestaltung: Pauliina Lindholm / Antje Zerressen
Druck: das druckhaus, Korschenbroich
ISBN 978-3-937507-45-3

Eppu Nuotio • Falsche Farbe

Überall war Blut. Schwindel erfasste die Gestalt im Raum. Für ihr Vorstellungsvermögen war es viel zu viel. Das Blut hatte die Wände und das Bettzeug dekoriert, den Korbsessel und auch die graue Leinenhose und den Pullover mit dem Zopfmuster, die zusammengelegt über der Rückenlehne lagen. Die roten Zahlen des Radioweckers leuchteten unter blutigem Belag. Auf der Tür des Kleiderschrankes hatte das Blut schicke schiefe Streifen hinterlassen, um die Kerzenständer herum erinnerte das Blut an Wachs. Der große Ankleidespiegel mit seinem Gipsrahmen war über und über mit Blut besprenkelt. Ein modernes Gemälde. Wie Jackson Pollocks *No. 8*, das Meisterwerk seiner Action-Painting-Phase.

Die Gestalt im Spiegel wurde, nachdem ihr Gegenüber ein paar Schritte vom Bett weg gemacht hatte, plötzlich zum Modell für das Gemälde. Die Sachen waren blutverschmiert und der rechte Ärmel zerrissen. Eine Narbe verlief von der Stirn über das Auge und die Wange bis zum Kinn. Eine spätere Wiederherstellung der äußeren Unversehrtheit wäre angebracht. Der Blick wandte sich vom Spiegel weg. Der Rücken drehte sich der blutigen Wüste zu, der Stille, die nur der Tod hervorbringen kann. Die erzeugt jäh ein Wattegefühl in den Ohren. Aus dem Mund begann eine Melodie zu erklingen. Musik gehört zu einem Begräbnis. Keine beliebige Musik, natürlich nicht. Nur eine bestimmte, eine, die die besondere Qualität des Augenblicks, den endgültigen Abschied hervorhebt. Musik, die die Tür ins Dunkle öffnen würde. Früher wäre die Wahl auf Klassik gefallen, aber die Werbefuzzis für Schokolade und Autos und die Programmierer für Handyklingeltöne haben sowohl Tschaikowski als auch Grieg zerstört. Die Suche musste in eine andere Richtung gehen. Einmal auf einer Müllhalde kam die geniale Idee: tote Musiker. Die gibt es wie Sand am Meer und ständig kommen neue dazu. Immer wieder würde sich ein Verrückter im Drogenrausch im siebten Stock aus dem Fenster stürzen wie Chet Baker, immer wieder würden sie sich im Auto umbringen wie Razzle von Hanoi Rocks oder durch Sex'n' Drugs wie Kurt Cobain. Janis Joplin gesellte sich zufällig hinzu. Janis war jung gestorben und deshalb passte ihr Lied für diese Situation wie die Faust aufs Auge: *Bye, bye-bye baby, bye-bye. I may be seeing you around. When I change my living standard and I move uptown.*

Der Gesang mit der kräftigen Stimme zielte darauf, die Überreste der Stille abzuwerfen. Die Augen schlossen sich für einen Moment und das Gefühl der Kraft füllte Körper und Seele aus. Die Stimme strömte in das Zimmer und verneigte sich vor dem Tod. Nicht um Verzeihung bittend, sondern als Zeichen eines Bündnisses. Auf Wiedersehen. Wir treffen uns sehr bald. *So long my honey, so long. Too bad you had to drift away. Cause I could use some company. Right here on this road. On this road I'm on today.*

Die behandschuhte Hand, die die Tür schloss, hinterließ keine Fingerabdrücke. Ohne Eile ging es durch das Haus bis zur Küchentür. Das Wissen, das letzte Mal dort zu sein, füllte die Sinne. Der Anblick durch das Wohnzimmerfenster prägte sich genau ein. Die großen alten Bäume, jetzt schon ohne Blätter den Winter erwartend. Die Spielhütte ganz hinten im

Garten. Die Schuhe hinterließen in jedem Zimmer blutige Abdrücke. Der Weg hinaus zur Garage. Die Automatiktür öffnete sich gleich beim ersten Mal. Hinter dem erst kürzlich angeschafften Familienauto fand sich das Gesuchte. Der Kärcher, so einen hatten die meisten. Mit dem Hochdruckreiniger würde die Tat vollendet werden, würde alles weggewaschen werden. Würde kein Fleck zurückgelassen werden.

Pii lässt ihr Rad neben der Eingangstür stehen, obwohl sie den Zettel an der Tür kennt. Auf gelbem Papier steht klar und deutlich: RÄDER IN DEN FAHRRADSTÄNDER. Der befindet sich zwanzig Meter entfernt. Wer schleppt denn sein Rad so weit?

Pii schwitzt, sie ist nicht schweißgebadet, sondern angenehm erhitzt. Das Hemd klebt ihr hinten auf der Haut. Sie ist schnell gefahren. Die Strandpromenade entlang, wo sie dem Kranen der Segelboote zugeschaut hat. Am Kai liegen nur noch wenige Boote, die meisten sind schon an Land, dabei beginnt doch jetzt erst die beste Segelperiode. Der Herbst ist die beste Zeit auf dem Wasser. Dann ist dort nicht so ein Gedränge.

Pii grüßt Seppo, den Pförtner, der ihr ein Rückrufformular aushändigt und sagt, dass nach ihr schon mehrere Male gefragt wurde:

»Da ruft so ein eifriger Fan an. Sechsmal schon heute früh. Hat aber weder seine Nummer noch seinen Namen hinterlassen, obwohl ich gefragt habe.«

»Die können mich am Arsch lecken«, entgegnet Pii und drückt auf den Knopf, um die Tür zu öffnen.

Aus dem Café in der Eingangshalle ist lautes Lachen zu hören. Pii geht geradewegs in den Umkleideraum. Die Dusche am Korridor zum Rundfunkbereich nutzt außer Pii meist niemand. Pii dafür jeden Arbeitstag. Auch heute würde sie vor Arbeitsbeginn unter die Dusche gehen. Sich in aller Ruhe waschen. Unter dem fließenden Wasser, dem heißen tropischen Regen die Zeit vertrödeln. Sich abtrocknen, eincremen, anziehen. In ihrem Arbeitszimmer in der Redaktion erwartet sie die Zeittotschlagsarbeit.

Pii zieht sich aus. Legt ihre Kleider auf das Rückrufformular. Sie hat nicht einmal einen Blick darauf geworfen. Sie weiß, dass es Sami war, der angerufen hat. Sami hat sie auch auf dem Handy angerufen und zwei Nachrichten auf der Mailbox hinterlassen. »Ruf zum Teufel endlich an!« Pii hat nicht vor anzurufen. Sami ist ihr Ex-Freund, dessen neue Freundin ein Kind von ihm erwartet. Er wollte, wie er sagte, »es Pii als Erster mitteilen«. Damit Pii nicht über sieben Ecken davon Wind kriegt. Das ist Samis Auffassung von Fairness. Pii konnte nicht einmal darüber lachen. Sami wird Vater! Aber jemand anders als sie wäre die Mutter. Als ob Sami ihren Kinderwunsch mit einer anderen therapieren würde. Wie bescheuert ist das denn? Als Pii sich damals vorstellte, dass ihre Beziehung mit Sami auf die nächste Stufe vorrücken würde, glaubte sie, dass es langsam Zeit würde, Kinder zu bekommen. Irgendwie hatte sie recht. Sami war ja reif für die Vaterschaft. In diesem Herbst würde Sami mit seiner schwangeren Freundin auch noch durch die Welt segeln. Und im nächsten Herbst würde ein schreiendes Würmchen das von Pii eingerichtete Boot übernehmen.

Pii lässt das Wasser laufen, bis es heiß genug ist. Die Spiegel des Waschraums beschlagen, die Lüftung funktioniert nicht richtig und Pii ist sich sicher, dass hier im Haus eine Schimmelzucht wächst. Es gibt Grippeerkrankungen und Lungenentzündungen zuhauf, aber Geld für eine Sanierung ist angeblich nicht vorhanden. Ein gutes Jahrzehnt warten sie nun schon auf ein neues Bürogebäude, und wahrscheinlich müssen sie darauf noch ein weiteres warten. Pii möchte jedenfalls nicht bis zu dessen Richtfest hier bleiben.

Pii arbeitet hier schon über drei Monate, aber ihr Verdruss darüber hat sich kein bisschen gelegt. Gegen ihren Willen wurde sie von Helsinki hierher versetzt. Sie wohnt immer noch in ihrer Übergangsbehausung, denn hier in dieser Stadt möchte sie nicht bleiben. Ihre Eigentumswohnung in der Hauptstadt hat sie allerdings noch nicht vermietet, obgleich sie schon nach einem Monat begriffen hatte, dass ihr Gehalt nicht für zwei Wohnungen und das Reisen zwischen den beiden Städten reichen würde.

Pii Marin war ein halbes Jahr Nachrichtensprecherin in der Hauptnachrichtensendung des Landes, ein halbes Jahr auf dem Bildschirm, davor zweieinhalb Jahre in der Redaktion. Kaum hatte sie eine Woche die Nachrichten gesprochen, begann es Drohungen zu hageln. E-Mails, Briefe und Postkarten. Beim Servicetelefon klingelte es ununterbrochen. Der Inhalt jedes Mal der gleiche: »Bimbo weg vom Schirm.« Die Nachrichten um halb neun waren, wie man sah, eine Ikone der finnischen Lebensweise – so wie Weihnachten und Mittsommer. Ein heiliges Fest der Finnen. Das würde man sich nicht durch eine Negerin verderben lassen.

Pii wurde durch das Kompetenzzentrum Nachrichten unterstützt. Ihr Vorsitzender versicherte, dass man sich unter keinen Umständen irgendwelchen Drohungen unterwerfen werde. Unter den Kollegen wurde die Sache scherzhaft behandelt: »Endlich sind wir mal als Erste vor Ort. Und die Privaten können nur zuschauen.« Unterstützung erhielt Pii auch durch die Leitung des Hauses. Für einen Moment schien es, als würde sich auch der Verwaltungsrat wie eine Schutzmauer um sie herum stellen. Die Sache wurde der Kriminalpolizei übergeben, die ermitteln sollte. Pii brauche sich keine Sorgen zu machen. Man würde auf keinen Fall nachgeben. Die Zuschauerreaktionen selbst wurden zur Nachricht. Also reichlich Hintergrundarbeit. MAZen über den Rassismus gegenüber in Finnland lebenden Ausländern, über den Alltag von in Finnland adoptierten, im Ausland geborenen Kindern und Jugendlichen, die die genetischen Merkmale ihrer Herkunft im Gesicht tragen, und über die Integration ins Arbeitsleben von finnischen Staatsbürgern, die wie Pii in Finnland geboren sind aber etwas anders aussehen als die eingeborenen Finnen. Nachrichten über Bedrohungen und Gewalt, denen Menschen in Finnland ausgesetzt sind, die sich von den Milchgesichtern unterscheiden.

Die Nachrichtenredaktion sendete einen langen Abend »Wir Finnen«. Eine zweistündige Lifesendung, in der Experten, Täter und Opfer gemeinsam mit Vertretern von verschiedenen radikalen Gruppen im Schein der Studioscheinwerfer saßen. Man wollte die Sache aus möglichst vielen Blickwinkeln beleuchten und diskutieren. Selten endete ein solcher Versuch in einem schlimmeren Fiasko. Die Moderatoren, erfahrene und routinierte alte Hasen, konnten nichts machen. Nach der ersten Viertelstunde begannen alle sich anzuschreien, und keiner konnte das stoppen. Zwei Stunden ein infernalisches Gebrüll. Live in achthunderttausend finnischen Wohnzimmern.

Pii seift sich gründlich ein, auch wenn sie die Flüssigseife hasst. Die gibt es überall. Eine richtige traditionelle Seife findet man nirgends mehr. Außer in Piis Badezimmer. Da liegt am Rand des Waschbeckens ein Stück Naturseife aus Marseille. Viereckig. Das Stück passt gut in die Hand. Im Spiegelschrank hat sie einen beachtlichen Vorrat liegen. Sie würde eine mitbringen.

Die Drohungen haben nicht aufgehört, im Gegenteil. Als die Kripo in einer Ermittlungsrichtung einen Durchbruch erzielte, begann das Störfeuer aus einer anderen. Das Ganze stellte sich als gut organisiert heraus. Rasch konnte man erkennen, dass Pii Marin, die dunkelhäutige Nachrichtensprecherin, eigentlich nur ein Blitzableiter war. Die Bedrohung richtete sich über sie gegen den Sender. Gegen die freie Informationsvermittlung, gegen die öffentlich-rechtliche Institution des Senders oder gegen etwas noch Größeres, für das noch niemand einen Namen gefunden hat. Dass ein großer Staatsbetrieb zum Ziel andauernder Anfeindungen wurde, gab es früher nicht. Niemals früher wurde ein ähnlich anhaltender Druck auf finnische Medien ausgeübt. Die Sache sprengte alle Dimensionen, als sie durch die Schlagzeilen der beiden Boulevardzeitungen zum dubiosen Skandal des Herbstes wurde. Pii wurde von der Yellow Press ständig aufs Korn genommen. Sie passte nicht ins Bild des Senders. Der passte auch nicht zu ihr, aber das hat die Herren in den Vorstandsetagen nicht interessiert. Pii wurde von ihrem Vorgesetzten in sein Büro zu einem Karriereentwicklungsgespräch zitiert, aber das Einzige, was sich entwickelte, war Adrenalin. Der Vorgesetzte redete, und Pii hörte zu.

Piis Einsätze auf dem Bildschirm wurden reduziert. Zunächst auf einen pro Woche. Dann auf einen in zwei Wochen. Dann auf einen pro Monat. Nach einem halben Jahr wurden ihr andere Aufgaben übertragen. Zwei Monate später erhielt die Redaktion eine an Pii gerichtete Briefbombe. Sie explodierte zum Glück nicht, weil Pii drei Tage lang für eine Reportage an der russischen Grenze unterwegs war. Der Brief kam aus irgendeinem Grund wieder in die Poststelle zurück, wo die Berichterstattung der Zeitungen über die Sache auch verfolgt wurde. Ein cleverer Briefverteiler brachte den merkwürdig aussehenden Brief auf die Polizeiwache auf der anderen Straßenseite. Bingo!

Eine Woche später wurde Pii zu den Südwestfinnischen Nachrichten versetzt. Unter normalen Umständen wäre Pii darauf nicht eingegangen. Sie hätte niemals Helsinki verlassen. Sie hätte den Vertrauensmann aufgesucht, die Versetzung angefochten, gekämpft und sogar gekündigt, wäre zu einem anderen Sender oder in eine kleine Produktionsfirma, eine Werbeagentur oder zum Rundfunk gewechselt. Aber da sie von der Versetzung zum gleichen Zeitpunkt hörte wie von Samis »froher Botschaft«, war sie ganz gelähmt. Was auch immer ihr geschah, es war ihr eigentlich ... ganz egal.

Pii trocknet sich mit einem groben Leinenhandtuch, das sie einmal als Geschenk erhalten hatte, ab. Ein extra Peeling braucht sie dadurch nicht. Sie cremt sich mit der Coconut Body Butter, die schon im Rucksack durchgeschüttelt wurde, überall dick ein. Puder unter die Achseln. Eternity aufs Handgelenk und an den Hals. Weiße Socken, die Socken immer zuerst. Über dieses Ritual hat sich Sami immer besonders amüsiert. Zu Beginn ihrer Beziehung hatte Sami immer gepfiffen und geseufzt, als Pii sich angezogen hatte, sie an den Hinterbacken gefasst und sie in den Nacken geküsst. Ihr gesagt,. dass er hoffe, sie würde sich nicht mehr als die Socken anziehen. Am Montagmorgen ihrer letzten gemeinsamen Woche war Sami sehr in Eile gewesen und hatte Pii aus dem Badezimmer gescheucht. Pii hatte geantwortet, dass sie gleich fertig wäre, sich herunter gebeugt und die Socken angezogen. »Normale Menschen ziehen sich erst den Slip an«, hatte Sami an der Tür stehend gesagt. Pii hatte die Kälte in seiner Stimme gehört, aber gedacht, er sei nach dem Wochenende morgenmuffelig.

»So what? Können sie meinetwegen ja machen. Ich will aber mit meinen eingecremten Füßen nicht durchs ganze Zimmer tänzeln«, hatte Pii entgegnet.

Die Erinnerungen schmerzten. Es war besser, zur Arbeit zu gehen. Pii nimmt einen Plastikbeutel aus der Seitentasche des Rucksacks und steckt den Jogginganzug hinein. Die Waschmaschine würde auch heute Abend singen. Würde Pii Gesellschaft leisten. Sie zieht sich schnell an. Weißen Schlüpfer, weißen BH. Weißes Hemd, schwarze Hose, schwarzen Pullover. Schwarze Herrenschuhe. Das Handtuch lässt sie an einem Haken im Waschraum zum Trocknen hängen. Die Haare sind kurz. Sie trocknen von selbst. In den Spiegel will Pii nicht schauen. Sie weiß, wer dort lauert. Eine mit ihrem Leben unzufriedene Negerin.

KAARTINEN TELEFONIERT, ALS Pii das Büro betritt. Kaartinen hat aus genau diesem Grund den Spitznamen »Vermittlung« erhalten: er scheint am Hörer festgeklebt zu sein. Erledigt alle seine persönlichen Angelegenheiten in der Arbeitszeit und auf Rechnung der Redaktion. Kaartinen war Stadtverordneter, und auch sein derzeitiger EU-Wahlkampf erfolgt hauptsächlich am Arbeitsplatz über die dortigen Telekommunikationskanäle. Pii ist sich sicher, dass das weder in der Zentrale in Pasila noch im HD-Produktionszentrum Tampere funktionieren würde. Piis Beziehung zu Kaartinen war von Anfang an eher zurückhaltend. Sie hasst seine Ausreden von der »Nutzung eines funktionierenden Apparates« und der »kleinen Gehaltserhöhung«. Und Kaartinen ärgert sich darüber, dass Pii sich in alle möglichen Dinge einmischt. Und, zugegeben, auch darüber, dass Pii durch ihre Hautfarbe mehr Aufmerksamkeit erlangt als Kaartinen, trotz seiner Unternehmungen und seiner Verdienste.

Pii winkt mit der Hand hinüber, aber Kaartinen nickt anders als sonst nicht zum Gruß, sondern hört äußerst konzentriert zu, das Ohr fest am Telefon. Pii hängt ihren Rucksack an den Kleiderständer mit der Form eines Männerkörpers, den sie selbst einmal mitgebracht hat, und plumpst in ihren Stuhl. Auf dem Tisch befinden sich keinerlei persönliche Dinge. Vor ihr an der Pinnwand nur ein einziger Zettel. Auf dem steht: »I'll be back.« Das Zitat des Terminators löste bei

Sami Ungehaltenheit und bei ihren ehemaligen Kollegen große Belustigung aus. Kaartinen begnügte sich damit, seine Augenbrauen etwas emporzuziehen, als er den Zettel sah. Auf der Nachfeier im Anschluss an die Jubiläumsveranstaltung der Stadtzeitung aber befand er in volltrunkenem Zustand Pii als nicht nur hinsichtlich ihrer Hautfarbe, sondern auch aufgrund ihrer persönlichen Eigenschaften als irgendwie von der Norm abweichend. Natürlich ohne zu wissen, dass Pii bedauerlicherweise in Hörweite stand.

»Zum Henker«, sagt Kaartinen. »Wer ist denn so verrückt und macht so was? Von uns kommt gleich ein Team vorbei, ein Kameramann und ein Reporter. ... I. O. Gebongt. Einen Hunderter.«

Kaartinen hängt auf und stemmt sich polternd hoch. Sein gerötetes Gesicht erscheint über der Pinnwand.

»In Käkelä gibts Aas.«

»So what?«, fragt Pii und schaut der »Vermittlung« intensiv in die Augen.

Sie würde man nicht dazu kriegen, zuzusehen, wie eine Leiche entweiht wird. Kaartinen echauffiert sich heftig.

»Ich dachte, dich als Journalistin würde das interessieren«, donnert Kaartinen.

Hundertsechzig zu hundertzehn, schätzt Pii, die Stirnadern schwellen schon an. Hoffentlich hat er daran gedacht, sein Blutdruckmittel zu nehmen.

»Finnland ist ein gewalttätiges Land. Jeden Tag gibt es hier verschiedene kleine Familienstreitigkeiten, bei denen einer stirbt. Das ist für mich keine News.«

»Scheiße«, röhrt Kaartinen. »Hier wurde ein Pfarrer getötet beziehungsweise eine Pfarrerin! Die Gemeindepfarrerin der Kirchengemeinde von Käkelä! Das soll keine News sein?

Verflucht noch mal. Nimm dir Hirvonen und Petteri und mach daraus eine Story. Und kotz mir nicht ins Auto.«

Pii zerrt den Rucksack vom Haken und geht. Der Tag hätte besser beginnen können. Arroganz rächt sich. Klatscht einem ins Gesicht wie eine volle Babywindel. Die dunkle Hautfarbe verdeckt ihre Schamesröte. Manchmal sollte man seinen Mund halten, reut es Pii.

Im Café sitzen die üblichen Verdächtigen.

»Petteri! Wir müssen los. Wir berichten aus Käkelä. Wo ist Hirvonen?«

Petteri hört nichts, er hat seine eigene Radiosendung im Kopf zu laufen, mit den Sneakerfüßen klopft er den Rhythmus auf dem Boden. Pii macht einen Satz auf Petteri zu und zieht ihm den rechten Kopfhörer vom Ohr. Heavy Metal hämmert Pii auf die Finger. Petteri, der sich gleichzeitig auf die Abendzeitung konzentriert, stöhnt auf.

»Hä?«

»Es geht los«, befiehlt Pii.

Petteris Mundwinkel ziehen sich herunter. Petteri hat selten Spaß an etwas. Nachdem Petteri die Fachhochschule für Medienwissenschaften abgeschlossen hat, glaubt er an eine Zukunft als Regisseur von Musikvideos. Beim staatlichen Fernsehen ist er nur auf der Durchreise. In einer Lokalredaktion möchte er keinesfalls als Tontechniker versauern.

»Ich hab mir grad 'nen Kaffee geholt.«

»In Käkelä wurde eine Pfarrerin getötet. Es sind bald alle da außer dem lokalen Fernsehteam. Wenn wir zurück sind, gebe ich dir einen aus.«

Petteri erhebt sich mühsam uns stößt dabei allerlei Flüche aus. Mit dem Knie stößt er an den Tisch, der dann so sehr wackelt, dass die geblümte Tasse umkippt. Der Kaffee läuft über die Sportseite seiner Zeitung und tropft dann auf den Boden.

»Ich fahre«, verkündet Petteri und unternimmt nichts, um hinter sich aufzuräumen.

»He, Petteri«, ruft die Kellnerin, »dir ist der Kaffee umgekippt!«

»He, Pirjo, wer von uns beiden hat denn einen Lappen in der Hand?«, antwortet Petteri und teilt Pii mit, dass er Hirvonen aus dem Pausenraum für Techniker hochholen werde.

Pii wartet am Auto. Sie hat noch nie eine Story über eine Tötung gedreht. Über Gewalt schon. Mehrere unterschiedliche Storys. Schon ihre Diplomarbeit schrieb sie über das Thema »Gewalt in der Familie, Familiengewalt in den Medien«. Und später, als sie bei den Hauptnachrichten war, hat sie eine Story gemacht über die Zunahme von Inobhutnahmen von Kindern, Vergewaltigungsurteile, Mörder, die vom Präsidenten begnadigt wurden, Schutzhäuser für Frauen, die Tätigkeit des Männeropfer e. V. und das immer gewalttätiger werdende Schulmobbing. Sie hat viel gelesen, gehört und gesehen. Dennoch lässt sie der Gedanke an die getötete Pfarrerin am ganzen Körper zittern.

»Wer hat denn den Wintermantel unserer ausländischen Verstärkung versteckt?«, johlte Hirvonen.

Hirvonen hat vom ersten Tag an seine unbekümmerten Südlandpossen gerissen. Dafür zog Pii Hirvonen mit seiner Savo-Art auf. Beide waren mit dem Status quo zufrieden. Manchmal lachten sie sogar über die Witze des anderen. Von allen im Haus arbeitenden Menschen ist Hirvonen Pii am nächsten. Nicht, dass sie jemals über persönliche Dinge reden, sich gegenseitig anrufen oder gar besuchen würden, nein. Aber wenn sie sich mal zur gleichen Zeit in die gleiche Eckkneipe verirrten, dann gesellten sie sich zueinander. Hirvonen roch oft nach altem Fusel und sah mit seinen roten Augen wie eine Plötze aus, aber Pii gegenüber war er immer anständig. Spleenig, aber anständig.

»Immer muss man ganz plötzlich los«, regt sich Hirvonen auf. »Davon war doch gar keine Rede! Mit dem Staatsfunk wird's auch bergab gehen, wenn man nicht mal seine Kamera ordentlich zu Ende pflegen kann.«

Er wirft das Schlüsselbund über das Auto zu Petteri und stellt die Kameratasche, auf der über und über Aufkleber pappen, auf die Erde. Petteri fängt die Schlüssel und schließt das Auto auf. Hirvonen legt Kamera und Stativ nach hinten und setzt sich aus alter Gewohnheit nach vorn. Als Petteri vom Parkplatz auf die Straße fährt, erkundigt sich Hirvonen, um was für einen Brand es sich handele.

»Es war ein Mord ... oder Totschlag oder ... eine getötete Frau jedenfalls, in Käkelä«, sagt Pii, legt den Sicherheitsgurt an und stellt ihr Telefon stumm. Sie möchte sich darauf konzentrieren, was vor ihr liegt, ohne dass die Gefahr einer Störung aus ihrem persönlichen Lebensumfeld besteht.

Hirvonen wird bis über die Ohren rot, beginnt bei jedem einzelnen Wort mit Nachdruck zu predigen. Petteri grinst Pii über den Rückspiegel zu. Nach Petteris Ansicht ist Hirvonen der einzige überlebende Dinosaurier, ein Überbleibsel aus einer vergangenen Zeit, einer, der keinesfalls in die sich ständig erneuernde Medienlandschaft gehört. Wenn es nach Petteri gegangen wäre, hätte Hirvonen Sektenprediger werden sollen. Dafür bekäme man bedeutend mehr Geld als am langen und schmalen Tisch des Staates.

»Gibt es noch immer kein Polizei-TV? Jesses Maria, warum geht unsereins dahin und gaukelt Betroffenheit vor? Wenn wir jedem hinterher laufen, der in dieser Stadt um die Ecke gebracht wurde, gäbe es keinen Platz mehr für andere Nachrichten. Verdammte Scheiße! Ich werde sofort kündigen ...«

»Da hast du Jesus am richtigen Ort erwähnt«, unterbricht ihn Petteri. »Es ist ein Pfarrer, also eine Frau, die Gemeindepfarrerin Eeva-Liisa Martinsilta.«

Hirvonen klammert sich an den Omahaltegriff über sich und Pii kommt es so vor, als atme er nicht mehr. Seine Gesichtsfarbe rutscht hinter den Kragen der firmeneigenen Windjacke, und als Pii ihre Hand auf seine Schulter legt, fährt er hoch, als wäre er an einen elektrischen Stuhl gefesselt.

»Hirvonen?«, fragt Pii. »Sollen wir anhalten?«

»Hast du 'nen dicken Kopf, oder warum bist du so ...? Oder hast du wieder? Warst du gestern spielen?«, bohrt Petteri herum, aber verstummt, als er Hirvonens schmerzvollen Blick sieht.

»Eeva-Liisa Martinsilta?«, stöhnt Hirvonen. »Ist sie tot?«

Pii erzählt das Wenige, das sie weiß, es ist nicht viel. Dass die Gemeindepfarrerin Martinsilta getötet wurde, und dass Kaartinen Pii bestimmt hätte, darüber zu berichten.

»Hast du sie gekannt«, fragt Petteri erstaunt. »Hast du die Frau gekannt? Hirvonen?«

Hirvonen nickt, räuspert sich lange. Pii bemerkt, dass er bemüht ist, seine Tränen zurückzuhalten. Als sie an der Kaartinkatu Ecke Tuomarilanmäki an der Ampel anhalten, zieht Hirvonen aus dem Müllbeutel im Fußraum eine Serviette von McDonalds und schnäuzt sich. Pii überlegt, was sie sagen soll, aber Petteri hält die Stille nicht aus und schaltet das Radio an. Seine Finger klopfen den Rhythmus auf das Lenkrad, ein Mann mit rauchiger Stimme singt und ein Saxofon röhrt: »*I hear the whistle blowing. Goodbye sweetheart, goodbye. The train is at the station. Goodbye sweetheart, goodbye. It's off to war I'm going. Goodbye sweetheart, goodbye.*«

Kurz vor Käkelä dreht sich Hirvonen zu Pii um und räumt ein, Eeva-Liisa Martinsilta schon mehrere Jahre zu kennen. Sein Blick hat sich verfinstert, zwischen Lippen und Nase perlt der Schweiß. Pii möchte Hirvonen an der Schulter fassen, aber ihre Hand will sich nicht bewegen. Da ist eine Wand vor Hirvonen, eine Mauer, hinter der er vor Kälte schlottert.

»Und sie kannte mich. Ohne Frage besser als irgendwer sonst. Ich war ihr Klient. Ich war einmal pro Woche bei ihr, um ihr von meinen Sorgen zu erzählen. Drei Monate nach Annikkis Tod hab ich damit angefangen. Bis gestern hab ich das gemacht. Genau um sieben gestern Abend haben wir die Sitzung beendet. Ich hab Eeva-Liisa in die Innenstadt mitgenommen, weil sie dort ein Mädchen treffen wollte, eine ehemalige Konfirmandin. Danach wollte sie nach Hause gehen.«

»Scheiße, Hirvonen. Mit deinem Glück warst du vielleicht der letzte, der sie lebend gesehen hat.«

»Eeva-Liisas berechneter Termin war Annikkis und mein Hochzeitstag«, sagt Hirvonen und als der Satz bei Pii im Kopf ankommt, hasst sie die Stadt noch mehr.

DAS GELÄNDE IST mit Absperrband der Polizei abgeriegelt. Jede Menge Schaulustige, bestimmt einige Hundert, bilden eine Mauer, durch die sie sich einen Weg bahnen müssen. Petteri hupt und schimpft. Die Leute bewegen sich so langsam vor dem Auto weg, dass Pii fürchtet, Petteri würde sie überfahren.

Ein junger Polizist hebt die Hand und lässt sie anhalten. Hirvonen öffnet das Fenster.

»Fernsehen«, sagt Hirvonen. »Wir machen einen Bericht für die Abendnachrichten.«

»Unbeteiligte werden nicht hinein gelassen.«

Pii streckt sich durch die Vordersitze, um mit dem Beamten Blickkontakt herzustellen.

»Wer ist hier für die Kommunikation verantwortlich? Wir nehmen nur die Fakten auf und machen einen Bericht hier über Käkelä, über den Arbeitsplatz der Gemeindepfarrerin, etwas über die Umgebung. Wir zeigen schon keine Opfer und auch sonst ...«

»Dann solltet ihr Heino da drüben ansprechen. Der kümmert sich um die Öffentlichkeitsarbeit und leitet eh das Ganze.«

»Okay, Brimborium kümmert sich.«

Der Polizist lacht nicht. Er versteht Hirvonens melancholischen Insiderhumor nicht. Petteri lacht aus Gewohnheit, um die Stimmung aufzulockern, um Hirvonen zu ermuntern, die Sache durchzustehen. Hirvonen gießt entgegen seiner Gewohnheit kein neues Öl ins Feuer und sagt nichts mehr. Petteri holt seine Zigaretten heraus. Pii öffnet ihre Tür und tritt hinaus in die Hitze. Das herrlichste Segelwetter. Ohne nach hinten zu schauen weiß Pii, dass Hirvonen ihr folgt. Petteri bleibt im Auto sitzen und wartet, er wird erst aussteigen, wenn sie drehen. Petteri macht keinen Schritt zu viel. Schon beim ersten gemeinsamen Dreh ließ er Pii wissen, dass er lieber nachdenken würde, solange sie und Hirvonen herumschlendern. Pii wiederum schleuderte Petteri ins Gesicht, was sie von dieser Arbeitsauffassung hielt.

»Du bist nur faul, Petteri, und das bringt keine Ergebnisse. Hör bloß auf zu behaupten, dass du deinen Ton im Kopf planst, während wir den Drehort anschauen. Wenn du wirklich hier wegmöchtest, dann fang langsam an, mit der Arbeit loszulegen.«

Heute möchte sich Pii nicht aufregen. Der Bengel ist doch noch jung, nicht viel älter als Piis kleiner Bruder. Der würde es schon noch lernen. Der würde nicht endlos herumnörgeln. Pii hat nicht vor, sich über Petteri bei Kaartinen zu beschweren. Sie sagt sich immer wieder, dass sie den Jungen noch begeistern wird, den Arbeitskollegen in ihm noch motivieren kann. Kaartinen braucht sie dafür nicht. Sie möchte sich selbst um Petteri kümmern. Außerdem braucht sie den Jungen nicht mehr lange anzusehen. Der ist eh im Begriff, das Haus und diese Stadt zu verlassen. Aber Petteri kostet die Situation auch aus. Er hat eindeutig erwartet, dass Pii Kaartinen heranpfeift, und als das nicht geschehen ist, glaubt Petteri, dass er wieder die Oberhand hat. Ständig hinterfragt er Piis Autorität, mal im Scherz, mal aber ganz im Ernst. So wie jetzt auch. Petteri bläst den Rauch aus dem

Seitenfenster und raucht seine Zigarette wieder einmal im Auto. Obwohl das Rauchen in Firmenwagen nicht erlaubt ist. Obwohl Pii das mehrfach angesprochen hat. Rauch dich zu Tode, denkt Pii. Sie hat keine Lust mehr, ihn zu erziehen. Das hat ohnehin keinen Sinn. Außerdem würde Petteri mit seiner Zigarette seinen Ärmel ansengen und einen auf schwierig machen. Pii geht auf eine Gruppe von drei Polizisten zu.

»Marin, vom Fernsehen«, sagt Pii entschlossen. »Ich suche einen Heino ...«

»Das bin ich«, entgegnet ein aufgeschossener, wie ein Fußballer aussehender Mann und reicht ihr die Hand. Drückt fest zu, lächelt nicht, schaut einem direkt in die Augen. Als könne er einen durchschauen, denkt Pii noch.

»Wir möchten einen Bericht für die Abendnachrichten machen. Du sollst für die Öffentlichkeitsarbeit verantwortlich sein.«

Auf Heinos Stirn bildet sich eine tiefe Falte, offensichtlich muss er auch über etwas Anderes nachdenken. Pii macht sofort den nächsten Schritt.

»Unser Kameramann hat gestern die Pfarrerin getroffen.« Hirvonen räuspert sich hinter Piis Rücken. Sammelt sich. Pii starrt Heino direkt in die Augen. Der ist wachsam wie ein die Fährte witternder Jagdhund.

»Ja, hab sie getroffen«, bestätigt Hirvonen.

»Pass auf, Simo, dass hier keiner verschwindet. Und Huotari von der KTU soll warten. Ich will noch mit ihm reden, bevor er geht«, gibt Heino noch einige Anweisungen.

Pii ist kurz davor, Danke zu sagen.

Heino bugsiert Pii und Hirvonen zu einer etwas abseits geparkten Grünen Minna, öffnet die Seitentür und schiebt sie vor sich hinein. Pii und Hirvonen sitzen nebeneinander, mit dem Rücken zur Besoffenenzelle, Heino ihnen gegenüber. Warum fühlt sich so etwas an, als hätte man etwas Böses getan, denkt Pii, als würde das Verhör beginnen, wenn der Polizeibeamte Stift und Notizblock in die Hand nimmt. Ach nein, es ist ja genau andersherum. Das Interview beginnt, sobald die Redakteurin ihr Aufnahmegerät gefunden hat.

Hirvonen ist blass und seine Hände zittern ein wenig. Er atmet hastiger als sonst. Dennoch konnte man auch denken, wenn man ihn so anschaut, dass er mit dem gegenüber sitzenden Mann Karten spielt.

»Was hast du über den Kameramann gesagt?«, fragt Heino ruhig.

Hirvonen beugt sich vor, stützt sich mit den Händen au seinen Beinen ab und schaut Heino an, als wolle er sich von ihm Geld leihen.

»Das bin ich«, erklärt Hirvonen. »Ich hab Eeva-Liisa gestern Abend gesehen.«

»Wo?«, fragt Heino und gleich ändert sich die Stimmung im Polizeiauto. Die angenehme Plauderei endet, bevor sie richtig angefangen hat. Pii gibt sich mit der Rolle einer Beobachterin zufrieden, das kann sie, sich heraushalten.

»Zuletzt an der Kairakari-Brücke. An der Bushaltestelle. Okay, ich weiß, dass man an einer Haltestelle nicht halten darf, aber ich habe Eeva-Liisa da rausgelassen und als sie Wehen bekam, hab ich etwas gewartet und ihr angeboten, sie ins Gesundheitszentrum zu fahren. Sie wollte aber nicht. Sie hatte es eilig, nach Hause zu kommen.«

»Und wann war das?«

»Lass es halb acht gewesen sein, etwas früher vielleicht. Der Busfahrer des Sechsundzwanzigers wird sich bestimmt an uns erinnern. Der hat so wild gehupt, dass garantiert das

Nummernschild abgeflogen ist. Der Fahrer und mindestens die Hälfte der Passagiere haben gesehen, wie sich Eeva-Liisa mit ihrem Bauch aus meinem alten Peugeot rausgequält hat.«

Heino bittet Hirvonen, am Nachmittag noch einmal auf die Wache zu kommen, fügt hinzu, dass er sich für die Hilfe bedanke, und entschuldigt sich für die Eile. Als er aufsteht, schnellt Pii hoch.

»Und unser Bericht?«

»In dieser Angelegenheit kann ich leider nicht behilflich sein. Unsere Nachforschungen haben erst begonnen und aus ermittlungstechnischen Gründen können wir in dieser Phase keinerlei Informationen herausgeben.«

»Die Gemeindepfarrerin wurde mitten in einer Wohngegend am helllichten Tag getötet«, sagt Pii mit fester Stimme. »Darüber muss informiert werden.«

Heino schaut Pii freundlich an. Das regt sie noch mehr auf, hab ja kein Mitleid mit mir, denkt Pii, scheiß Ausländerbeauftragter. Der Polizist reicht ihr die Hand und Pii muss sie einfach ergreifen. Sie kennt die Marschordnung und indem sie Heinos Hand drückt, willigt sie ein. Die Polizei gibt dann Informationen heraus, wenn es der Polizei passt.

»Ja, muss wohl. Schlimme Sache. Ihr macht, was ihr könnt, und wir machen, was wir können.«

»Ihr bekommt ihn aber?«, hüstelt Hirvonen, »der Eeva-Liisa getötet hat?«

»Das ist unser Ziel«, knurrt Heino.

Der Nachrichtenbericht ist kurz und sachlich. Die Reporterin hat Einwohner des Vororts befragt. Erzählt die Fakten gleich zu Anfang des Berichtes: Die Gemeindepfarrerin der Kirchengemeinde Käkelä, hochschwanger, sei im Pfarramt ermordet worden. Über den Täter wisse man nichts. Dazu laufen Archivbilder, die Weihung der modernen Kirche von Käkelä im Jahre 1998. Eeva-Liisa Martinsilta teilt gemeinsam mit Bischöfen und dem damaligen Gemeindepfarrer das Abendmahl aus. Sie ist jung, die Haare sind nach dem Sommer ausgeblichen. Ihre weiche Stimme versichert den Gemeindemitgliedern, die vor dem Altar knien, dass »Christi Blut für dich vergossen« wurde. Die Kirche ist voll, auf dem Altarbild ist der »Jesus in Jeans«, der landesweit für Aufregung gesorgt hatte. Ein modernes Bild von Jesus, der mitten in einem Vorort steht, aus dem Gemälde direkt auf das Kirchenvolk schaut und zu fragen scheint: »Sahest du mich, als du deinen Lottoschein zur Annahmestelle brachtest? Als du ein Bier trinken gingst, als du das weinende Kind tröstetest, als du einkaufen gingst, als du mit deinem Ehemann strittest, als du deine Ehefrau betrogst, als du deinen Sohn in der Kita vergaßest, als du zum Zug ranntest oder zu spät zur Arbeit kamst? Sahest du mich?« Die Reporterin erzählt, dass Eeva-Liisa Martinsilta, bevor sie nach Käkelä kam, in Flüchtlingslagern gearbeitet hätte und seit ihrer Studienzeit eine eifrige Verfechterin der Rechte von Minderheiten gewesen sei. Die Reporterin erinnert an die »Messe für die Schwachen« vor drei Jahren und wie Neonazis Martinsilta einzuschüchtern versucht hätten. Sagt, dass die Polizei alle Hinweise zur Gemeindepfarrerin und zu Menschen, die im Pfarramt verkehrten, entgegennehme. Auf dem Bildschirm ist die Nummer der Polizei eingeblendet. Im zweiten Teil des Berichts erzählen die Einwohner von Käkelä über die Arbeit von Eeva-Liisa Martinsilta für die Gemeinde und den Vorort. Sie wirken bestürzt, eine Frau weint sogar.

»Ich bin nicht einmal in der Kirche, aber Eeva-Liisas Arbeit hier in Käkelä war mehr als nur Predigen. Eigentlich in erster Linie Anderes. Eeva-Liisa hat Mutter-Kind-Veranstaltungen organisiert, und als hier kein Jugendclub gebaut werden konnte, hat Eeva-Liisa die Jugendlichen die Kirchenräume nutzen lassen, damit die nicht draußen mit den Abfalleimern Fußball spielen ... Sie hat auch Lebensmittel an Bedürftige verteilt, immer freitags ...«, schluchzt die Frau. »Ich begreife es nicht. So was passiert doch nicht. Das ist ganz furchtbar.«

Die Reporterin beendet ihren Bericht vor dem Pfarramt mit der auf Halbmast gesetzten Fahne im Hintergrund. Die Reporterin ist eine ziemlich junge dunkelhäutige Frau, die sich bemüht, ihre Gefühle nicht zu zeigen. Sie ist trotzdem auf natürliche Weise empathisch und bringt überzeugend herüber, dass es sich um eine Tragödie handelt. Um einen kollektiven Verlust. Es geht nicht nur um den Tod einer einzelnen Frau, die auf die Mitte ihres Lebens zusteuerte, sondern um einen das ganze Gesellschaftssystem berührenden Fall. Ich richte die Fernbedienung auf den Bildschirm und kann nicht verhindern, dass ein Lächeln über mein Gesicht huscht. So etwas passiert schon mal. Ich kenne diese Frau doch.

SAMI RUFT AN, als Pii im Begriff ist loszugehen. Auf ihrer direkten Durchwahl am Arbeitsplatz. Pii hat keine Zeit nachzudenken, nichts lässt sie an Sami denken, gerade jetzt nicht. Nach dem Dreh ist sie mit dem Material geradewegs in den Schneideraum gegangen. Kaartinen rannte hin und her und brachte Zwischeninformationen: Helsinki nimmt zwei Minuten, Helsinki drei Minuten, Helsinki dreieinhalb und wir sollen die Sache weiter verfolgen.

»Gut gemacht, und wir sind wieder in Verbindung mit der Zentrale ...«, sagte Kaartinen schon, als er die Tür öffnete, und da explodierte Pii. Kaartinen solle sich selbst ficken und die Tür von außen schließen. Das war zu viel. Kaartinen erstarrte an der Tür, fegte seine zu Einzelteilen zerbröckelte Würde wieder zusammen und schaffte es schließlich, seine Drohung hervorzuzischen. Es werde Kürzungen geben. Und auch wenn der neue Geschäftsführer versprochen habe, dass die Hinausgeworfenen entweder Angestellte wären oder zur mittleren Leitungsebene gehörten und niemand, der mit der Programmgestaltung zu tun hätte, so würde er, Kaartinen, schwören, dass Pii bereits auf der Startrampe sitze, fertig zum Abflug.

»Wenn die Arbeit nicht interessiert, dann ...«

Pii schaffte es, den Bericht rechtzeitig fertig zu stellen und in die Sendezentrale zu schicken. Das nun wieder, dachte Pii, ich bin so anmaßend stolz, dass ich den Bericht für die landesweiten Nachrichten erledigt habe. Aber Eeva-Liisa

Martinsilta habe ich schon vergessen. Ich bin genau so wie Kaartinen, oder sogar noch schlimmer. Ich habe die Menschen gesehen, ihre schmerzverzerrten Gesichter. Ich habe die gleiche trauergeschwängerte Luft geatmet wie Hirvonen. Hier werden doch keine Informationen mehr vermittelt. Ich bin ein zynischer Lump.

Das Telefon klingelt fordernd, Pii knipst das Licht wieder an, ohne zu überlegen nimmt sie den Hörer ab. Glaubt, da ruft jemand wegen des Berichts an.

»Warum reagierst du nicht, wenn man dich bittet zurückzurufen?«, fällt Sami mit der Tür ins Haus. Pii fährt hoch, atmet mehrmals schwer ein und aus und will gleich wieder auflegen. Mist. Sami-Sami-Sami. Wann hat es aufgehört, dass sie weich wurde, wenn sie seine Stimme hört? Obgleich sie kein Foto von Sami vor sich hat, weiß Pii doch, wie er genau jetzt aussieht. Jeans, ein enges T-Shirt, gestreifte Socken. Die Füße auf dem Tisch, ein Kissen unter der Achsel. Er hat sich bequem hingesetzt, um lange reden zu können.

»Ich war busy. Hab keine Zeit gehabt.«

»Hab ich in den Nachrichten gesehen. Schrecklich.«

»War es. Ist es. Hör zu, ich muss wirklich los, die erwarten mich schon.«

»Pii, hey, können wir uns nicht treffen? Ich würd gern mit dir quatschen, wenn ...«

»Sorry, Sami, aber ich muss mein eigenes Leben auf die Reihe kriegen. Ich denke, es ist eine bescheuerte Idee, wenn wir uns wieder treffen und quatschen. Was sollen wir außerdem bequatschen?«

»Könnten wir nicht Freunde bleiben? Bitte!«

»Gibt's irgendwas Bestimmtes? Über Freundschaft brauchen wir nicht zu plaudern, du gehörst nicht mehr zu meinen Hilfstruppen. Und ich bin bestimmt nicht mehr deine Freundin. Sollte so eine Illusion entstanden sein, dann stell ich das gleich mal richtig. Ja, wir waren lange zusammen. Das stimmt, Sami. Ich hab dich geliebt, scheiße, ich hab dich wirklich geliebt. Du hast mich betrogen und hast jetzt da deine Freundin, die schwanger ist. Kümmere dich um die und vergiss mich.«

»Du gehst mir nicht aus dem Kopf, Pii, bitte, das weißt du doch.«

»Ach hör doch auf, das ist doch zwecklos, wirklich. Und außerdem hörst du dich an wie ein verdammter angeschwollener Furunkel. *Du gehst mir nicht aus dem Kopf* passt in irgendeinen Schlager. Tritt damit beim nächsten ESC auf. Mach's gut. Ich muss los.«

»Warte Pii, Maiju erhält von irgend so einem Verrückten Kurznachrichten auf ihr Handy ...«

»Ist mir egal, selbst wenn sie vom lieben Gott kommen. Sami, sie ist deine Freundin und dein Problem, mich interessiert nicht, was Marika für Kurznachrichten bekommt.«

»Maiju.«

»Dann eben Maiju-Maiju.«

»Aber sie ist ganz chaotisch und heult nur, und ich hab keinen, den ich deshalb um Rat anhauen kann.«

»Du hast deine Chance gehabt, Sami. Ich bin nicht die Telefonseelsorge. Mein letzter Tipp: Holt euch eine geheime Nummer. Ich bekomme auch manchmal eine Drohnachricht, aber das macht mich noch nicht zu einem Experten für gefährliche Nachrichten.«

»Wir haben ja schon eine neue. Der kriegt sie aber trotzdem immer wieder raus. Maiju ist ganz hysterisch.«

Ach, Maiju ist hysterisch, denkt Pii. Wenn jetzt Mitleid gezeigt werden sollte, dann hat Sami die Jetons falsch gesetzt, als er sich an Pii gewandt hat. Pii fühlt Maiju gegenüber nichts. Nicht mehr. Sami lässt ihren Puls vielleicht noch schneller werden, aber hauptsächlich wohl aus Gekränktsein. Und wenn seine Stimme noch Schwingungen erzeugt, dann nicht aus Liebe, sondern einzig und allein wegen einer durch Gewohnheit hervorgerufenen hormonellen Störung.

»Schlimm für dich. Aber von mir kannst du lange auf Hilfe warten. It's all yours.«

Pii legt auf und schaltet sofort das Handy aus. Sie hat ihren freien Abend und möchte den nicht nutzen, um Samis Probleme zu lösen. Sie checkt sich selbst aus, öffnet ihr Fahrradschloss und fährt geradewegs zur *Tränke*, zu ihrer Stammkneipe. Den Hügel hinunter bekommt sie ein solches Tempo drauf, dass sie leicht ein Auto überholt, das mit der hier zulässigen Höchstgeschwindigkeit fährt. Zum Glück hat sie ein Fahrrad und ist nicht mit Samis Boot unterwegs. In ihrem Kummer nach dem Umzug war ihr das Rad ein richtiger Trost. Viele lange Tage hat sie herumgebracht, indem sie kreuz und quer durch die Stadt gefahren ist. Und wenn man sich die Beine schlapp tritt, klappt es auch mit dem Schlafen. Wenn man nicht nachdenkt, kommen einem auch nicht die Gründe für das Hiersein in den Sinn, dann ist die Stadt ganz okay. Irgendwie sogar schön. Mit einer Innenstadt, die auffällig gut erhalten ist und keine verglasten Bürolandschaften hat. Das Gesicht der Stadt ist natürlich unmodern, und ihre Seele ist das Meer. Nur durch das Meer ist sie schön. Durch seine Arme, mit denen es die Stadt in ihrem Schoß hält, die noch grünen, sanft schmaler werdenden Halbinseln, zwischen denen die Innenstadt liegt. Und das Meer! Es riecht hier genau so wie überall. Das Meer kann man nicht für etwas verantwortlich machen, nicht einmal für Piis Unzufriedenheit. Und jetzt? Genau jetzt fühlt sie sich nicht schlecht, auch wenn Sami angerufen hat. Und in diesem fast vergänglichen Augenblick hat sie das Gefühl, etwas festhalten zu können. Was auch immer das ist, lacht Pii in Gedanken und klingelt dem jungen Paar zu, das sich ganz selbstvergessen mitten auf dem Bürgersteig küsst. Kleine Mädchen schaukeln im Park, hinter einem Hoftor bellt ein Lapphund.

Die Terrasse der *Tränke* ist voll besetzt. Pii schließt ihr Rad am Terrassengeländer an und achtet nicht auf die Zurufe:

»Hey, Mulattenmädel, komm her zu uns und tanz für uns den Schleiertanz, du kannst doch den Schleiertanz, oder? Hey, Kleine, geh nicht, ich hab was für dich.«

Pii tut so, als hätte sie es nicht gehört. Lässt sie glauben, dass sie kein Finnisch verstünde. Dass sie geradewegs aus ihrer Lehmhütte mitten im Dschungel käme. Wenn sie auch nur mit einem Wort antwortete, würden sie sie den ganzen Abend nicht in Ruhe lassen. Pii stößt die schwere holzverzierte Tür auf und tritt in den Rauch. Schon an der Tür sieht sie, dass es sich gelohnt hat zu kommen. Hirvonen sitzt auf einer Holzbank etwas abseits von der Meute, die schon ziemlich in Fahrt ist.

Hirvonen bemerkt Pii erst, als sie die Biergläser vor ihm abstellt.

»Weißbier«, verkündet Pii, »aus Deutschland. Ich habe schon einige ausprobiert, ich konnte es nicht auslassen.«

»Verdammt«, stöhnt Hirvonen, er freut sich aber sehr.

Pii setzt sich neben Hirvonen, obgleich ihm gegenüber auch Platz ist. Hirvonen kostet das Bier, und auch Pii weiß nichts zu sagen. Ein paar Bier, notfalls ein paar Schnäpse. Dann geht es ins Bett. Im Fernsehen läuft die Wiederholung einer Krimiserie, am Ecktisch wird über die Gründe der Niederlagen der finnischen Fußballnationalmannschaft philosophiert. An der Theke fragen zwei Frauen den Barkeeper über die neueste Folge von QUEER EYE aus. Pii fühlt den schweren Atem von Hirvonen und weiß, was ihm im Kopf herum geht.

Eeva-Liisa Martinsilta ist tot. Ermordet. Fotografiert. Auf einer Bahre mit zugedecktem Gesicht zum Leichenwagen getragen. Lag hinten drin an der Ampel, auf der Brücke, als sie den Fluss überquerten, auf dem steilen Weg hoch zum Krankenhaus. Fuhr durch die Stadt, ohne ein Wort zu sagen, ohne irgendetwas zu denken. Ihre Gedanken hatten aufgehört zu existieren. Sie wurde gewaschen und ihr wurde ein am Rücken offenes Hemd angezogen, das ureigene Abendkleid der Toten. An ihren Zehen wurde ein Pappanhänger befestigt. Sie wurde in den Kühlraum gebracht und in ein menschengroßes Fach gelegt, das aus der Wand gezogen wurde. Vielleicht wurde sie auch schon obduziert. Wenn in der Gerichtsmedizin der Universität kein Stau herrschte. Wenn die Polizei es erlaubt hat. Wenn jede Spur, jede Probe genommen wurde, die man ihr entnehmen konnte. Wenn sie die schweigsamen Leichen vor ihr in der Warteschlange überholt hat. Eeva-Liisa und das Kind. Wirklich. Es geht nicht um einen Mord, sondern um zwei Morde. Das Kind ist auch gestorben. Kurz bevor es das Licht der Welt erblickt hätte.

HIRVONEN SCHLÄFT AUF Piis Couch. Sieht mit seinem geöffneten Mund und dem nach hinten geneigten Kopf aus wie ein Riesenbaby. Schnarcht jedoch wie ein Elefant, denkt Pii und schleicht in die Kochnische. Jetzt ist eine leidliche Menge schwarzen Kaffees nötig, damit sie den Tag durchsteht.

Nach Ausschankschluss in der *Tränke* schoben Pii und Hirvonen ihre Räder zum Glamour, der Nachtbar des Hotels. Dort gab es reichlich Leute, reichlich Lärm und reichlich alkoholische Getränke. Sie mussten also nicht über die Ereignisse des Tages reden.

Als sie einigermaßen abgefüllt waren, machten sie sich auf den Weg zu Piis Wohnung. Pii hatte darauf insistiert, dass Hirvonen mit zu ihr kommt. Hirvonen hätte gern auf diese Ehre verzichtet.

»Keine Romanze am Arbeitsplatz«, lallte Hirvonen.

»Hirvonen, hey. So verzweifelt bin ich nicht«, lachte Pii, »dass ich dich beknien würde.«

»Ich auch nicht, dass ich es einer kleinen Negerin besorgen würde«, lachte auch Hirvonen.

Eine spezielle Führung durch die Wohnung wurde nicht zelebriert. Sie versuchten einfach, hineinzukommen, ohne das ganze Haus zu wecken, aber das war schwierig. Der Schlüssel wollte nicht ins Schloss passen, die Türöffnung schien zu klein zu sein und die Wände des Flurs kamen ihnen entgegen, auch wenn sie ihnen immer auswichen.

Dabei lachten sie. Und Hirvonen sagte, dass Pii ein toller Kerl sei. Pii entgegnete, dass Hirvonen auch nicht schlimmer sei.

»Auch wenn ich Leuten aus Savo nicht traue.«

Bevor Pii auch nur Bettzeug für den Gast hervorgekramt hatte, war Hirvonen schon eingeschlafen. Lag in voller Montur auf der Couch. Pii deckte Hirvonen mit einer Wolldecke zu, schaltete das Deckenlicht aus und zog sich ins Bad zurück. Putzte sich die Zähne, reinigte sich das Gesicht mit Reinigungsmilch und Gesichtswasser, trug eine Nachtcreme auf und zog sich aus. Ließ im Flur ein kleines Licht brennen. Hirvonens Blase würde irgendwann vor dem Aufstehen Alarm schlagen.

Pii kroch nackt zur Matratze in der Ecke des Schlafzimmers und deckte sich bis zum Kinn zu. Sie wusste bereits, als sie die Augen schloss, dass sie keinen Schlaf finden würde. Sie hatte einen im Tee, sie war hackebreit, aber sie war nicht so betrunken, dass sie sofort einschlief. Der Rausch schloss sie ein, regte die Gedanken und die Sinne an. Pii quälte, dass Hirvonen so abgehackt atmete, dass er im Rausch schnaufte, dass sich ein fremder Mensch zwischen ihren Pappkartons aufhielt. Und vor allem Eeva-Liisa Martinsilta. Ihr ruhiges Gesicht in einem alten Fernsehbericht. Ihr Bauch, der sich zu diesem großen Ballon ausgedehnt hat, der Verlauf des letzten Tages dieses Lebens. Wachte sie früh auf? Strampelte das Baby gegen die Rippen? Küsste sie ihr Mann mit dem Nachtgeruch auf den Mund? Aß sie Brei oder Müsli? Vielleicht nur etwas Brot und eine Tasse Tee dazu. Keinen Kaffee, davon bekam sie während der Schwangerschaft zunehmend Sodbrennen. Was sagte Eeva-Liisa, als sie zur Arbeit ging? Was sagte ihr Ehemann?

Um fünf Uhr hielt es Pii nicht mehr im Bett aus, stand auf und holte sich das Telefonbuch. Martikainen, Martinkauppi, Martinmäki, Martinniemi, Martinpelto, Martinrauta, Martinsilta ... Martinsilta Eeva-Liisa und Teppo, Vihantolanraitti 14 Whg. 24. Der arme Mann. Teppo Martinsilta. Wie um alles in der Welt wird er klarkommen, dachte Pii, kramte ihren Kalender aus der Aktentasche und notierte sich dort die Nummer. Teppo Martinsilta. Bei beiden wurde der Beruf nicht angegeben. Eeva-Liisa wurde auch bei der Gemeinde genannt. Gemeindepfarrerin. Für Teppo Martinsilta wurde einige Martinsiltas weiter auch seine persönliche Handynummer angegeben: Martinsilta Taija, Martinsilta Teemu, Martinsilta Teppo Mobil. Auch diese Nummer schrieb sie auf, zur Sicherheit. Ihn würde sie natürlich nicht anrufen. Warum auch? Sie kannte ja beide nicht. Weder Eeva-Liisa Martinsilta noch ihren Mann. Ihren Witwer, korrigierte Pii sich und schlich ins Bad unter die Dusche. Die Haare rochen scheußlich. Der Tabakrauch ergriff von allem Besitz. Er musste weggeschrubbt werden.

Bis sieben Uhr hatte Pii die Tageszeitung gelesen, war mit dem Fahrrad zur nahe gelegenen Bäckerei gefahren, um frisches Brot zu holen, und hatte Kaffee gekocht. Sie schaltete das Radio an und stellte ihre Uhr nach dem Zeitzeichen. Pi, pi, piiip.

»Morgen«, wünscht Pii und gießt Kaffee in ihre Tasse. Hirvonen stöhnt auf. »Kaffee und Siebenkornbrot. Leider fängt unsere Arbeit in einer Stunde an. Das vierzigjährige Jubiläum des Konservatoriums, und wir sollen den Rektor interviewen.«

»Scheiße.«

»So ist es.«

Er ist ein Häufchen Elend. Unter normalen Umständen hat er ein etwas angeschmuddeltes Erscheinungsbild, aber nach dieser Nacht sieht er doppelt unansehnlich aus. Die Tränensäcke erinnern an zusammengedrückte Burger, das an den Wurzeln fettige Haar steht strubbelig nach allen Seiten ab und die Hände zittern unkontrolliert. Für einen Augenblick glaubt Pii, dass Hirvonen in Tränen ausbrechen würde, aber er erhebt sich langsam und mit einer Leidensmiene, schlurft, ohne ein Wort zu sagen, am Frühstückstisch und an Pii vorbei zum Klo und bleibt dort für eine ziemliche Weile. Pii öffnet das Fenster. Kalter Mief liegt im Wohnzimmer in der Luft. Hirvonens Telefon sieht sie ausgeschaltet auf dem Tisch liegen. Meines auch, erinnert sich Pii, in trautem Einvernehmen hatten sie gestern die Handys ausgeschaltet.

»Kaartinen könnte ja stören«, hatte Hirvonen gesagt und Pii hatte ihm beigepflichtet.

Pii hatte ihren leicht zähflüssigen Joghurt gegessen und zwei Tassen Kaffee getrunken. Die Radionachrichten waren schon von den Auslandsnachrichten zu den lokalen übergegangen, bevor die Klotür aufgeschlossen wurde.

»Im Fall des Mordes an Gemeindepfarrerin Eeva-Liisa Martinsilta, der ganz Käkelä erschütterte, ist in den Morgenstunden eine neue Wendung eingetreten. Die Polizei hat einen 23-jährigen Mann aus Käkelä festgenommen, der ein Abzeichen des Vereins EHRE UND BLUT trug, und hält um 13 Uhr eine Pressekonferenz ab. Weitere Informationen erhalten Sie in unseren weiteren Nachrichtensendungen«, verkündete der Nachrichtensprecher und Piis Handy zeigt zwölf neue Nachrichten an.

»Ach, haben sie ihn gefunden«, sagt Hirvonen mit belegter Stimme. »da müssen wir wohl unsere Pläne ändern.«

HIRVONEN MÖCHTE UM keinen Preis mit dem Fahrrad fahren. Sein Rücken sei schrecklich lädiert, was an Piis Couch liege.

»Ich hab Ischias und Skoliose und einen Bandscheibenvorfall. Schönen Dank auch. Bin fast nicht vom Lokus runtergekommen, so eine Scheiße, musste mich richtig schinden. Solltest dir einen Haltegriff anschrauben. Man kann sich nirgendwo festhalten und die Kacke nach so nem Saufabend riecht bestialisch ... Brimborium, ich werd von dir Schadenersatz für den Verlust der Arbeitskraft verlangen.« Normalerweise würde Pii darüber lachen, jetzt aber nicht. In ihrem Kopf schwirren verschiedene Gedankenfäden herum, Schlussfolgerungen, die ins Nichts führen. Ein Sperrfeuer von Fragen verbrennt ihr den Geist. Sie kann weder lachen noch weinen. Anders als sonst reagiert sie nicht spöttisch auf Hirvonens Leidensausbruch, sie versucht nur, die Nachrichten auf ihrer Mailbox durchzuhören. Hirvonen bestellt ein Taxi und steckt sich noch eine Kippe an, während sie warten. Pii kennt das Blinzeln in Hirvonens Gesicht, ist allerdings nicht in Plauderstimmung. Sie empfindet keine Reue, ist aber sauer auf sich selbst. Sie hat sich benommen wie ein Amateur der untersten Kreisklasse. Hat die erste richtige Story seit ihrer Versetzung hierher bekommen, etwas Anderes als Katzenausstellungen und kleine lokale Geschichtchen. Sie hat einen Bericht gemacht, ihn fertig geschnitten und rechtzeitig in die Sendezentrale geschickt. Aber entgegen aller

Normen guter Reporterarbeit hat sie ihr Telefon ausgeschaltet und sich nicht darum gekümmert, wie die Sache weitergeht. Doch es gibt ein ungeschriebenes Gesetz für alle nicht abgeschlossenen Geschichten: *Case is not closed until it's closed.* Sie hätte auf der Arbeit bleiben, Hintergrundarbeit machen, Zusatzinformationen recherchieren, telefonieren, Leute interviewen und alles Mögliche und Unmögliche über Eeva-Liisa Martinsilta herausfinden sollen. Jetzt ist es zu spät. Sie hat es verschlampt. Hat Bockmist gebaut. Pii weiß, was jetzt kommt. Das ist banal. Sie wird den Fall Martinsilta nicht weitermachen. Weder die Pressekonferenz noch die kommenden Gerichtsverhandlungen verfolgen.

»Kein Wunder, dass du keinen Mann abkriegst. Deine Bude sieht ja aus wie das Vorratslager eines Discounters«, stößt Hirvonen aus und drückt die Kippe mit der Schuhspitze breit.

Das Rentnerehepaar von oben trägt Teppiche zur Teppichstange, Pii grüßt sie. Der Blick der alten Dame richtet sich auf Hirvonen. Der Mann schaut nur Pii an, sein Blick sagt, dass er sich immer noch nicht daran gewöhnen könne, dass eine Negerin in ihrem Haus wohne. Er nickt auf ihren Gruß zurück, seine Frau nicht. Pii nimmt an, dass diese in der Nacht aufgewacht sei, und entschuldigt sich. Als Pii die Frau kurz nach ihrem Einzug in der Waschküche traf, hat diese ihr erzählt, dass ihr Mann an Parkinson erkrankt sei und wie sie den Alltag als pflegende Familienangehörige erlebe. Pii erinnert sich, dass die Frau erleichtert war, als sie hörte, dass Pii allein lebt.

»Vorher hat da ein Musiker gewohnt. Ein richtiger Nachtmensch und mit den Türen geknallt hat der.«

Pii möchte nicht um Verzeihung bitten oder erklären, dass der Suffkopp Hirvonen nicht ihr Freund sei und dass der nächtliche Lärm nicht daher rührte, dass sie es tierisch miteinander getrieben hätten, sondern dass ihr Gleichgewichtssinn versagt hätte.

»Kaartinen hat sechsmal angerufen. Der ist außer sich«, teilt Pii mit. Hirvonen reibt sich die Augen.

»Ist er doch immer, der mit seinen kleinen Eiern.«

»Er macht die Pressekonferenz und alles andere auch, was mit Martinsilta zusammenhängt.«

»Ach, Kaartinen macht den Bericht, der dann abgeschickt wird? Kann der doch gar nicht, oder habe ich da mit der Wahlquarantäne etwas falsch verstanden? Ich dachte, als Kandidat darf der sich bei uns im Fernsehen keinen Vorteil durch öffentliche Auftritte verschaffen«, versetzt Hirvonen und dreht sich dem zu dem heranrauschenden Mercedes. Pii setzt sich nach vorn, auf den Platz für den mit dem Geldbeutel. Hirvonen hat sich schon am Abend zuvor Geld von Pii geliehen und ist aller Wahrscheinlichkeit nach in den über Nacht verschnarchten Stunden nicht reicher geworden.

»Zum Fernsehen«, hustet Hirvonen, und Pii präzisiert.

»Nach oben auf den Hügel. Zum Personaleingang, ganz nach hinten.«

»Okay«, quittiert der Fahrer und fährt in die vor dem Haus verlaufende Saastamoisenkatu. Der Vorstandsvorsitzende der Hausgemeinschaft kommt ihnen mit seinem Hund entgegen und Pii überlegt, wo im Haus der wohl wohnen mag. Ob der auch aufgewacht ist, als Hirvonen gegen die Klotür geknallt ist?

Kaum losgefahren beginnt der Fahrer automatisch die Ereignisse der letzten Tage zu rekapitulieren. Beklagt als erstes den Mord von Käkelä.

»Die Welt wird immer wunderlicher. Da wird ein Frauenzimmer mit dickem Bauch getötet, und noch dazu eine Pfarrerin, das geht über die Hutschnur.«

Hirvonen gibt keinen Laut von sich. Pii begreift, dass sich Hirvonens Kopf gerade von seiner gestrigen Betäubung befreit. Für ihn ist das etwas anderes als für mich, sein Termin in der nächsten Woche fällt weg, dann redet er mit niemandem mehr.

»Und dann noch im Gemeindepfarramt«, schüttelt der Fahrer den Kopf. Pii gibt ihm Recht.

»Das ist ja, ach Gott, wirklich unfassbar.«

Der Fahrer sagt, dass er einmal die Pfarrerin und ihren Mann gefahren habe.

»Nette Leute, keine Scheinheiligen. Auch wenn sie sich vorher wohl richtig in die Haare gekriegt hatten, beide waren etwas angespannt, ihre Wangen und ihr Hals waren ganz rot, er schien Gift geschluckt zu haben. Ich hab die ganze Zeit geschwatzt, um die Stimmung etwas aufzulockern. Die Dame hat ja kein Wort gesagt, und er hat nur aus dem Fenster geschaut. Tja, wenn der liebe Gott als fünftes Rad am Wagen in der Ehe mitfährt, hat man es auch nicht leichter. Pfarrer sind ja auch nur Menschen ...«

Piis Handy klingelt. Sami. Sie antwortet nicht, sondern stellt das Telefon stumm. Hirvonen schnaubt verächtlich über Pii und ihre zwischenmenschlichen Beziehungen. Pii verflucht sich. Da hat sie wohl Hirvonen von Sami erzählt. Oder gebrüllt. Ja. Im Nachtclub. Über die donnernden Bässe hinweg. So laut sie konnte. Schöne Scheiße! Um das über sie hereinbrechende Schamgefühl zu verdrängen, fragt Pii den Taxifahrer, ob er schon die Morgennachrichten gehört habe. Der antwortet mit der Gegenfrage, ob seine Kunden gehört hätten, dass die Polizei den Täter gefasst habe. Und er sagte, dass er den Festgenommenen kenne.

»Hab schon gestern Abend gehört, dass die Nakke abgeholt haben. Alles sehr überschaubar hier. Nakke hat im Haus nebenan gewohnt. Wir hatten die gleichen Freunde. Sein Alter war so ein Funkamateur, bei dem haben wir immer herumgelungert und in seiner Station bestaunt, was der da so macht ... der Alte hatte Verbindungen nach Südafrika und Australien und wer weiß noch wohin ... Dann sind viele Jahre vergangen, wo ich Nakke nicht gesehen habe, und plötzlich treff ich den als Skinhead wieder. Hat sich ein Hakenkreuz auf den Arm tätowieren lassen.«

»Kannst du bei uns in der Redaktion vorbeikommen?«, fragt Pii, obgleich sie schon weiß, während sie fragt, dass sie aus dem Bericht des Taxifahrers nur eine drittklassige Geschichte bekommen, so eine zähflüssige »Mein Sandkastenfreund erzählt« soziale Selbstromantik – wenig Hintergrund zur Festnahme ...

Der Taxifahrer hatte noch eine Fahrt zum Flughafen, aber er gab Pii seine Nummer. Die Reporterin solle doch anrufen. Als Hirvonen hinten die Autotür öffnet, sieht Pii im Seitenspiegel, wie er sie verächtlich anschaut. Wenn Hirvonen sie anfangs noch als Redakteurin geschätzt hat, so tat er es jetzt mit Sicherheit nicht mehr.

»Nakke war ein guter Kumpel«, fügt der Fahrer noch hinzu. »Keine Ahnung, was später dann mit ihm passierte.«

»Danke«, kann Pii noch sagen. »Mit der EC-Karte.«

Pii düst an Hirvonen vorbei, der sich noch eine Kippe anzündet, winkt Seppo zu und eilt in ihr Zimmer. Kaartinen telefoniert. Sofern er bemerkt, dass Pii gerade ankommt, lässt er sich nichts anmerken. Pii versteht die Botschaft: Für ihn ist sie Luft. Sie schaltet die Schreibtischlampe an und legt den Rucksack auf den Boden. Macht sofort den Computer an. Bevor der arbeitsbereit ist, holt sie sich bei Pirjo noch eine Tasse Kaffee. Pii geht in die Suchmaschine. Schreibt *Eeva-Liisa Martinsilta* ins Suchfeld und klickt auf Enter. Die Ergebnisse 1 bis 10 von ca. 647 Treffern für die Suche *Eeva-Liisa Martinsilta* erscheinen (0,06 Sekunden). Pii schaut die Seiten durch: Eeva-Liisa und Immigrantinnen bei der Eröffnung eines Cafés, ein Interview für die Gemeindezeitung, Eeva-Liisas Kolumne in der Stadtteilzeitung, Eeva-Liisas Antrittspredigt als frisch gewählte Gemeindepfarrerin, *Hauptziel der Mütteroase: dem Baby bei der Entwicklung freie Hand lassen.* Eeva-Liisa in der Versammlung der weiblichen Pfarrer, eine Abstimmung in der Synode, die Nachtkirche im Winter für Obdachlose mit Decken und heißem Tee.

Eeva-Liisa Martinsilta hat so viele verschiedene Dinge geschafft, staunt Pii, sie hat mit viel Arbeit das Pfarrersimage reformiert. Gut, dass die Polizei den Verrückten gefasst hat. Einen Neonazi. Natürlich. Diesem Widerling hat Eeva-Liisas humanitäre Art als Pfarrerin nicht behagt. Vielleicht doch ganz gut, dass Kaartinen weiter macht, der verspürt keinen so tiefen, unbezähmbaren und sehr persönlichen Hass solchen Großkotzen gegenüber.

»Marin«, sagt Kaartinen eisig, »der Virta vom Konservatorium ist krank geworden.«

»Okay«, sagt Pii gelassen und schaut Kaartinen an. Der steht schon mit hochrotem Gesicht unbewegt in der Tür, halb drinnen, halb draußen. Pii erwartet, dass er gleich explodiert. Man sieht ihm an, dass er kurz davor ist loszubrüllen. Kaartinen ist erbittert, dass Pii weder Erklärungen noch Entschuldigungen vorgebracht hat. Ein freier Abend ist ein freier Abend, Bereitschaft war nicht ausgemacht, der Bericht wurde überspielt und wie es weiterginge, war offen. Letzten Endes hat Kaartinen den Schwarzen Peter, obgleich es mich als Redakteurin auch ärgert, denkt Pii. ich habe die Chance verpasst zuzugreifen, wenn es um richtige Arbeit geht.

»Ich kümmere mich um die Pressekonferenz«, verkündet Kaartinen.

»Hast du mir ja schon auf die Mailbox gesprochen. Was ist mit der Wahlquarantäne?«

Kaartinen zuckt zusammen, als hätte ihn ein Stromschlag mitten ins Gehirn getroffen.

»Marin, hör zu, hier wurden schon Berichte gemacht, bevor du geboren wurdest.«

Pii hebt ihre Hände hoch. Ganz klar. Kaartinen ist der Boss. Kaartinen weiß, wo es lang geht. Pii macht den Rest, die Hintergrundrecherchen für den Bericht und die Straßenumfrage zusammen mit Hirvonen. Und den Gast der Woche. Kaartinen ist schon im Café, als sie ihn erreicht.

»Hast du einen Gast der Woche?«, fragt Pii, als sei nichts gewesen, man muss ja nicht gleich zehn Tage miteinander schmollen. »Ich könnte heute die Recherchen machen. Anfangen damit.«

»Nimm, wen du möchtest.«

»Okay.«

»Hirvonen wurde schon zweimal abgemahnt. Hoffentlich ist er heute in annehmbarer Verfassung«, sagt Kaartinen mit erhobener Stimme.

Pii macht auf dem Absatz kehrt. Hirvonen ist ein erwachsener Mann. Sie ist weder für seinen Alkoholkonsum noch für sein Zeitmanagement verantwortlich. Sie wird Kaartinens lautstarker Inquisition nicht weiter zuhören, auch nicht dem Vortrag von Café-Pirjo über Hirvonens Auftritt am Morgen, sondern braust in ihr Arbeitszimmer und schließt die Tür hinter sich.

Den Gast der Woche muss sie mit der Lupe suchen. Ich bin hier, ich bin wirklich hier, habe in diesem Bunker Deckung gesucht. Das ist mein Arbeitsplatz und ich muss hier meine Arbeit machen, auch wenn ich mich lieber auf dem Fußboden wälzen und auf die Fliesen schlagen würde. Das ist Samis Schuld. Das ist alles Samis Schuld. Wenn Sami nicht wäre, wenn Sami wäre, wenn Sami, wenn Sami nicht ... Darauf läuft alles immer hinaus. Jeder Gedanke kreist letzten Endes um Sami. Das ist wirklich lächerlich. Wenn ich in Ordnung wäre, hätte ich ein Sabbatical genommen oder eine Versetzung in die Redaktion Aktuelles oder die Kulturredaktion oder auch in die Reportageabteilung vorgeschlagen. Aber Sami hat mich kurz zuvor hingerichtet, mir ein paar Tage zuvor ein Dutzend Mal in den Rücken geschossen ... An allem ist Sami schuld, niemand anders. Genau so. Sami-Sami-Sami. Alles fing mit Sami an und hört mit Sami auf.

Wegen Sami studierte Pii auch Kommunikationswissenschaften, denn an der Juristischen Fakultät wurde sie nicht angenommen und irgendein Studienplatz in der gleichen Stadt wie Sami musste her. Sami schlug die Kommunikation vor und weil die Modellaufgaben und die Aufgaben in den Aufnahmeprüfungen machbar schienen, beschloss Pii, es zu versuchen. Immer, wenn sie mit dem Zug zu Sami fuhr, lernte sie und sie schaffte es.

Sie zogen zusammen, in eine kleine Einzimmerwohnung, Pii geradewegs von zu Hause, Sami aus der Wohnung seiner Ex-Freundin. Pii wollte es im folgenden Jahr wieder mit den Rechtswissenschaften probieren, aber als sie im Winter den Vortrag eines jungen Forschers mit dem Titel »Veräußerbare Kompromisse, Qualitätskulturen in der finnischen Informationsvermittlung« hörte, fasste sie den Entschluss, bis zum Diplom weiterzumachen. Der Semesterferienjob im Sommer beim Radio versprach nur Gutes, und so war der Abschluss klares Ziel. Durch ein Praktikum in einer großen Zeitung wurde ihre Motivation noch stärker: Nachrichtenredaktion, nichts anderes. Die Vision von einer Rechtsanwältin begann zu verblassen. Ihre Welt schrumpfte auf die Größe eines Computermonitors zusammen. Nach ihrer Meinung sollten die Menschen die Kausalketten, die Gründe und die Folgen kennen. Der Journalismus schien Pii zu brauchen. Als sie es in die Nachrichtenredaktion des Fernsehens geschafft hatte, war das für Pii der Jackpot. Die Atmosphäre war angenehm, die Kollegen aufgeschlossen, engagiert, nicht in Routinen festgefahren, aufgeweckt. Man gab Pii Ratschläge und spornte sie an. Pii begann sich dort wohl zu fühlen und glaubte, ihren Platz gefunden zu haben. Als man sie dann fragte, ob sie die Nachrichten sprechen wolle, überlegte sie nicht einmal, welche Folgen das haben könnte. Es schien ihr ein natürlicher Schritt zu sein.

Wie man sich doch verrechnen kann, denkt Pii. Wenn ich damals das Ganze von außen gesehen hätte, würde ich hier nicht zittern. Ich wäre nicht zur Zielscheibe von Scharfschützen geworden. Ich hätte tun können, was ich möchte.

Als Pii die Morgennachrichten hörte, zuckte sie zusammen. Natürlich. Neonazis. Diese Dreckskerle. Noch Stunden später, in der neutralen Atmosphäre ihres Arbeitszimmers, fühlt Pii uneingeschränkte Rachsucht, rasende Wut auf ... Auf wen? Die Ziele tauschen sich aus: Der Wechsel von Sami zu den Nazis vollzieht sich schnell. Pii beherrscht die Kunst der Erregung. Eine schwangere Frau zu töten! Ein Neonazi, ein Skinhead! Über solcherlei Gesocks stolpere ich natürlich, auch wenn ich mich im Gebüsch verstecke. Aber vielleicht könnte ich zu dem Thema eine kleine, explosive Story machen. Damit würde sich das hier klären. Damit käme ich fort von hier.

Kaartinens Litanei ist durch die Tür zu hören, Petteri mischt sich ein, wie man es von ihm gewohnt ist. Der muss zu allem und jedem seinen Senf dazu geben. Kaartinen könnte sogar seinen Lebertran mit ihm teilen. Pii hört, dass der Geräuschpegel ansteigt. Petteri ist schon auf Streit aus. Pii schließt kurz ihre Augen und zwingt sich, die Ruhe selbst zu sein. Von Kaartinen hätte sie bald die Nase gestrichen voll.

PETTERI KOMMT, BEVOR sie ins Polizeirevier fahren, um mit Pii anzubändeln. Bietet sich an, ihr heute Abend Gesellschaft zu leisten:

»Anu ist auf Fortbildung, ich war noch nie vorher Strohwitwer.« Pii zeigt ihm den Mittelfinger und schaut ihm direkt in die Augen. Auch der Trottel wird es wohl noch verstehen.

»Wenn es bei Hirvonen geklappt hat, Marin«, versucht es Petteri nochmals, »dann könntest du doch auch mir ein Bier ausgeben.«

»Hast doch gesehen, in welcher Verfassung sich Hirvonen jetzt befand. Wenn du mit diesem Elend Schindluder treiben willst, dann nur zu. Wirst schon sehen. Sag dann nicht, ich hätte dich nicht gewarnt.«

»Ach komm, Brimborium, hab dich nicht so. Wir haben damals, als du hergekommen bist, gewettet, wer dich als erster kriegt ...«

»Ihr nicht, nicht für Geld und auch nicht ohne«, wehrt Pii ab und zeigt ihm, dass er verschwinden solle. Petteri zieht sich zurück, bleibt aber in der Tür nochmals stehen und bettelt: »Aber keiner war hier jemals mit einer farbigen Frau ...«

»Wenn es dich irgendwie tröstet: Ich hatte bislang nur smarte Männer. Hehehe, Petteri, werd erwachsen und such das Weite.«

Bei Hirvonen hören sich die reißerischsten Kalauer über Schwarze unschuldig an, in Petteris Mund werden die unschuldigsten Kommentare obszön. Vielleicht ist er ja kein schlechter Kerl, denkt Pii, aber unausstehlich dumm.

Petteri johlt auf dem Flur weiter, stellt seine Ideen für künftige Produktionen des Senders vor:

»Reality-TV, so mit Überwachung wie im KZ. Was meinst du, Hirvonen? Genial?«

Pii erhebt sich und schließt die Tür, schaut gleichzeitig, wie sich die Männer entfernen. Kaartinen weist an, treibt an, spornt an. Petteri zieht seine eigene Show ab. Hirvonen bleibt merkwürdig ruhig. Vielleicht wird er Kaartinen eins in die Fresse schlagen, wenn diese Geschichte vorbei ist. Und Petteri gleich auch eins. Unter normalen Umständen wäre er schon ausgeflippt, aber das normale Leben endete für Hirvonen gestern.

»Mit so was rechnet man doch nicht. Dass die Frau an Krebs stirbt, kerngesund, wie sie war. Erträgt schreckliche Schmerzen, stirbt allmählich vor sich hin und man kann nichts tun. Dass man sie begraben muss, unter die Erde bringen, sie dort liegen lassen und die Träume von den Rentnertagen in Florida vergessen. Eeva-Liisa hat mich am Leben erhalten. Wenn ich mit ihr geredet hab, hab ich immer eine Woche Nachspielzeit bekommen«, hatte Hirvonen irgendwann gestern Abend in bierseligem Zustand verlauten lassen.

Als Kaartinen, Hirvonen und Petteri verschwunden waren, blättert Pii in der heutigen Zeitung, um eine interessante Person als Gast der Woche zu finden. So gut wie alle Politiker, Künstler, Rockmusiker, Naturschützer, Wissenschaftler und sonstigen Promis wurden schon in die Zange genommen, bevor Pii hier angefangen hatte. Sie muss also einen Experten befragen. Aber auf welchem Gebiet? Altenpflege? Bildung? Sport? Busverkehr? Oder gar Taxiverkehr? Den Fahrer von heute früh könnte man vielleicht für eine Sendung überreden. Vielleicht mit dem Thema »Nachtschicht – Haben Sie Angst?«. Die Struktur der Freitagabend-Sendung war ganz einfach. Der Gast der Woche wurde mit kleinen Hinweisen zur Person, mit für den Gast wichtigen Bildern seiner Umgebung vorgestellt, ihm wichtige Hobbys und Dinge gezeigt. Nach diesen Hinweisen antwortete der Gast im Studio auf die Fragen des Moderators. Die für alle identischen Fragen wurden je nach Gast individuell ergänzt. Mit Piis Versetzung hierher wurden die Wochenendsendungen zwischen Pii und Jani, einem freien Redakteur, so aufgeteilt, dass nach fünf Sendungen, die Jani gestaltete, Pii eine machte. Sie war also einmal in anderthalb Monaten auf dem Bildschirm zu sehen. Da es sich um ein Vorabendprogramm eines regionalen Senders handelte, hatte man keine Angst um Zuschauer. Es gab zu wenige. Pii machte sich einzig und allein Sorgen um den Inhalt selbst und um ihre Fähigkeiten als Redakteurin. Janis Sendungen fand Pii interessant, ihre eigenen aber lausig. Pii konnte aus ihren Gästen rein gar nichts herausbekommen. Pii versuchte alles, und der Gast verkrampfte. Dann verkrampfte auch Pii, und die Sendung geriet außer Kontrolle. Ich bin keine Gastgeberin für eine Talkshow. Und bald bin ich auch keine Redakteurin mehr. Ich bin draußen. Out.

Keine Idee. Keine interessanten Gesichter. Oder doch, eines. Aber das gehörte der getöteten Gemeindepfarrerin. Großer Gott, ich bin festgefahren, ich komme nicht weiter bei dieser Person. Ich habe in den Nachrichten dem finnischen Volk über den armenischen Völkermord berichtet, über die blutigen Auseinandersetzungen in Bagdad, über tote Mütter und Kinder, über die Hungersnot in Äthiopien, über die

Bombenanschläge in Madrid und über Dutzende andere Gewalttaten auf der ganzen Welt. Aber nie zuvor habe ich irgendjemandem von dem Mord an einer schwangeren Frau berichtet, die jeder kennt. Das liegt an Hirvonen. Hirvonens Schmerz zehrt auch an mir.

Die Zeitung ist voll mit Käkelä, mit dem Mord an Eeva-Liisa Martinsilta, ganze vier Seiten. Der Redakteur hat ein paar großartige Fotos von der Gemeindepfarrerin bei ihrer Arbeit ausgegraben. Eine lachende Frau mit Kindern im Wald, singend im Altenheim, in der Konfirmandenfreizeit am Meer, bei der Lebensmittelausgabe an Obdachlose ... Pii zieht ihre Wasserflasche hervor und nimmt einen ordentlichen Schluck. In der Liste auf dem Computer für den Gast der Woche findet sich niemand, der sie interessiert. Pii kehrt zu den Informationen über Eeva-Liisa zurück und beschließt, alles, was sie hat, auszudrucken und zuhause durchzusehen. Eeva-Liisa Martinsilta gleitet lächelnd aus dem Drucker und Pii schaut ihr direkt in die Augen. Schade, dass ich dich nicht gekannt habe, es wäre toll gewesen, dich kennen zu lernen. Ich hätte viele Fragen gehabt. Mit diesen Neonazis habe ich auch Schwierigkeiten, okay, nicht solche wie du, eindeutig nicht, ich bin ja im Gegensatz zu dir noch am Leben. Aber wenn es dich irgendwie tröstet, dann werden die für ihre Taten büßen, der Mann wurde ja festgenommen. Du bist keine Kyllikki Saari, deren Ermordung nach 60 Jahren noch immer nicht enträtselt ist, deinen Fall hat die Polizei schon innerhalb eines knappen Tages aufgeklärt. Thank God.

Das Telefon klingelt, als die Hälfte ausgedruckt ist. Es ist Marjukka aus Helsinki, aus der Nachrichtenredaktion. Eine Freundin und enge Kollegin von Pii. Pii ist auch Patin von Marjukkas Sohn.

»Wie ist die Stimmung?«

»Total scheiße.«

Marjukka fragt, wie es Pii persönlich geht, und ergänzt, dass sie Piis Bericht gesehen habe.

»Schreckliche Geschichte.«

»Gerade hier passiert so etwas. Das ist eine grässliche Stadt.«

»Deine Stimme war etwas heiser, aber du warst gut. Furchtbar das Ganze. Ganz entsetzlich. Der evangelisch-lutherischen Kirche ist das wohl vorher nicht widerfahren. In der katholischen Welt geschieht das ja öfter, in Südamerika, in Ecuador oder wo ... und vor ein paar Jahren auch in Frankreich, der Gründer der Bruderschaft von Taizé, Frère Roger. Da hat eine Frau den fast neunzigjährigen Prior während des Abendgebets mit einem Messer tödlich verletzt. Sie hätte Stimmen gehört, die ihr befohlen hätten, den Teufel zu töten. Oh Mann. Eeva-Liisa Martinsilta ist wohl die erste Pfarrerin, die ... Darüber wurde überall auf der Welt berichtet. Über Reuters wurde ein umfassendes Informationspaket verschickt, ebenso über AFP. Interfax hat das gleich mit einem Aufstieg der Neonazis in Finnland verknüpft. Und sogar die IRNA hat darüber berichtet, stell dir vor, eine islamische Nachrichtenagentur. Eine Pfarrerin, dazu noch schwanger, alle haben das ausdrücklich erwähnt. In der Nachricht von UPI wurde merkwürdigerweise betont, dass Finnland unsicherer geworden ist.«

»Ich habe nur die norwegische Version von NTB gesehen: *Pfarrerin in Finnland hingerichtet.*«

»Eine hochschwangere«, sagt Marjukka. »Schrecklich. Und du bist so winzig geworden, hast so stark abgenommen.«

»Na klar, weil ich deinen Kuchen nicht mehr bekomme. Ich passe wieder in meine Jeans aus der Studienzeit.«

»Dann hör auf zu fasten, oder ich werde sauer.«

»Okay, lass das Geschrei. Ich werde ja essen. Aber du glaubst doch nicht, dass ich mir zuhause allein ein Dinner zubereite.«

»Hast du jemanden kennengelernt?«

»Hab ich nicht. Nur solche Deppen, sonst keinen. Und meine Nachbarn sind fast alle Rentner.«

»Besuch mich doch mal. Die Kinder fragen auch nach dir. Und alle Kollegen. Keiner geht mit mir ins Sozialhaus schwimmen oder ins Rundfunkhaus essen oder zum Töpferkurs Pötte drehen. Pii, du wirst hier gebraucht«, lacht Marjukka.

Das steckt an, ein herrliches, sorgloses Lachen. Pii sehnt sich nach Marjukka, danach, mit ihr alle möglichen Probleme zu wälzen. Das Schnacken und die klare Arbeitsteilung.

»Du kommst doch?«, fragt Marjukka noch einmal.

Pii verspricht es ihr. Später im Herbst. Vielleicht in der Vorweihnachtszeit, oder nach dem Jahreswechsel. Jedenfalls nicht demnächst. Sie hat das schnell gelernt: Nach einer fröhlichen Tour fühlt sie sich noch elender. Nach Helsinki zu fahren und alte Freunde zu treffen hat die Wunden wieder aufgerissen. Die Größe des Verlustes überwältigte sie.

»Stilisier dich ja nicht zum Märtyrer hoch«, warnt Marjukka sie.

»Das werde ich machen, wenn du mir nicht hilfst. Ich muss mir einen Gast der Woche ausdenken, die waren doch alle schon da. Wo soll ich denn jemand Interessanten hernehmen?«

»Nimm doch jemanden, der irgendwie mit der Sache in Käkelä zu tun hat. Es reden doch ohnehin alle darüber, oder?«

Nach dem Telefonat schaut Pii auf die Uhr. Die Pressekonferenz der Polizei hat gerade begonnen. Pii ruft Hauptwachtmeister Heino an, spricht ihm auf die Mailbox und bittet um Rückruf.

HEINO WILLIGT EIN, Pii zu treffen, auch wenn er nicht die Absicht hat, Gast der Woche zu sein.

»Die Ermittlungen sind noch nicht abgeschlossen, die Tage ziehen sich hin. Und eigentlich habe ich keine Lust, im Fernsehen aufzutreten.«

»Für mich wäre es wichtig, dass wir über Gewalt sprechen. Dass die Menschen aufwachen und begreifen, dass in dieser Stadt, in diesem Land nichts mehr beim Alten ist, dass wir nicht mehr in einer heilen Welt leben. Für unsere Großeltern war die Welt noch heil, für unsere Eltern vielleicht auch, aber für uns ... wir leben in einer ganz anderen Wirklichkeit.«

»Für dich scheint das ja ziemlich klar zu sein, das Ganze. Wofür brauchst du da noch mich?«

»Die Polizei hat einen anderen Blickwinkel als irgendein Unbeteiligter von uns, eine nähere Perspektive. Das Opfer und dessen Angehörige, sie betrifft es direkt, aber die Polizei sieht es anders, klarer, da lässt keine Trauer das Blickfeld verschwimmen ...«

»Wenn du meinst, dass ein solcher Fall die Polizisten gar nicht aufwühlt, sie kalt lässt ...«

»Nein, das will ich damit nicht sagen. Auf gar keinen Fall möchte ich eine ›Die Polizisten sind gefühllose Maschinen‹-Geschichte machen.«

»Okay, ich habe es jetzt etwas eilig. Passt es dir um zwölf? Dann kann ich kommen, ansonsten nicht.«

»Abgemacht.«

Pii verspricht Heino, einen Kaffee zu spendieren, der aber versichert, seinen Tee lieber selbst zu bezahlen. Sie bittet um eine Stunde, er gesteht ihr eine halbe zu.

»Mehr Zeit habe ich nicht.«

»Gestellte Bedingungen«, murmelt Pii.

»Wie bitte?«

»Eine halbe Stunde reicht völlig aus. Ist Saastamoinen okay?« Das ist da in der Nähe des Polizeireviers ...

»Das wäre perfekt.«

Als Pii aufgelegt hat, beginnt sie das Treffen vorzubereiten. Bei Heino darf man nicht bloß die Fühler ausstrecken, es bleibt nur eine effektive Spielzeit von zwanzig Minuten. Die muss bis zur letzten Sekunde ausgenutzt werden. Die Redakteurskrallen ausfahren, befiehlt sich Pii selbst, Heino wird einem Amateur keine Gnade erweisen.

Zunächst recherchiert Pii den Anstieg der Zahl der Gewaltverbrechen in Finnland. Sie loggt sich auf der Seite der Zentralkriminalpolizei ein und notiert sich die Fakten: Im vergangenen Jahr wurden in Finnland 138 Verbrechen gegen das Leben verübt, in 38 Fällen davon ging es um Mord, in 90 Fällen um Totschlag und in zehn Fällen um Kindestötung. Die Gesamtzahl ist etwas geringer als in vielen Jahren zuvor, aber dafür ist die Zahl der schweren Misshandlungen in den letzten Jahren ständig angestiegen. In Finnland werden unablässig Menschen halbtot getreten und geschlagen. In den Polizeistatistiken tauchten im vergangenen Jahr weit über zweitausend Fälle auf. Der größte Teil der Verbrechen wird unter dem Einfluss von Drogen, noch immer meist Alkohol, verübt.

Die am häufigsten verwendeten Tatwaffen bei Gewaltverbrechen sind Haushaltsmesser, Waldmesser oder Schusswaffen, vermerkt Pii und schreibt an den Rand die Frage: Womit wurden Eeva-Liisa Martinsilta und ihr Baby getötet?

Über die Aktivitäten der Neonazis in Europa und Finnland hat Pii schon kartonweise Material, Artikel und Videos gesammelt, aber um ihre Informationen zu aktualisieren und neueste Berichte zu erhalten, ruft Pii Pyry an, den langjährigen Sommerpraktikanten der Nachrichtenredaktion, der gerade mit seiner Diplomarbeit kämpft, ein unglaubliches wandelndes Lexikon. Pyry verspricht, Pii in der nächsten Stunde Informationen zuzumailen, wofür Pii sich mit dem Ehrenwort bedankt, ihm beim nächsten Treffen ein Bier auszugeben.

Mit Kauppi vom Privatsender MTV3 hat Pii ein stillschweigendes Abkommen über Zusammenarbeit und gegenseitigen Beistand abgeschlossen. Auch wenn sie bei konkurrierenden Unternehmen arbeiten. Kauppi ist erfahren und anständig und arbeitet schon seit zwei Jahrzehnten bei seinem Sender. Verteidigt sich immer und zögert nie, für die Nachrichten des eigenen Senders zu kämpfen, aber wenn die Story dann Schnee von gestern und die Wettbewerbssituation vorbei war, konnte man bei Kauppi immer zusätzliche Details checken. Eine Gegenleistung hat Kauppi nie verlangt.

Pii schreibt Kauppi eine Mail. »Viele Grüße aus Jottwedee. Hier wurde eine schwangere Pfarrerin umgebracht und ich plane eine Story über Morde an Frauen. Von Kyllikki Saari bis heute. Könnte ich mir wohl dein Feature *Frauen als Opfer und Täter von Gewaltverbrechen* noch einmal anschauen? Das war wirklich gut und ist für mich ein Ansporn, das auch zu versuchen. Ich werde das als Quelle natürlich im Abspann nennen. Pii. PS: Ich bin am besten per E-Mail zu erreichen.«

Die Deckenleuchte flackert seltsam. Kaartinens lächelndes Gesicht wacht von dem alten Wahlplakat über Piis Treiben. Als sie das Plakat das erste Mal gesehen hatte, hatte sie sich Kaartinen als einen außergewöhnlich humorvollen Mann vorgestellt, und vor dem Bild frei und laut losgelacht.

»Das ist ja wahnsinnig komisch«, prustete Pii wild los und hörte erst auf, als sie Kaartinens Miene sah. Für den war das nicht lustig. Kaartinen hatte sein eigenes Bild nicht als Witz in sein Arbeitszimmer gehängt, sondern als Erinnerung daran, dass er immerhin Nachrücker für einen Parlamentsabgeordneten ist. In Pasila wäre das nicht durchgegangen, aber hier herrschte das Gesetz des Dschungels.

Pii schreckt aus ihren Gedanken auf, als Pirjo aus dem Café anklopft, um mitzuteilen, dass sie frische Brötchen gebacken habe.

»Jetzt muss man die Leute schon aus ihren Zimmern holen, wenn der Duft des Gebackenen sie nicht anzieht. Komm mal rüber und koste sie! Möhrenbrötchen, lecker sind die, auch wenn ich mich jetzt selbst lobe.«

Jetzt mal den Schreibtisch zu verlassen würde gut tun. Pii öffnet das Fenster, sie muss sofort lüften, wenn Kaartinen nicht da ist und herumnörgelt, dass die Funktionsprinzipien der Klimaanlage nicht eingehalten werden.

Draußen haben sich ein paar Leute versammelt, die *Tipitii* singen. Pii schmunzelt über ihre Version des Liedes von Marion Rung beim Grand Prix. Die Radioleute bringen vor ihren Studiofenstern an den Bäumen Vogelhäuschen an. Damit sie es richtig machen, ist ihnen der Vorsitzende der örtlichen Naturschutzorganisation behilflich. Eine rothaarige Redakteurin gurrt und zwitschert. Beim Radio wollen sie das Leben der Vögel durch den Winter verfolgen. Pii nimmt sich vor, das in den kommenden Tagen in ihren langen Mußestunden auch zu tun. Dann hat sie wenigstens einen vernünftigen Zeitvertreib. Sie denkt an ihren vor einem Jahr verstorbenen Opa. Der hatte in jeder möglichen und unmöglichen Situation einen Bibelspruch auf den Lippen. Als Pii mit dem Opa auf dem Helsinkier Marktplatz in einem Café saß, schnappte sich eine Möwe Piis Plunderstück, worauf Pii der Möwe hinterher schimpfte und der Opa mit seiner beruhigenden Stimme zitierte: »Sehet die Vögel unter dem Himmel an: sie säen nicht, sie ernten nicht, sie sammeln nicht in die Scheunen; und euer himmlischer Vater nähret sie doch. Seid ihr denn nicht viel mehr denn sie?« »Matthäus 6:26«, erinnert sich Pii lächelnd und eilt Pirjo hinterher. Der Duft des frischen Brotes ist berauschend.

Pirjo leistet ihr häufig fröhliche Gesellschaft. Macht die Arbeitstage erträglich. Zehn Jahre älter als Pii, Mutter dreier Söhne, das zweite Mal mit dem gleichen Mann, dem Vater ihrer Kinder, verheiratet. Pii findet, dass Pirjo das beste Programm des Senders produziert, wenn sie erfrischend offen über ihr kunterbuntes Familienleben plaudert. Eino, Pirjos Mann, ist dank dieser Geschichten ständiges Gesprächsthema auf Hirvonens, Petteris und Piis Fahrten zu ihren Drehorten. Eino arbeitet in einem feinmechanischen Unternehmen, und sein Arbeitsplatz ist eng mit fast allen Geschichten, die Pirjo erzählt, verbunden.

»Einmal wollte Eino nach der Sauna pimpern, worauf ich gefragt habe, warum nicht vorher? Dann könnte man sich hinterher gleich waschen und ... Na ja, Eino sagte, dass er erst in der Sauna warm werde. Der ist manchmal so grob. Man glaubt gar nicht, dass er Feinmechaniker ist.«

Pii läuft mit ihrem Tablett zum Zeitungsständer, ins Zwielicht der großen Grünpflanze. Das ist der beste Platz im Café. Der einzige Einmanntisch. Pii sitzt immer dort. Muss mit niemandem quatschen. Oder jemanden kennenlernen und mehr als einen guten Tag wünschen. Hirvonen witzelte schon, er würde Pii als Weihnachtsgeschenk ein Namensschildchen für den Stuhl schnitzen. Im Zeitungsständer liegen Zeitungen, die fünf Jahre oder älter sind. Pii greift sich eine Regionalzeitung aus der Zeit, als sie noch nicht hier in der Stadt gewohnt hat. Brötchen und Kaffee tun gut. Mit einem Kater fühlt sich der Körper genau so an wie zwei Tage vor der Periode: Man verspürt einen unstillbaren Heißhunger. Auch heute muss das innere Zittern ausgebremst werden, indem sie die ganze Zeit etwas in sich hineinstopft.

»Die sind gut«, strahlt Pii, und Pirjo verrät ihr gleich das ganze Rezept: Hefe, handwarmes Wasser, Kleie, Salz, Mehl und geraspelte Möhren. Obendrauf Sesamsamen.

»Ich back ja nicht«, wendet Pii ein. »Wo ich arbeite, kann man frische Brötchen kaufen. Ich nehm drei, machst du mir eine Tüte? Ich nehm sie heute Abend mit.«

Als Pirjo die Bestellung aufgenommen hat, stellt Pii das Tablett auf den Nebentisch, breitet die Zeitung vor sich aus und nimmt die Kaffeetasse in die Hand. Die Zeitung verdeckt den ganzen Tisch. Pii blättert in ihr und denkt doch dabei an Heino und das bevorstehende Treffen mit ihm. Sie versucht, sich die richtige Art zurechtzulegen, sich dem Polizisten zu nähern. Nicht zu vertraulich, nicht zu steif, keine dummen Fragen, nicht spionierend, keine nüchterne Sachlichkeit ... Heino hat die Verantwortung für die Öffentlichkeitsarbeit im Fall Eeva-Liisa Martinsilta, denkt Pii, aber in der Pressekonferenz wurde alles gesagt, was sie in der Öffentlichkeit sagen wollten. Also keine Fragen dazu, oder vielleicht inoffiziell, wenn ich ihn überredet habe, Gast der Woche zu werden ... Piis Kaffeetasse stoppt auf dem Weg zu ihren Lippen. Eine Nachricht in der Zeitung sprang ihr direkt in die Augen:

»Schwangere Frau auf Zebrastreifen von Auto überfahren. Der Fahrer flüchtete. Die Polizei sucht Augenzeugen.«

HEINO SITZT SCHON im Café, als Pii acht vor ankommt. Auf Sami musste man immer warten. Der ist ein pathologischer Zuspätkommer und verspürt dabei nicht einmal Gewissensbisse. Sami erlaubt sich das selbst. Aber nicht anderen, denkt Pii noch, begrüßt Heino resolut und verscheucht Sami aus ihren Gedanken.

»Hallo, musstest du lange warten?«

»Bin gerade erst gekommen. Du bist ja nicht unpünktlich«, lächelt Heino. »Ich habe mir doch schon einen Tee bestellt.«

»Und ich habe schon einen Kaffee getrunken, im Sender, aber ich glaube, ich nehme noch einen, wenn ...?«

»Na klar.«

Das Gespräch verläuft angenehmer, als Pii erwartete. Heino ist ein guter Gesprächspartner, und ein aufmerksamer Zuhörer, der schnell auf das Wesentliche eingeht. Spricht ruhig und antwortet auf Piis Fragen frei heraus und ohne Umschweife. Ist kein Einfaltspinsel, gesteht sich Pii ein. Er spricht so klar und eindeutig darüber, dass die Gewalt verroht und zu einem Teil der Verbrauchergewohnheiten wird, dass Pii sich ermutigt fühlt, dies als Thema für das aufzuzeichnende Gespräch vorzuschlagen.

»Ich vermute mal, dass du einverstanden bist, mein Gast der Woche zu sein.«

»Mit dem bisschen, was ich gesagt habe?«

»Das war doch nicht wenig. Besser als viele andere. Das hatte eine Botschaft.«

»Okay. Bei euch Redakteuren weiß man ja nie wirklich richtig, woran man ist, und da dachte ich, wir beginnen trotzdem mit ...«

» ... mit Eeva-Liisa Martinsilta?«

»Genau.«

»Natürlich würde ich gern danach fragen, ich wäre eine schlechte Redakteurin, wenn ich es nicht machen wollte. Aber soweit ich verstanden habe, würdet ihr aus ermittlungstechnischen Gründen ...«

»Würden wir nicht.«

»Ein solches Gespräch könnten wir tatsächlich führen?«

»Ein solches Gespräch wäre okay.«

»Ich glaub, dann würde ich damit anfangen.«

Als Drehtag vereinbarten sie den Donnerstag. Heino hätte zwei Stunden Zeit, und in denen sollte alles im Kasten sein. Hirvonen würde noch mal zum Revier fahren, um ein paar Bilder zu machen, und auch das Material der Pressekonferenz würden sie verwenden. Pii würde dann noch im Archiv herauskramen, was dort zu Heino auffindbar wäre.

»Viel ist da nicht. Anders als andere bin ich ja noch keine Jahrzehnte hier.«

Heino guckt auf seine Armbanduhr und will schon gehen, als Pii ihm den Nachrichtenausriss unter die Nase hält.

»Erinnerst du dich an den Fall? Eine Frau in der achtunddreißigsten Schwangerschaftswoche kam an einem Zebrastreifen unters Auto und starb. Der Fahrer flüchtete. Damals warst du schon hier, oder? Wurde das aufgeklärt? Wurde der Raser gefasst? Das ist jetzt anderthalb Jahre her. Zirka zehn Kilometer von der Innenstadt entfernt.«

Heino nimmt den Zeitungsausschnitt in die Hand und liest die Nachricht, zwischen seinen Augen bildet sich eine kleine Falte.

»Ich kann nicht sicher etwas dazu sagen, wir hatten über die Jahre so viele Fälle, also spontan erinnere ich mich nicht«, sagt Heino und schaut Pii forschend an. »Weißt du etwas darüber?«

PII GEHT NOCH mal zuhause vorbei, bevor sie in die Redaktion zurückkehrt. Die Besessenheit, die Post zu checken, bleibt dank der anonymen Briefe sicher bis zum Lebensende bestehen. Pii möchte nicht, dass ihre Wohnung durch eine Explosion zerstört wird und unschuldige Unbeteiligte wie die alte Dame von oben ernstlich verletzt werden. Pii möchte nicht, dass die Polizei oder die Feuerwehr anruft. Pii möchte ihr normales Leben zurück. Arbeit, Freunde und eine funktionierende Beziehung. Ist das zu viel verlangt?

Die Post liegt direkt hinter der Tür auf dem Fußboden des Flurs, auf dem roten runden Teppich, den sie vor Jahren bei Ikea gekauft hat. Pii hebt die Briefe auf und zieht die Tür zum hallenden Treppenhaus zu. Die Deckenlampe im Flur hat keinen Schirm, das Licht blendet. Hirvonens Augen rotierten wie die rasenden Räder eines Spielautomaten, als er diesen Bunker sah, denkt Pii und schaut ins Licht, in seinem Gesicht war in diesem Moment sein Alter ablesbar. Der fünfundfünfzig Jahre alte Mann war an Frauen gewöhnt, die Tagesdecken für Doppelbetten stricken.

Piis Adresse ist geheim, aber wenn man sich richtig bemüht, kann man sie herauskriegen. Aber die haben eine Runde gewonnen. Die wollten, dass ich vom Nachrichtenaltar, den sie verunglimpft habe, verschwinde, und es ist ihnen gelungen. Wir haben ihre Befehle befolgt ... Die kriegten uns alle klein, die säuberten ein Staatsunternehmen. Egal, was in der Öffentlichkeit darüber verlautbart wurde, die Angstmacher gewannen sechs zu Null.

Die Wohnung durchzieht immer noch der schwere Geruch der Nacht. Ein offenes Fenster hilft da nichts, sie muss für einen kräftigen Durchzug sorgen. Zu allem Überfluss habe ich noch eine Lüftungsneurose. Zum Glück ist die Wohnung so weit oben. Es wird niemand schaffen, durch das Fenster zu einzusteigen. Ich werde am Wochenende saugen, gelobt sich Pii selbst, und stolziert mit ihren Straßenschuhen ins Schlafzimmer. Die Ausbeute des Tages ist dürftig: die Gratiszeitung, Werbung, die Telefonrechnung und eine Postbenachrichtigung. Ein Paket der Eltern ist angekommen. Inhalt: Herbstleckereien. Mama hat Pilze und Äpfel eingeweckt, freut sich Pii lächelnd, herrlich!

Piis Eltern wohnen noch immer im selben Haus in Kirkkonummi, in dem Pii ihre Kindheit verbracht hat. Sie arbeiten beide noch, der Vater als Orchestermusiker bei der Tapiola Sinfonietta, die Mutter in der Kita im Stadtteil Heikkilä. Piis kleiner Bruder ist achtzehn, hat gerade seinen Führerschein gemacht und wird nächstes Jahr sein Abi ablegen. Wohnt noch zuhause. Die Eltern waren in großer Sorge um Pii, haben oft angerufen, waren auch zweimal zu Besuch, haben aber im Hotel übernachtet. Waren angeblich auf einer Erholungsreise. Das Wort Kontrollreise trifft es wohl eher. Um nach ihrer Tochter zu schauen. Um ihre Verfassung zu beurteilen. Beim ersten Mal verstanden sie, dass Pii noch nicht dazu gekommen war, ihre Wohnung in Ordnung zu bringen. Beim zweiten Mal boten sie ihre Hilfe beim Einrichten der Wohnung an. Pii wollte nicht. Sie tat kund, dass sie weiterhin in Helsinki zuhause sei.

»Ich werde in der Wohnung nichts groß machen. Ich werde mich hier nicht lange festsetzen.«

Die Eltern schauten nun noch besorgter aus. Aber Pii meinte, dass sie gut zurechtkommen würde.

»Es ist keiner gestorben, kein Despot hat mich wegen Landesverrates zu lebenslanger Kerkerhaft verurteilt. Ich schmachte nicht in einem nordkoreanischen Gefängnis. Es ist alles i. O., nur Sami ist ein Blödmann.«

»Und so ein Leibwächter oder wie heißen die?«

»Ach Quatsch, Mama, wir sind hier in Finnland. Ich brauche doch keinen Bodyguard! Irgend so ein verrückter Bombenbauer schafft es mit seinen Dummenjungenstreichen in die Nachrichten und alle fangen an, Sprüche zu klopfen. Behaltet mal euren kühlen Kopf.«

Mama wäre ganz ruhig, wenn ich immer noch mit Sami zusammen wäre, denkt Pii und schließt das Türschloss zu. Sami würde ausreichen, um mich gegen alles Schlechte zu beschützen. Und außerdem hat er ein Auto, lacht Pii, als sie auf ihr Fahrrad steigt. Mama mag es überhaupt nicht, wenn ich Fahrrad fahre!

Pii nimmt die Abkürzung durch den Park und beschließt, zu Ehren des sonnigen Tages am Eckkiosk ein Eis zu kaufen. Vielleicht das letzte Eis in diesem Herbst, sinniert Pii und sieht das Cover der Boulevardzeitung vor dem Kiosk. Der Herr der Schlagzeilen ist immer noch der Ex-Skispringer, der gerade aus dem Gefängnis entlassen wurde, aber darunter, etwas kleiner, wird über den Mord an Eeva-Liisa Martinsilta berichtet. »Ehemann der getöteten Gemeindepfarrerin am Boden zerstört«. Pii bückt sich, um das Bild genauer zu betrachten. Darauf ist Eeva-Liisa Martinsiltas Witwer zu sehen, der Teppo Martinsilta aus dem Telefonbuch.

Grundgütiger, denkt Pii, den Mann habe ich doch mal interviewt. Aber sein Name war nicht Martinsilta.

AUF DER POST gibt es kaum Kunden. Die Frau am Schalter ruft Pii zu, dass sie sich keine Nummer ziehen müsse.

»Steht ja ohnehin keiner an bei mir.«

Als Pii ihr die Paketbenachrichtigung zeigt, rät diese Pii, sich das Paket selbst aus dem Regal zu holen.

»Die ersten zwei Ziffern sind das Regal, das ist da hinten, und die drei nächsten sind die Paketnummer. Die stehen alle in der richtigen Reihenfolge dort.«

»Wenn ich es nicht finde, ruf ich um Hilfe«, willigt Pii ein und murrt insgeheim über den sich ständig verschlechternden Service. Alles müssen die Kunden selber machen ...

Trotzdem: Das System funktioniert und das Paket befindet sich an Ort und Stelle. Es ist größer, als Pii gedacht hat, und sie merkt sofort, dass sie es nicht auf dem Gepäckträger ihres Rades transportieren können würde. Mama war wohl wieder etwas übereifrig. Die Beamtin amüsiert sich über Piis Donnerwetter. Sie entfernt die Diebstahlsicherung und lässt Pii für den Erhalt unterschreiben.

»Meine Mutter ist genau so. Einmal hat sie mir einen Küchenhocker als Paket geschickt. Damit ich an die Lampe rankomme, den Lampenschirm abnehmen und von den Fliegen säubern kann.«

»Danke«, lacht Pii und nimmt das Paket vor den Bauch.

Sie trägt es hinaus zum Fahrradständer und versucht, Hirvonen zu erreichen. Die Jungs könnten es hier abholen, sie könnten mit dem Auto des Senders kommen, ich mache ja sonst nie private Fahrten damit, überlegt Pii, außer jetzt. Pii ruft sowohl Petteri als auch Hirvonen mehrere Male auf dem Handy an, aber selbst bei der Technik geht keiner ans Telefon. Seppo sagt, dass die beiden prinzipiell im Haus seien, aber aller Wahrscheinlichkeit nach würden sie sich mit Kaartinen irgendwelches Material anschauen.

»Und ein kleiner Tipp: Im Schneideraum brauchst du es gar nicht erst zu versuchen. Kaartinen ist ziemlich gereizt.«

Dann muss ich wohl laufen, schnauft Pii, mit dem Taxi werde ich sicher nicht fahren. Sie schließt ihr Rad am Fahrradständer der Post an und nimmt das Paket hoch. Es ist schwer und unhandlich, und sie hat auch nie viel Kraft in den Armen gehabt.

Als Pii die Vällilänkulma erreicht, ist sie schon so von Zorn erfüllt, dass sie ihre Mutter anrufen möchte. Was denkt sie sich eigentlich, ächzt Pii, sie weiß doch, dass ich kein Auto habe. Der Wind hat nach Norden gedreht und bläst jetzt viel kühler als heute früh durchs Hemd. Der Herbst scheint genau in diesem Augenblick in der Stadt angekommen zu sein. Pii setzt den Karton ab und ärgert sich, dass es ihr nicht in den Sinn gekommen war, Plastikbeutel zu kaufen. Den Inhalt des Kartons hätte sie gut in die Beutel verteilen und die Beutel an den Lenker hängen können. Verdammte Scheiße! Pii krempelt sich die Ärmel hoch, die Arme sind knallrot, von den Kanten des Kartons wundgescheuert. Als ob sie jemand mit bloßen Händen gegriffen und zugedrückt hätte. Pii schnauft. Sie holt das Telefon hervor und ruft an. Mama ist arbeiten und antwortet natürlich nicht. Im Park wirft sich ein Rudel Jungs gegenseitig eine Mütze zu, und sie brechen in lautes Lachen aus, als die

Mütze geradewegs in den Papierkorb fliegt. Der offensichtliche Mützenbesitzer, ein Junge, deutlich kleiner als die anderen, stopft seine Hand hinein und der ihn dabei begleitende Chor rühmt ihn als den besten Taucher der Stadt. Piis Reizschwelle ist jetzt so niedrig, dass sie am liebsten in den Park stürzen und sich als Erzieherin für die ganze Jungentruppe aufspielen würde. Nur ihr Selbsterhaltungstrieb hält sie davon ab. Alle außer dem Mützenbesitzer sind einen Kopf größer als sie.

Auf der Mailbox ihrer Mutter hinterlässt sie nur eine kurze, bittere Nachricht. »Danke fürs Paket. Habs noch nicht aufgemacht. Hoffentlich ist da eine dem Gewicht entsprechende Menge Gold drin.«

Vor dem rosa Steinhaus an der Ecke steht ein Pärchen. Der Mann steht mit dem Rücken zu Pii. Vor ihm eine schlanke, dunkelhaarige Frau in den Dreißigern. Sie berührt hin und wieder sein Gesicht. Auf eine Weise, die keine Zweifel lässt. Sie liebt ihn.

Ein Auto hupt neben Pii, ein blauer Transporter. Er hat gebremst und steht fast. Pii zuckt zusammen. Das Fahrerfenster wird geöffnet. Durch das Fenster reckt sich eine fröhlich aussehende junge Frau.

»Pii? Pii Marin? Annäherungswert 3,14159265359?«

»Das kann doch nicht sein«, ruft Pii aus, »Aikku? Bist du das? Aikku Haapasalo?«

Das Auto biegt auf den Bürgersteig ein und bleibt mit quietschenden Bremsen nur ein paar Zentimeter vor Piis Paket stehen. Die Tür öffnet sich und eine lockenköpfige Frau in Jeans und Pullover steigt auf der Fahrerseite aus. Ainomaija Haapasalo, genannt Aikku, Piis beste Freundin in der Schule.

»Mich laust der Affe!«, ruft Aikku. »Bist du das wirklich? Pii, nach so langer Zeit! Nicht möglich! Herrlich! Ich hab schon geguckt, ob du es bist. Ich fass es nicht, sie ist es, du bist es!«

Sie reden gleichzeitig, fragen sich aus, wie es ihnen ergangen ist, und Lachfalten umrahmen ihre Augen. Pii merkt, dass sie lacht, auch Aikku stimmt ein kehliges, warmes Lachen an. Aikkus Haut ist voller Sommersprossen, ihre Haare sind noch lockiger als früher. Den Pullover hatte sie schon im Gymnasium getragen. Jetzt ist er an vielen Stellen geflickt.

»Manche werden nie alt«, meint Pii anerkennend.

»Wohl wahr«, lacht Aikku und zwickt Pii in die Wangen, so wie es Aikkus Mutter früher immer machte.

Pii erfährt, dass Ainomaija erst wenige Wochen zuvor aus dem Ausland für immer nach Finnland zurückgekommen war und hier in der Stadt sesshaft werden möchte.

»Ich forsche an der Uni. Wie immer.«

»Du wohnst also hier?«

»Genau. Na ja, fünf Kilometer außerhalb der Innenstadt. In Juurakko. Und meist nehme ich das Rad, aber jetzt habe ich die Kiste voller Proben, da muss ich mit dem Auto fahren.«

Pii spürt, wie sich augenblicklich eine große Erleichterung in ihr breit macht. Aikku wohnt hier. Arbeitet in der gleichen Stadt. Pii hat jemanden, mit dem sie sprechen kann. Jemanden, mit dem sie Abende verbringen kann.

»Bist du schon lange hier«, fragt Aikku. »Bist du verheiratet oder hast du ...«

»Drei Monate. Ich lebe allein. Seit Sami jemand anders gefunden hat, hatte ich noch keine Zeit zu heiraten.«

»Der hübsche Sami?«

»Der Nämliche.«

»Ach, so lange wart ihr zusammen? So ein Scheißkerl.«

»Du sagst es.«

»Und du?«

»Nachrichten und ...«

»Alter Schwede!«, strahlt Aikku und umarmt Pii. »Herrlich, dich zu sehen!«

Aikku bietet Pii an, sie zur Arbeit zu fahren. Den Karton packen sie hinten hinein. Pii steigt ein und setzt sich neben Aikku, auf den Sitz für Hasenfüße. Sie verspürt Freude, ein überraschendes Gefühl von Kraft. Ein sich in ihrem Kopf breit machendes, immer sicherer werdendes Wissen, dass sie klar kommen wird. Sie sitzen im Auto und reden bunt durcheinander. Pii dankt Aikku.

»Du hast mich vor der sicheren Wutkrankheit bewahrt. Danke.«

»Whenever you need me, I'll be there for you«, sagt Aikku und lädt Pii ein, bei ihr einen schönen Saunaabend zu verbringen. »Wir machen einen Mädelsabend. Trinken Wein und lassen die vorbei gehuschten Jahre Revue passieren.«

»Wenn du mit mir Möbel kaufen gehst. Ich wohne in einem Umzugswagen.«

»Samstag?«

»Okay.«

Pii lacht. Das brauchte sie jetzt. Genau das. Einen Menschen, der sie nicht nur wegen ihrer Hautfarbe kennt. Aikku wohnt hier, denkt Pii, das kann also kein so miserabler Ort sein. Zur Arbeit zu gehen löst in dieser Sekunde in ihr keine Beklemmungen mehr aus, das erste Mal. Die kommenden Tage anzugehen juckt ihr schon richtig in den Fingerspitzen.

Sie wird es ihnen zeigen. Wird ihre Arbeit so machen, dass sie weiß, die Arbeit einer Redakteurin gemacht zu haben, seit Langem wieder. Kaartinen wird in sich zusammenfallen, der Gast der Woche wird eine interessante Herausforderung und eine tolle Programmidee, die Stadt zeigt ihr freundliches Gesicht. Pii lehnt sich zurück und fühlt, wie ihr warm ums Herz wird.

Aikku erzählt über ihre Forschungen. Was Pii betrifft, so könnte Aikku auch Suaheli sprechen. Pii versteht kein Wort, aber hört ihr freudig zu. Das Auto wird von Aikkus Stimme erfüllt, Pii fühlt sich behaglich neben ihrer alten Bekannten mit ihrem putzigen Sprechrhythmus und ihrer Eigenart, zum Ende eines Satzes immer schneller zu sprechen.

»Ich arbeite in so einem Team, das sich auf strukturbiologische Fragen konzentriert. Wir erforschen den Transport und die Stabilität lysosomaler Proteine und die zu lysosomalen Krankheiten führenden Enzyme.«

»Okay«, lacht Pii.

»Ausschlaggebend in unseren Untersuchungen sind die Alpha-Mannosidasen der Glykosid-Hydrolase-Familie GH 38.«

»Das ist dann doch nicht meine Kragenweite.«

»Aber das ist unheimlich interessant, das hat sozusagen News-Potential«, erregt sich Aikku.

»Ja, klar«, lacht Pii, und Aikku startet den Motor und biegt in die Gyllenbergallee ein.

Aikku sprüht vor Begeisterung und Energie. Liebt ihre Arbeit offensichtlich. Das Lachen hallt im Auto wider, und Pii fühlt, wie sich die gute Laune aus irgendwelchen uralten Erinnerungen heraus gräbt. Wenn Aikku von etwas begeistert war, hatte das immer auch Pii angesteckt, selbst wenn sie sich für Biologie nie interessiert hatte. Aikku ist Aikku, denkt Pii und wirft im Vorbeifahren einen kurzen Blick auf das Pärchen vor dem rosa Haus.

»Ein Liebespaar«, sagt Pii, nur ein bisschen neidisch. Die dunkelhaarige Frau küsst den vor ihr stehenden Mann, aber weicht schnell zurück, als sie Pii im Auto lächeln sieht. Der Mann dreht sich um und entfernt sich. Pii erkennt ihn, es ist Teppo Martinsilta. Oder wie auch immer er heißen mag.

Aikku fährt bis ganz vor die Eingangstür und hupt. Der Pförtner steht auf und schaut aus dem Fenster, kommt aber nicht heraus.

»Was denn«, wundert sich Aikku, »kommt der nicht raus, um dir beim Tragen zu helfen?«

»Ich schaff das schon.«

»Na ja«, stöhnt Aikku.

»Der Seppo ist ganz okay, schimpf mal nicht so«, wehrt Pii ab, »der telefoniert sicher gerade.«

Aikku steigt aus und hält Pii die Tür auf. Pii hat die ganze Fahrt über geredet und sich über Eeva-Liisa Martinsiltas Witwer gewundert, über sein Verhalten, über Samis verkümmertes Herz, über die entsetzliche Arbeitsatmosphäre und über das ganze widerwärtige Leben. Sie ist ganz außer Atem. Aikku amüsiert das.

»Zum Glück ist dein Kopf aus Holz. Der hält einiges aus.«

»Weinen wir lieber am Samstag«, sagt Pii, »jetzt habe ich keine Lust dazu.«

Sie tauschen noch ihre Telefonnummern aus und verabreden sich zum Frühstück im Strandcafé. Pii drückt Aikku sehr lange und spürt, dass sie wirklich gleich zu weinen beginnt. Erfreulicherweise kommt Seppo jetzt zur Tür und bietet Pii an, ihr Paket hineinzutragen.

»Was habe ich gesagt?«, lächelt Pii und winkt. Aikku springt ins Auto und erinnert Pii, ja pünktlich zu sein. »Oder die Möbel für deine Hütte werden von mir ausgesucht. Du weißt ja sicher noch, was für einen seltsamen Geschmack ich habe.«

»Eine Freundin aus Jugendtagen«, erklärt Pii Seppo, als Aikku hupend vom Hof düst. »Sie ist auch erst vor kurzem hergezogen, hat einige Jahre im Ausland gelebt. Ich fühle mich gleich viel wohler hier.«

»Erfreulich, dass du dich wohl fühlst«, erwidert Seppo freundlich, und Pii ahnt, dass er sie durchschaut, dass er bis zum Grund ihres tiefen Schlamassels schaut. Pii beschließt, das Paket sofort zu öffnen und dem Pförtner ein paar Äpfel und etwas Pilzsalat zu geben, wenn sie nach Hause fährt.

»Hirvonen ist mit Petteri essen gegangen und Kaartinen hat irgendeine Versammlung in der Stadt«, teilt Seppo ihr mit und hält ihr weiter die Tür auf. »Soll ich den Karton auf deinen Bürotisch stellen?«

»Gern. Wäre nett.«

Pii geht auf die Toilette, um sich die Hände zu waschen und ihre Wasserflasche aufzufüllen. Als sie den Kamm sucht, findet sie auch ihren Lippenstift und trägt ihn auf. Sie drückt ihr Gesicht mit einem zart glänzenden Lächeln gegen den Spiegel. »Mach dir bloß keinen Kopf«, flüstert Pii ihrem Spiegelbild zu.

Kaartinen wird eine Weile weg sein, somit hat Pii völlige Ruhe zum Arbeiten. Sie steckt Aikkus Telefonnummer an ihre Pinwand und ist voller Energie. Sogar der Zettel mit Samis Bitte um Rückruf lässt ihr Stimmungsbarometer nicht unter Null sinken. Pii stellt eine kleine To-do-Liste zusammen: Pressekonf., E-Mails, Gast der W., Unglücksfälle, Totschläge, Morde, Teppo M. Seinen Namen unterstreicht Pii mehrmals. Sie hat versucht, sich ins Gedächtnis zu rufen, woher er ihr bekannt ist, aber sie kommt einfach nicht darauf. Auch in ihrer erst kurzen Redakteurslaufbahn hat sie Hunderte, wenn nicht Tausende Gesichter gesehen. Menschen werden befragt, andere werden für bestimmte Berichte fotografiert oder gefilmt, ihre Gesichter laufen am Schnittplatz an einem vorbei, die einen werden sofort vergessen, aber andere bleiben im Gedächtnis. Mit Interviewten ist es ähnlich. Als Pii noch studiert hat, war sie sich sicher, dass sie sich an jeden einzelnen Interviewpartner erinnern würde, aber die Realität ist doch anders.

Pii hat vor, zunächst die Identität von Teppo Martinsilta zu klären, das hat oberste Priorität. Hirvonen kann sich schon mal im Polizeirevier für die Aufnahmen von Heino umschauen. Ein Thema für die Meinungsumfrage muss irgendwann bestimmt werden, überlegt Pii, schaut sich aber trotzdem erst die Aufnahme mit der Pressekonferenz an. Wenn sie sich Aufnahmen ansieht – das passiert ihr immer –, werden Assoziationsketten ausgelöst. Vielleicht erinnert sie sich auch an das frühere Leben von T. Martinsilta, wenn sie sich nicht aktiv darauf konzentriert. Außerdem muss sie sich die Kassette ohnehin anschauen. Hirvonen hat sie ihr extra auf den Tisch gelegt. Ohne darum gebeten worden zu sein. Er wollte, dass Pii sie sich anschaut. Vielleicht hält er mich ja doch nicht ganz für einen Trottel.

Das Vorführzimmer ist ein kleines schäbiges Loch, in den ein Tisch und sechs Stühle hineingedrängt wurden. Pii legt das Band ein und zieht sich einen Stuhl in die Nähe des Bildschirms. Kaartinens eintönige Stimme erläutert die Gründe für die große Zahl von Menschen, die sich im Polizeigebäude angesammelt haben. Die Eingangshalle des Polizeihauses ist übervoll. Auch wenn Pii niemanden in der Stadt kennt, so registriert sie die Mitglieder des Hyänenclans schon an ihren Gesichtern. Irgendwie kennt man doch seine Pappenheimer, meditiert Pii. Das Mädchen von den Stadtnachrichten, Harju von Kanal 1, der jungenhafte bebrillte Kerl von den Regionalnachrichten, die Frau vom Popradio, die immer so schnell loslacht, der Glatzkopf von Radio Meer, der wie Piis und Aikkus Chemielehrer aussieht, die Redakteure der Zeitungen der Nachbargemeinden, die Regionalredakteure der größten Tageszeitungen Jantunen, Saalasmaa und Autio. Der Gerichtsreporter vom überregionalen Privatsender MTV3, die Männer der Boulevardzeitungen, die überall hingehen, und die Wasserstoffblonde der Frauenzeitschrift Oho! Alle haben ihren Fragenkatalog bereit.

Es sind nur wenige Personen anwesend, die nicht zum inneren Kreis der Medien gehören. Kaartinen konnte einen von ihnen, den Vorsitzenden des Kirchenrates der Gemeinde Käkelä, dazu bewegen, auf seine Fragen zu antworten, die hinterher auf dem Band weggeschnitten wurden. Der Vorsitzende des Kirchenrates war heftig erschüttert und dennoch ruhig und sachlich. Keine Gefühlsausbrüche. Kein Hass dem Täter gegenüber, ausschließlich die direkt ausgedrückte Hoffnung, dass sich die Sache auflöse.

»Das ist maßlos schwierig für alle Beteiligten, und wir in der Gemeinde von Käkelä haben beschlossen, die Kirche rund um die Uhr geöffnet zu lassen. Damit hat Eeva-Liisa bereits begonnen ... In der Kirche kann man mit spontan eingesprungenen Mitarbeitern der Gemeinde oder mit Freiwilligen aus der Gemeindearbeit reden.«

Auf Kaartinens Frage, ob die Mitarbeiter der Gemeinde keine Angst hätten, in der Nacht allein in der Kirche zu sein, antwortete er ausweichend.

»Nein, nein ... Ich glaube nicht ... Eeva-Liisa war ja ein Ausnahmefall.«

Für Pii war das ein spannender Versprecher. Ein Ausnahmefall? Was heißt das? Dass man erwarten konnte, dass es Eeva-Liisa schlecht ergehen würde? Dass niemand anders in der ganzen Gemeinde sich fürchten müsse? Dass Eeva-Liisa sich das mit ihren Aktivitäten selbst eingebrockt hätte? Dass, dass, dass? Pii kaut an ihren Nägeln. Das Herz schlägt einen Moment beschleunigt. Zu viel Kaffee, sinniert Pii, und nach noch mehr steht ihr der Sinn. Ich verliere bei diesen Idioten noch die Nerven.

Der Bericht ist gut gemacht. Pii ist fast enttäuscht. Wie gern hätte sie Kaartinen bei Anfängerfehlern erwischt, aber keine Chance. Gut, klar, null-acht-fünfzehn. Kein Lars von Trier, aber kompetent gemacht. Wäre er dumm und unqualifiziert, könnte man leichter opponieren. Aber Kaartinen ist klug. Und Hirvonen rahmt das Bild interessant, links unten läuft die ganze Zeit eine Uhr mit. Und wenn sich die Tür in den Pressekonferenzraum schließlich öffnet, öffnet sie sich von rechts.

So wie sie in der Pressekonferenz dasitzen, erinnert es stark an das *Abendmahl* von da Vinci. Hinter einem langen Tisch sitzt in der Mitte an Jesus' Platz Kriminaloberkommissar Santala von der Zentralkriminalpolizei. Neben ihm an der Stelle des nächsten der Jünger Heino von der örtlichen Polizei. Santala erzählt, was alle bereits wissen. Eeva-Liisa Martinsilta sei gestorben, die Polizei habe einen 23-jährigen Mann mit begründetem Verdacht festgenommen. Die Ermittlungen liefen und aus ermittlungstechnischen Gründen würde die Polizei keine genaueren Angaben machen. Die Leitung der Ermittlungen in dieser Tötungssache sei auf die

Abteilung Gewaltverbrechen der Zentralkriminalpolizei übergegangen. Die Frage, warum die ZKP den Fall übernommen hat, quittiert Santala mit der Bemerkung, dass es wohl ausreiche zu wissen, dass in Finnland keine Kirchenmänner oder -frauen getötet worden wären, seitdem Heinrich von Uppsala, erster Bischof von Finnland, vor fast 900 Jahren von einem Bauern erschlagen worden sei. Der rappelvolle Raum lacht schallend los, verstummt aber genauso schnell, als in das kollektive Bewusstsein dringt, dass Kriminaloberkommissar Santala nicht gescherzt hat. Heino räuspert sich und trinkt einen Schluck Wasser aus dem vor ihm stehenden Glas.

Santala trägt umständlich vor, dass die Basis für die gesamten Ermittlungen von den hiesigen Polizeibeamten geleistet worden sei. Als Leiter der Ermittlungen koordiniere jedoch Santala von nun an die Öffentlichkeitsarbeit in diesem Fall. Santala bittet um Ruhe für die Ermittlungen und lässt dann die Anwesenden ihre Fragen stellen.

»Stimmt es, dass das Pfarramt komplett sauber gekärchert wurde und dass es nirgends Blut- oder andere Spuren gibt?«, beginnt Autio. »Und dass der Festgenommene derjenige ist, der Gemeindepfarrerin Martinsilta schon früher bedroht hat?«

Santala antwortet langsam. Er stellt fest, dass die Medien einen eiligen investigativen Journalismus pflegen, eigene Interpretationen anstellen und Schlüsse ziehen würden.

»Weil der Küster der Gemeinde Käkelä in diesem Zusammenhang bereits befragt wurde, bestätigen wir, dass Wasser verwendet wurde, und stellen gleichzeitig fest, dass bei einem solchen Fall immer vielerlei Gerüchte kursieren. Zu diesem Zeitpunkt werden wir diese nicht weiter kommentieren.«

Pii schaut sich das Band zweimal an. Im flimmernden Licht des Bildschirms macht sie sich Notizen. Das stumm geschaltete Telefon vibriert auf dem Tisch. Pii nimmt es und schaut auf das wie eine Taschenlampe leuchtende Display. Drei Anrufe: zweimal Sami und eine unbekannte Nummer. Pii nimmt nicht ab, wozu ist denn die Mailbox erfunden? Sami darf sie nicht stören. Dass er anruft, das muss aufhören.

Kaartinen konnte sich selbst aus dem Bild ausblenden. Das muss schwer für ihn gewesen sein, grinst Pii. Der Bericht funktioniert auch ohne das Gesicht des Reporters großartig. Absolut großartig. Nach altem Strickmuster wäre ein solches Vorgehen gar nicht in Frage gekommen. Der Fernsehreporter muss mit dem Mikro in der Hand im Bild stehen und direkt in die Kamera schauen, die Zuschauer ansprechen, sich persönlich an sie wenden. Im Sprühregen, im Schneeregen, im Geräuscheregen, im Kugelregen. Die Wahlquarantäne hat Kaartinen zum Nachdenken gebracht. Und das Ergebnis kann sich sehen lassen. Hat Stil. Warum habe ich mir das nie einfallen lassen?

Es hagelt Fragen. Die Polizisten hören sich jede einzelne interessiert an, blättern zwischendurch in ihren Papieren, schauen sich gegenseitig an, schauen Santala an. Aber auf keine gibt es eine direkte Antwort. Die Pressekonferenz endet mit Santalas Mitteilung, dass weitere Informationen gegeben würden, wenn weitere Informationen vorlägen. Hirvonen öffnet das Bild von Santala auf die gesamte Riege der Polizisten am Tisch. Als Kaartinen danach seinen Kommentar spricht, bemerkt Pii, wie Heino etwas aufschreibt und den Zettel Santala reicht. Und wie Santala seinen Hals reckt und hinter dem Tisch aufsteht, um nach hinten in den Raum zu schauen.

PYRYS MAIL IST fundiert, wie immer. Im Anhang befinden sich drei zip-Dateien mit Informationen über Bewegungen der Neonazis in den vergangenen Jahren, über kürzlich geschlossene Websites und an deren Stelle getretene Informationsverbreitungskanäle. Über Zusammenstöße zwischen Ausländern und Neonazis, über die rechtsextreme Organisation *Finnland den Finnen*. Über Krawalle und Festnahmen. Eine separate Datei über Ereignisse in Käkelä aus der Zeit, bevor Pii hierher gekommen ist. Einige Zeitungsartikel, eine Namensliste von Trägern des Abzeichens EHRE UND BLUT und am Ende der Mail in Großbuchstaben die Bemerkung, dass die Liste unvollständig und aus verschiedenen Quellen zusammengetragen sei.

Pii schickt alles an den Drucker und checkt die anderen eingegangenen Mails. Eine von Sami, eine von Hirvonen. Pii lässt beide ungelesen. Sie errät auch so deren Inhalt. Sami wird sie beknien, ihn anzurufen, und Hirvonen wird wohl einen Joke, den er erhalten hat, weitergeleitet haben. Hirvonen verschickt nie Mails zu Sachfragen, immer nur eine seiner dummen, dümmeren und dümmsten Witzchimären. Und das, obgleich Pii ihm mitgeteilt hat, dass sie diese Rundmails hasse und deren Absender auf die schwarze Liste setze, damit alle Mails von diesen Absendern nach fünf eingegangenen Spam-Mails automatisch zurückgeschickt werden. Hirvonens nächste Mail würde somit an ihn zurückgehen. In

Kauppis Mail stand nur: Briefkasten. Pii bedankt sich bei Pyry und Kauppi mit ein paar Sätzen und ruft dann gleich bei der Produktionssekretärin in Pasila an. Rechnet damit, eine Nachricht hinterlassen zu müssen, aber Vappu nimmt zu ihrer großen Überraschung ab. Pii sagt, dass sie sich später noch einmal melden werde.

»Zum Plaudern rufe ich extra an. Jetzt brauche ich nur deine Hilfe. Hast du die Nachrichten über die ermordete Gemeindepfarrerin verfolgt?«

»Das konnte man doch nicht verpassen.«

»Hast du Bilder vom Mann der Pfarrerin gesehen, diesem Teppo Martinsilta? So ein ... dunkler und gut aussehender Mann, ziemlich groß, Brille ... In beiden Boulevardzeitungen gab es Bilder von ihm.«

»Ach je«, antwortet Vappu nachdenklich, »gerade eben im Café hab ich gelesen ...«

»Ich habe ihn irgendwann einmal interviewt, ich weiß das hundertpro, aber wo und warum? Ich habe so ein Brett vor dem Kopf. Der hatte damals einen ganz anderen Namen.«

Vappu verspricht, sich sofort die Zeitung zu holen und die Bilder genauer anzuschauen.

»War das, als du bei uns warst?«

»Nicht als Studentin. Als Nachrichtensprecherin.«

»Dann sollte das zu finden sein. Wird aber etwas dauern. Hast du es im Pfarramt versucht? Dort sollte es doch ein Leichtes sein. Eheurkunde und so. In den Kirchenbüchern.«

»Na klar, wie konnte ich ...«

»Versuch, ein wenig zu schlafen zwischendurch.«

Vappu verspricht, den Mann zu finden. Die Inhaltsdatenbank für die Archivbänder und ihr eigenes Personenregister zu Rate zu ziehen.

Sie werde Pii sofort anrufen, wenn sich etwas ergibt. Als Pii schon auflegen will, erwähnt Vappu noch, dass sie Sami gesehen habe. Ein paar Mal. Einmal in der Kneipe und vorgestern am Bahnhof.

»Der sieht ziemlich schlecht aus.«

»Dann soll er sich mal krankschreiben lassen. Ist auch bei mir nicht mehr weit.«

»Das auch noch.«

»Grüß bitte Eeva und Marjukka von mir. Sag ihnen, dass ich sie immer noch bewundere«, beteuert Pii energisch und legt auf, bevor Vappu noch einen Ton sagen kann. Pii muss sich am Tisch festhalten. Ich bin so kaputt. Ich bin wirklich am Ende, ein Gespräch mit Pasila laugt mich so aus, dass ich total erschlagen bin. Ich werde gleich Montag zum Arzt gehen und mir eine Überweisung zu jemandem geben lassen, der mich mit Pillen vollstopft. Das erträgt doch kein Schwein.

Pii ist mit Sehnsucht erfüllt und sie steht lange da und betrachtet das Terminator-Zitat. Nachrichten zu schauen verkraftet sie nicht. Nach Helsinki kann sie nicht fahren. Und wenn sie fährt, muss sie um Pasila einen großen Bogen machen. Man hatte ihr mitgeteilt, dass es sich um eine Übergangsregelung handele, aber Hirvonen erzählte irgendwann an einem Abend in der *Tränke*, dass er auch von Helsinki versetzt worden wäre. Zunächst nach Kouvola. Dann hierher. Kaartinen wiederum war längere Zeit in Tampere.

»Der wurde auch zwangsversetzt. Diese Regionalredaktionen sind so richtige Auffangbecken. Wenn sie einen im Mutterhaus nicht loswerden, werden sie eben in die Provinz abgeschoben. Ein Teil ist natürlich der Familie hinterher gezogen, und ein paar sind auch in ihre Heimatstadt gezogen. Aber die meisten ... Siehst es ja selber. Hier wird nichts produziert. Das Equipment ist alt, die Räumlichkeiten sind alt. Bestimmt gibt es auch schon genaue Pläne zur Abwicklung des Ganzen, die geben es nur nicht zu.«

Hirvonen, denkt Pii und zwingt sich, einen klaren Kopf zu behalten, der weiß, wer da auf dem Polizeirevier war. Ich muss Hirvonen fragen. Die Jungs sind eindeutig aus der Mittagspause zurück, denn Petteris hohe Stimme ist durch die Wände zu hören. Pii speichert die Dateien von Pyry ab und geht los, um Hirvonen noch zu erwischen.

Petteri erzählt im Café, von Radioleuten umringt, einen Witz über EU-Beamte, die im Parlamentsgebäude wie bei Big Brother eingeschlossen sind. Petteri hat eine Begabung, die Leute für seine Geschichten zu interessieren, oder es ist einfach nur seine laute Stimme, die keine Wahl lässt, meint Pii und bittet wegen der Unterbrechung um Entschuldigung.

»Mach schnell, bei mir wird es gerade spannend«, trompetet Petteri los. Über sein Gesicht zieht sich ein bedeutungsvolles Lächeln, als Pii nach Hirvonen fragt.

»Geht es Hirvonen jetzt an den Kragen? Wer hat denn gesagt, dass du diesem Schurken vertrauen sollst? Das ist ein geiler alter Bock. Der wurde mit den Eiern voran geboren. Marin, der hat dich veräppelt. Die Witwer, das sind die schlimmsten. Weißt du das nicht, Marin?«

Etliche von den Radioleuten brechen in schallendes Gelächter aus, aber die meisten schweigen anständig. Sie sehen sich in einer Zwickmühle. Sollen sie lachen oder nicht? Und wenn sie lachen, wären sie für andere sofort Rassisten, mutmaßt Pii.

Pii hat keine Lust, sich mit Petteri zu rangeln, sie schlängelt sich durch die Tische zum Pförtnerkabuff. Erkundigt sich nach Hirvonen und erfährt, dass der im Studio sei. Aber nicht, um eine Sendung aufzunehmen. Heute wird hier ohnehin nichts gedreht. Auch heute nicht. Außer den Nachrichten und dem Gast der Woche wird hier ja eh nichts gemacht.

Am Schwarzen Brett im Flur sind Storys über Sendungen des Hauses aufgetaucht, dazu ein Packen Zeitungsberichte über Pii.

»So ein verdammter Mist«, schimpft Pii.

Mag ja sein, dass das hier im Haus üblich ist, alle Storys in die Allgemeinheit zu streuen, die die zur Rosine geschrumpfte Redaktion auch nur annähernd berühren. Für Pii ist das Aushängen der Artikel über sie klar ein taktischer Fehler, ein unangenehmes Spotlight, das ihr direkt ins Gesicht strahlt. Wenn die Mitarbeiter die Zeitungsartikel lesen, isolieren sie Pii auf ihre eigene einsame Insel, weit weg von den anderen. Pii reißt den ganzen Papierstoß ab, die Reißzwecke fällt herunter und rollt irgendwohin. Sie reißt den Packen entzwei und wirft alles in den nächsten Papierkorb.

Im Studio brennt kein rotes Licht, also niemand on air. Auf die grüne Eisentür hat irgendein Witzbold einen großen Zettel mit der Aufschrift *Lasst, die ihr eintretet, alle Hoffnung fahren!* geheftet. Die Tür quietscht beim Öffnen. Das Studio ist ein sieben Meter hoher, hallender Raum. Seinerzeit wurden hier beliebte Familienserien gedreht, große Talkshows, Quizsendungen, verschiedenste Informationssendungen von Wahlstudios bis zu Gesundheitsratgebern. Das ist schwer vorstellbar. Bei Aufnahmen ist das Studio wahrscheinlich schnell zu eng, taugt nur für Sendungen mit einem Aufnahmeplatz. Das Nachrichtensprecherpult steht, dreimal pro Woche werden die Regionalnachrichten von hier gesendet. Gesprochen werden sie von Helena Savolainen, die auf der Radioseite als Redaktionssekretärin arbeitet. Grundsätzlich wäre das Piis Aufgabe, aber im Zusammenhang mit der Versetzung wurde vereinbart, dass Pii nicht als regionales Gesicht auf dem Bildschirm zu sehen sein solle, sondern dass sie hin und wieder vor Ort Berichte machen würde, in der Hauptsache jedoch Hintergrundrecherchen für Storys von Kollegen. Nur einmal pro Monat würde Pii den Gast der Woche interviewen. Das wäre eine angemessen seltene Frequenz, im Fernsehen aufzutreten. Damit würde sie kaum jemandes Aufmerksamkeit erregen. Die Story über Käkelä kam hinzu, eine anomale Spitze im stillen Nachrichtenstrom. Pii wurde in den Ring gestoßen, weil Kaartinen nicht konnte und Helena keine Vor-Ort-Storys machte.

Neben dem Nachrichtenpult stehen zwei grüne Sessel für die Sendung mit dem Gast der Woche. Pii geht an ihnen vorbei und streift dabei die Rückenlehne des einen. In dem würde Heino sitzen, Pii ihm gegenüber. Vorbereitet und entspannt. Das Gespräch würde aufgezeichnet, aber ungeschnitten rausgeschickt werden, wie eine Life-Sendung. Keine Postproduktion, keine Fehlerkorrekturen, kein Wegschneiden unliebsamer Themen. Fünfzehn Minuten, in denen Pii aus Heino etwas anderes herausholen muss als politisch korrekte und triviale Antworten.

Das lautlose Studio erinnert an den Lagerraum eines x-beliebigen Supermarktes. An den Wänden stapeln sich Berge von allem möglichen Kram. Die an der Decke hängende Lichtanlage ist ausgeschaltet, die Notbeleuchtung hebt die trostlose Stille noch hervor.

Pii ruft etliche Male nach Hirvonen, aber der antwortet nicht. Ich bin doch nicht dein Laufmädchen, ärgert sie sich.

»Na, joggt unsere ausländische Verstärkung?« fragte Hirvonen gleich in der ersten Woche. »Ihr Negerlein seid doch starke Läufer.«

Pii machte keinen Hehl daraus, dass sie es hasste zu laufen.

»Dann haben wir ja etwas gemeinsam«, witzelte Hirvonen. »Mich haben sie schon so oft in meinem Leben als Laufbursche ausgenutzt.«

Pii friert. Es ist kühl im Studio, es fehlt sowohl die Glut der Scheinwerfer als auch menschliche Wärme. Piis Schritte hallen auf dem Studioboden wider. Die Teppiche wurden aufgerollt und für den Abtransport zur Seite geräumt. Hirvonen gibt keinen Mucks von sich. Oder er ist so vertieft in etwas, dass er für nichts anderes Ohren hat. Oder ist er gereizt wegen seiner Rückenschmerzen oder wegen Kaartinens Sticheleien oder Petteris Verarschereien?

Pii läuft hinter die Kulissen und ruft nochmals Hirvonens Namen. Wenn er hier ist, dann wird er mich auch hören. Vielleicht geht ihm alles so auf die Nerven, dass er allein sein will. Oder er ist überhaupt nicht hier.

Pii bleibt hinter dem Fenster des Regieraums stehen. An der Wand neben ihr, hinter einer halbhohen schwarzen Trennwand, lächelt eine junge Frau, die es durch die Sendung *Glücksklee* zu einiger Berühmtheit gebracht hat und ebenfalls in Schönheitswettbewerben einigen Erfolg hatte und auch über eine perfekte Zahnreihe verfügt. Über dem Gesicht der Frau pendelt ein dunkler Schatten. Hirvonen, grübelt Pii, und wendet ihren Blick. Sie stolpert gegen die Wand des Raums. Was sie sieht, lässt sie aufschreien. Auf dem Studioboden liegt die umgekippte Leiter. Hirvonen hängt mit blauem Gesicht an einem Strick an der Beleuchterbrücke.

Pii muss sich übergeben. Sie hängt matt über dem Klobecken, mit geschwollenen Augen und blutunterlaufenem Gesicht. Es kommt nichts mehr heraus, aber die Übelkeit verschwindet nicht. Pii speit Magensaft aus, die Luftröhre brennt und der Bauch platzt geradezu. Pii spült mehrere Male hintereinander, aber das Bild wird von der Spülung nicht mitgenommen, es steigt aus dem Strudel direkt vor ihr Gesicht. Hirvonens Gesicht, Hirvonens Hände, Hirvonens plump baumelnde Beine. Die sich in der Luft drehenden Schuhe.

Auf dem Flur Gehetze, Gejage, Gejammer, Geschrei. Pii erkennt Kaartinens nervöses Hüsteln, Pirjos schluchzendes Weinen und Petteris lautstarkes Nörgeln. Irgendwo klingelt ein Telefon, ein Türöffner summt, jemand flucht Gottverdammich. Das Herz hämmert gegen die Rippen, den Beinen ist alle Kraft entwichen. Die Hände wollen den bebenden Körper nicht mehr stützen. Der Porzellanrand schneidet Furchen in die Handflächen, die Klopapierrolle wickelt sich auf dem Fußboden aus.

Pii stemmt sich hoch, torkelt zum Waschbecken, dreht den Wasserhahn auf. Lässt das Wasser lange laufen. Wäscht sich mehrmals das Gesicht. Trocknet es mit dem eigentlich für die Hände gedachten groben Papier. Die Fugen der Wandfliesen sind grau, sie tanzen hin und her, je länger man draufschaut. Die Kabinentüren waren einen Spalt auf, die Mülleimer öffnen sich mit einem Fußtritt. An die Wand neben dem Spiegel wurde mit Tesafilm ein Zeitungscomic geklebt, in dem sich zwei Frauen über den Unterschied zwischen Männern und Kloschüsseln unterhalten. Pii kapiert die Pointe. Hirvonens Verwandte, hat er eigentlich Kinder?

Ich kann hier nicht bleiben. Ich kann hier nicht versteckt bleiben. Ich muss, ich muss, grübelt Pii und weicht dem Blick des Spiegels aus, ich muss mit Kaartinen reden. Vom Flur ist eine bekannte Stimme vernehmbar, sie fragt Seppo, wo das Studio ist. Der Gast der Woche ist überpünktlich. Pii schließt die Augen, sie kämpft dagegen an loszuschreien, schluckt, japst, erlaubt sich nicht zu schreien, packt den Rand des Waschbeckens so fest, dass sich ihre dunklen Knöchel entfärben, streicht sich dann mit der rechten Hand über den Mund. Lässt auch die linke Hand los, streicht sich über das Hemd. Sinkt nicht hinunter ins Waschbecken, sondern bleibt stehen. Versucht, sich aufzurichten. Reißt die Augen auf. Sieht die Tür von der Toilette zum Korridor. Zwingt sich loszulaufen. Geht in den Flur, sieht den Pförtner telefonieren. Im Café sitzt niemand. Alle stehen im Korridor und schauen zum Studio. Schweigend und mit grauem Gesicht.

»Die Polizei ist da hineingegangen«, erklärt Pirjo und kommt hinter dem Tresen hervor. Pii nickt. Sie kann Pirjo jetzt nicht ins Gesicht schauen, auch niemand anderem. Pirjo ergreift ihren Arm, klammert sich daran fest wie an eine Reling im Sturm.

Pii starrt zum Korridor und zur grünen Tür des Notausgangs. Sie hatte auf Hirvonen gewartet. Sie hat eine Frage, auf die nur Hirvonen hätte antworten können.

KAARTINEN HAT ALLE Mitarbeiter des Hauses einberufen. Alle sehen ernst und verweint aus und stehen dicht beieinander. Viele kannten Hirvonen schon seit Jahren. Sie können es einfach nicht begreifen. Kaartinen selbst steht vor ihnen und berichtet, was vorgefallen war. Von den Aufnahmen vor Ort bis zur Pressekonferenz, von seinen Gesprächen mit Petteri und Hirvonen im Auto und im Polizeirevier. Schaut hin und wieder hinüber zu Petteri und bittet ihn um Korrekturen, falls er etwas falsch erinnert.

»Nein nein, genau so war es«, brachte Petteri heraus, »okay, normal.«

»Hirvonen war vielleicht etwas ruhiger, aber ich denke, das war durch seine Müdigkeit verursacht. Er hat wohl gestern Abend lange gezecht.«

Pii verspürt, dass sich Petteris Blick auf sie richtet, wie ihre Wangen und Schläfen zu brennen beginnen. Pii weiß, was das bedeutet. Von ihr wird eine Erklärung erwartet, aber was könnte sie sagen? Sie könnte bestätigen, dass sie in der *Tränke* gesessen haben. Dass sie einen gekübelt haben. Sie könnte die Quittungen aus dem Portemonnaie ziehen. Könnte sich die Quantitäten des Alkohols, den sie sich durch die Kehlen gegossen haben, und des Geldes, das sie dafür ausgegeben haben, in Erinnerung rufen. Könnte erzählen, wie sie ihre Fahrräder umgeworfen haben, wer potentiell wie viele Promille intus hatte, wie sie in Piis Wohnung gelandet sind.

Dass Hirvonen auf ihrem Sofa eingepennt ist. Vom schweigsamen Frühstück, den Nachrichten und der Taxifahrt.

»Ich durfte mit Kalevi ... knapp fünfundzwanzig Jahre zusammenarbeiten und konnte mir nicht vorstellen, dass ...«, sagt Kaartinen und Pii begreift plötzlich. Der Unglücksprophet. So denken alle. An Hirvonens Tod ist sie Schuld.

Sie sitzt gelähmt und teilnahmslos inmitten von Kopfschütteln, Umarmungen, Klagen, Entsetzen und der gemeinsamen Trauer derjenigen, die Hirvonen schon lange gekannt haben. Versucht, einen Gedanken zu finden, an dem sie sich festhalten könnte, eine Antwort, die ausreichend wäre.

Heino taucht hinter Kaartinen auf und fragt, ob er Marin stören könne. Pii erhebt sich schon, Kaartinen gibt die Erlaubnis. Fragt, ob er behilflich sein könne, Heino nickt. Sagt, dass er Kaartinen später befragen werde. Pii geht an Kaartinen vorbei, der fordert Pii auf, vom gestrigen Abend zu berichten.

»Gestern zum Feierabend war Kalevi noch völlig in Ordnung, aber heute früh, als wir dort im Korridor standen, habe ich beobachtet ...«.

»Natürlich«, erwidert Pii und folgt Heino in den Korridor.

Heino darf das Konferenzzimmer nutzen. Es ist der einzige größere Raum neben dem Studio. Heino zieht Pii einen Stuhl heran und setzt sich selbst auch hin. Pii schaut Heino direkt in die Augen, hofft, dass der Polizist hilft, sie von der Schuld befreit, sie zu einer Haftstrafe verurteilt oder Hirvonen zum Leben erweckt.

»Du hast ihn gefunden?«, fragt Heino, was Pii bestätigt. »Hattet ihr ...?«

»... eine Beziehung?« fährt Pii ihn an. »Nein. Beileibe nicht.«

»Ich dachte, eine Besprechung. Wart ihr zu einer Besprechung verabredet? Sollte der Hirvonen filmen? Den Gast der ...«

»Sorry. Na ja, nein. Eigentlich haben wir noch nicht darüber gesprochen. Hirvonen sollte sich das Revier für Aufnahmen anschauen und ...«

»Du hast ihn also gesucht? Der Pförtner sagte so etwas.«

»Habe ich. Seppo hat mir gesagt, dass er im Studio sei. Ich dachte, er ... er macht die Kameras sauber oder so etwas.«

»Du wolltest also etwas besprechen?«

»Na ja. Weil ich doch nicht auf der Pressekonferenz war ...«

»Warum denn nicht?«

»Ich war gestern mit Hirvonen auf Achse. Wir haben unsere Telefone abgestellt. In dieser Zeit habt ihr ja schon den Täter gefasst, aber mein Chef hat uns beide nicht erreicht ... Ich habe mich nicht auf dem Laufenden gehalten, obwohl die Story noch nicht durch war. Ich habe es verbockt und die Story eingebüßt.«

»Du wolltest Hirvonen fragen ...?«

»... wer da war und so etwas. Ich habe mir ja schon das Video angesehen.«

»Wann hast du Kaartinen zuletzt gesehen?«

»Als er mit Kaartinen und Petteri zum Polizeirevier los ist.«

»Und danach?«

»Nein. Ich habe das Video angeschaut ...« Pii bemerkt, dass sie mit den Fingern auf dem Tisch klopft, und legt ihre Hände in den Schoß. »Werde ich wegen irgendwas verdächtigt?«

Heino bekräftigt zum wiederholten Male, dass Pii wegen nichts verdächtigt werde. Wie auch niemand anderes. Die Sache ist doch klar. Hirvonen hat sich selbst das Leben genommen. Es war kein Mord, es war Selbstmord.

»Ich hätte es merken müssen«, sagt Pii leise.

»Was merken?«, fragt Heino.

»Dass er plant ...«

»So etwas kann man nicht bemerken«, sagt Heino mit fester Stimme. »Da kann man jemanden noch so gut kennen.«

Heino gibt Pii die Hand und bedankt sich. Er werde Kontakt aufnehmen, wenn sich etwas herausstellen würde.

»Den Gast der Woche werden wir wohl vergessen können«, mutmaßt Pii.

»Ich habe zugesagt, als Gast zu kommen. Bleiben wir doch dabei.«

Pii ist die letzte im Haus. Sie kann einfach nicht losgehen. Auch wenn ihr Seppo mehrmals gut zuredet. Ihr sogar anbietet, sie in die Innenstadt mitzunehmen.

»Du bist doch mit dem Auto gekommen ... Und ich dachte, es wäre nicht so angenehm, an so einem Tag ...«

»Danke dir. Aber ich muss. Ich kann nicht. Ich muss noch arbeiten. Ich drehe in ein paar Tagen mit dem Polizisten, dem Heino, der hier war. Muss mich vorbereiten.«

Kaartinen erinnert Pii freundlicher als sonst noch daran, dass sie die Türen schließen solle. Pii nimmt das als eine Art Ausdruck von Mitgefühl.

»Die Alarmanlage geht um zwölf an. Geh vorher los.«

Auch Petteri, er hat schon die Mütze auf, kommt noch einmal und stellt sich in die Tür, anscheinend möchte er noch etwas loswerden. Pii kann ihm nicht helfen. Ihr fällt nichts ein, was sie ihm sagen könnte. Wenn sie ihm etwas sagen würde, würde sie ihn nur verletzen. Sie ahnt, dass auch Petteris Zustand nicht berauschend ist, aber sie kann ihn auch nicht erleichtern. Nachdem Petteri eine Weile am Türrahmen gelehnt hatte, verschwindet er, ohne ein Wort gesagt zu haben.

Pirjo bringt ihr eine Thermoskanne und ein paar mit Folie bedeckte belegte Brote, ohne dass Pii darum gebeten hätte. Pii bedankt sich und Pirjo bleibt eine kurze Weile im Zimmer stehen. Fragt, ob Pii noch etwas benötigte. Auf Piis verneinende Antwort wünscht Pirjo ihr eine gute Nacht und geht. Pii schafft es nicht zu antworten. Diese Nacht wird alles andere als gut, denkt sie. Die guten Nächte sind vorbei.

Pii ist erleichtert, als Pirjo gegangen war. Zum Glück. Pii schaut, wie Pirjo loszieht, festen Schrittes zum Ausgang geht, ihre Schlüsselkarte über den Anwesenheitszähler am Ausgang schwenkt. Pii holt tief Luft. Sie möchte Pirjo hinterher laufen. Sie fragen, ob sie ihr Gesellschaft leiste, sie bitten, ob sie einen Moment zu ihrer Sicherheit dableibe, sie dann nach Hause einladen, überreden, bei ihr zu übernachten. Wie eine gute Freundin. Tee kochen, über Hirvonen reden, sie ausfragen, was Hirvonen damals für ein Mensch war, als seine Frau noch lebte, bevor die Sorgen ihn so trübsinnig und freudlos machten, wie Hirvonen war, als er sich von seiner besten Seite zeigte, damals, als, vielleicht weinen. Aber Pii rührt kein Glied. Sie kann das niemandem zumuten. Nicht einmal Aikku kann sie anrufen, auch wenn sie bisweilen zu ihrer Nummer hinschaut. Sie möchte Aikku nicht als Mülleimer haben, sondern als Freundin. Sie muss diesen Abend allein durchstehen. Ihre Gedanken ordnen. Ihre Arbeit in den Griff bekommen. Pirjos Gesellschaft schwächt ihre Widerstandskraft. Mit Aikku, ihrer alten Freundin, würde sie abstürzen. Den ganzen Tag hat sie funktioniert, sie will jetzt nicht zerbrechen. Wenn sie jetzt zerbricht, weiß sie nicht, wie sie irgendwann wieder über irgendetwas hinwegkommt. Mitleid will sie nicht. Jeder andere hätte Hirvonen finden können, aber sie musste ja zufällig da sein. Hasst mich, hasst mich nur. Hirvonen hat sich getötet, nachdem er einen Abend mit mir verbracht und die Nacht auf meinem Sofa geschlafen hat.

Seppo schaltet die Lampen im Korridor aus, lässt nur die vor seinem Kabuff brennen. Die Tür schlägt zu. Pii ist ganz allein im Haus. Sie klickt sich in die Mails, geht direkt zu den eingegangenen und öffnet Hirvonens Nachricht.

Es ist kein Witz. Keine Rundmail wie sonst immer. Es ist ein persönlicher Brief an Pii. »Brimborium, meine Wenigkeit ist heute bei dir in der Wohnung aufgewacht, auf dieser schrecklichen Couch, mit krummem Rücken und doch vergnügter als irgendwann nach dem Tod meiner Frau. Daran kannst du sehen, was unsereins für ein Leben führt. Na, das ist ja jetzt zu Ende. Halt die Ohren steif, lass dich von den Arschlöchern nicht ärgern. Für eine Negerin bist du ein prima Kerl, Brimborium.

Viele Grüße Hirvonen.

PS. Schlimme Geschichte, aber scheinbar haben die den falschen Mann gefasst.«

Aus den Augen ergießt sich ein Wasserfall von Tränen. Pii schreit, schmettert mit einem Tritt den Stuhl an die Wand, hält sich den Kopf. Der Schmerz ist übermächtig, er zwingt Pii auf die Knie, sie ist hinter dem Tisch, auf dem Fußboden, sie kann nur schwer atmen. Sie hechelt nach Luft, wimmert und bebt, beißt sich auf die Knöchel, zappelt hin und her, hoch, runter, hoch, runter. Der Schmerz spült alles weg. Pii sieht nur Hirvonens Gesicht, hört seine brummige Stimme, antwortet auf seine Scherze und lacht über seine Lobhudelei auf die ostfinnischen Traditionsgerichte. Pii legt sich auf die Seite, schmiegt sich an den Fußboden, er ist kühl. Dreck bleibt an Piis Gesicht kleben, sie drückt ihre Handflächen auf den Kunststoffboden und weint, Speichel läuft ihr aus dem Mund, sammelt sich unter ihrer Wange. Pii versinkt im Fußboden, bis ins Kellergeschoss, durch den Beton, tief ins Erdinnere, in den Erdboden, in den schwarzen Schlund.

Das Geräusch eines Autos auf dem Parkplatz vor dem Haus zieht Pii zurück in ihr Arbeitszimmer. Sie weiß nicht, wie lange sie unter dem Tisch gelegen hat. Sie hat Schmerzen. An den Händen, am Kopf, im Genick, im Brustkorb, im Bauch, an den Beinen. Sie robbt nach oben, stößt sich den Kopf am Tisch, ächzt. Die Zeit ist ganz verschwunden, es gibt keine Zeit mehr. Keine Sekunden, keine Minuten, keine Stunden. Keine Tage, Wochen, Monate oder Jahre. Es gibt nur ein endloses langes Dunkel, aus dem der Hass emporsteigt. Ekel gegenüber allem um sie herum. Der Stadt und ihren Menschen, dem Land und dem unersättlichen, sich an alles anpassenden Volk. Hass auf Kaartinen, Petteri und den Sender. Hass auf Helsinki und Pasila. Hass auf Sami und Samis neues Leben.

Am meisten hasst Pii jedoch sich selbst. Sie hätte begreifen müssen. Sie hätte helfen können müssen. Pii fährt hoch. Sie reißt das Paket ihrer Mutter auf. Gräbt die Äpfel und Pilze hervor, die Wollsocken und die Postkarte von ihrer Mutter. Sie speichert Hirvonens E-Mail als *Brief* in einem eigenen Ordner und schaltet den Computer aus. Genau in diesem Moment schwenken die Scheinwerfer des Autos und erleuchten das ganze Foyer, streifen Piis Arbeitszimmer. Das Auto tuckert auf dem Parkplatz vor dem Haus im Leerlauf, direkt vor der Eingangstür. Viel zu nah. Fast schon im Haus.

PII WAGT SICH nicht zu bewegen. Sie kauert in der Ecke, so dass man sie von außen nicht sehen kann. Ihr ist eiskalt. Das Blut in ihren Adern ist erstarrt, Angst bemächtigt sich ihrer, macht sie unbeholfen. Pii zieht den Rucksack näher, fingert am Schloss, bekommt es mit viel Mühe auf, die Kordel dagegen scheint unauflösbar. Sie nimmt den Rucksack in den Schoß und versucht es erst mit den Fingern, was nicht gelingt. Erst als sie die Zähne zu Hilfe nimmt, bringt sie es zuwege, dass sich die Kordel lockert und der Knoten sich öffnet. Pii greift in den Rucksack, sucht ihr Handy, durchwühlt den ganzen Rucksack, schiebt Sachen beiseite, schaut auch in die Seitentaschen. Kein Handy, Pii wird nervös, schubst den Rucksack weg. Das Pilzglas fällt heraus, birst aber nicht. Die Äpfel rollen unter den Tisch. Stifte und Münzen, Tampons, Kaugummis, Lippenstift, Mascara und Puder, alles liegt auf dem Fußboden. Aber kein Handy. Pii hat keine Ahnung, wo sie es gelassen hat. Vergebens versucht sie, an das Telefon auf dem Tisch heranzukommen, ohne dass sie gesehen wird.

Pii schaut in den Lichtkegel. Das Auto dort vorn steht schon wer weiß wie lange. Wenn sie aufstünde und zur Tür ginge, sähe sie trotzdem nichts anderes als nur das Licht. Die, die im Auto sitzen, sind hinter den Scheinwerfern versteckt. Von ihnen sähe sie, wenn überhaupt, nur schwarze Umrisse. Nie könnte sie sie identifizieren. Aus irgendeinem

Grund ist sich Pii sicher, dass im Auto mehrere Personen sitzen. Nicht nur eine, sondern eine ganze Truppe.

Sie muss an Ort und Stelle bleiben. Die im Auto mögen glauben, dass nur vergessen wurde, das Licht in diesem Raum auszuschalten, wenn sie sich nicht bewegt. Mit ein bisschen Glück fahren sie wieder los. Warten etwas, werden der Sache überdrüssig und verschwinden. Aber andererseits: Sie könnte ja im Schneideraum sein und ohne etwas Böses zu ahnen in ihr Zimmer zurückkehren, wenn sie die Sendung fertig hat. Vielleicht glauben die das. Mitten in ihren Überlegungen fällt ihr ein, wo das Handy ist. Im Vorführraum, da hat sie es gelassen.

Sie muss einfach warten. Wenn die aussteigen, wenn sie hört, dass die zur Eingangstür kommen, wenn die Tür geöffnet wird, steht sie auf, stürzt zum Tisch und wählt die Notrufnummer. Vorher bewegt sie sich nicht.

Durch das Haus pulsiert Leere. Die Dunkelheit streckt ihre Hand aus und ergreift Pii am Genick. Zwingt sie, zu den Lichtkegeln auf dem Fußboden zu schauen. Zu begreifen, dass sie allein ist. Allein im ganzen Haus. Allein in der ganzen Stadt. Allein auf der ganzen Welt.

DAS AUTO SCHNURRT hinter den Glastüren, eine große Katze, die auf ihre Beute lauert. Die im Auto haben sich nicht verirrt. Sie sind wohlbedacht hierher gekommen. Das Fernsehhaus ist eigentlich mitten in der Stadt, und trotzdem so abgelegen, dass man sich auf dem Heimweg nicht zufällig hierher verfährt.

Zum Haus auf dem Hügel führt eine Straße hoch, die am Eingang und am Parkplatz endet. Der wird vom Wald eingefasst. Unten am Beginn der Straße ist ein Schild, auf dem FERNSEHHAUS steht. Spätestens hier weiß man, wohin es geht. Dieselbe Buchstabenkombination erwartet den Ankömmling oben am Giebel des Hauses und dann noch einmal an der Eingangstür. Der Funkturm ist überall in der Stadt sichtbar, abends leuchten seine roten Signallichter oben auf dem Hügel und bezeichnen die Stadtgrenzen und erleichtern die Orientierung. Niemand verirrt sich versehentlich hier nach oben.

Im letzten Drohbrief vor ihrer Versetzung lachte man sie aus, weil sie dumm sei. »Nur ein Neger kann so dumm sein, sich im Fernsehen zu verstecken! Du kennst doch das alte Spiel, in dem die Neger gezwungen werden, über einen Acker zu rennen, und wir Weißen bleiben mit unseren Flinten am Rand des Ackers. Spielen wir das doch! Auf geht's, Bimbo. Wir werden dich schon finden.«

Die Hammerschläge in Piis Herz hallen in ihrem Kopf wider, die Stille vergrößert die Schatten außerhalb des Raumes. Genau jetzt passiert es. Pii versucht, sich zu beruhigen, und betrachtet Kaartinens Plakat, aber das war ein Fehler. Das riesige Gesicht Kaartinens schaut ihr direkt in die Augen. Eine kleine finnische Flagge am Revers des dunklen Anzugs, der Ring am Finger, die frisch gestutzten Koteletten. Kaartinens Mund grinst über beide Ohren. Mit seinem Feixen verhöhnt er sie. Pii kennt das. Das ist das kälteste Grienen von allen. Genau wie Sami, als Pii ihn fragte, ob nicht ihr gemeinsames Leben, ob nicht alles, was sie zusammen erlebt haben, ob nicht ihre Liebe irgendeine Bedeutung habe.

Wenn du die Hitze nicht erträgst, musst du die Küche verlassen, lacht Kaartinen auf dem Plakat, hättest dich etwas zügeln sollen, warum musstest du unbedingt mit den großen Jungs spielen? Kaartinen kann sich anmaßen, so zu reden. Er hat schon Storys gesendet, als die in der Ecke hockende Negerin auf den Boden der Lehmhütte fiel. Pii kneift die Augen zusammen. Kaartinen würde ihr nicht helfen. Kaartinen wehrte sich gegen Piis Versetzung, wollte auf keinen Fall, dass ein Teil des ohnehin geschrumpften Interesses der örtlichen Einwohner auf Pii überginge. Kaartinen will auf die Pole-Position. Ein toter Promi ist für ihn ein Ex-Promi. Zehn kleine Negerlein ... und ein Mädchen ...

Je länger Pii in der Ecke hockt, umso sicherer ist sie sich der Anwesenheit des Todes. Sie denkt an ihre Eltern und ihren Bruder. Sieht sie in der Küche sitzen, essen und reden, laut lachen. Sieht die Küchenschränke, die letzte Weihnachten einen neuen Anstrich erhalten haben, die von Mama genähten Vorhänge, die alten, abgenutzten Stühle und die bunte Tischdecke. Die Lampe über dem Tisch hat verschiedenfarbige Glaskugeln. Sie geht in die Küche, Mama steht auf und umarmt sie, Papa lächelt breit, der Bruder fragt verwundert, ob sie nichts mitgebracht habe. Sie setzt sich an den Tisch, ist in Sicherheit, zuhause. Die Eltern erzählen ihr, wie sie die Holzverkleidung außen am Haus erneuert haben, sie hört ihre Worte, kneift ihrem Bruder ins Bein und grinst. Spürt den Geruch des Essens und ihrer Familie, den Geruch ihres Zuhauses. Sie möchte nach Hause. Mehr als alles in der Welt fürchtet sie, ihre Familie zu verlieren, sie nie wieder zu sehen.

Die Angst schnürt ihr Herz so sehr ein, dass sie beginnt, verschiedene Todesarten durchzuspielen. Wenn die sie erschössen, würde sie keinen Schmerz mehr verspüren. Auch ein harter Schlag gegen den Kopf würde ihr ein schnelles Ende bereiten. Ebenso eine Explosion, das wäre letztendlich eine der einfachsten Arten zu sterben. Überraschend und blitzschnell. Wenn die sie schlügen, träten und vergewaltigten, würden die ihre Leiden nur verlängern. Das ist es, was sie am meisten fürchtet. Sie presst sich noch enger an die Wand, so eng, dass ihre Rückenwirbel schmerzen. Pii kreuzt ihre Hände. Sie ist kein bisschen gläubig, aber sie erinnert sich an die großen, warmen Hände und die tröstende Stimme des Opas. Bevor ich mich zur Ruh begeb, zu Dir, o Gott, mein Herz ich heb, und sage Dank für jede Gab, die ich von Dir empfangen hab. Amen.

Der Motor heult auf, die Scheinwerferlichter bewegen sich, weichen zurück und drehen ab.

Als das Auto weggefahren ist, bleibt Pii in der Gewissheit sitzen, dass die Scheinwerfer sofort aufflammen würden, wenn sie sich bewegte, dass die sie sofort wie einen entflohenen Häftling in einem amerikanischen Film fänden. Schließlich schwingt sie sich auf, setzt sich in Bewegung und kriecht zur Tür. Sie sieht, dass der Vorplatz leer ist. Beleuchtet und leer, dennoch wagt sie es nicht aufzustehen. Halb krabbelnd, halb laufend, mit dem Kopf zwischen den Knien, bewegt sie sich in Richtung Korridor, geschützt vor den Blicken durch die großen Fenster, die sich zum Vorplatz öffnen. Im Korridor, um die Ecke steht Pii endlich auf, ihr linker Fuß ist eingeschlafen und in ihren Zehen kribbelt es. Sie schleppt sich an der Wand entlang zur Tür des Vorführraumes und richtet ihren Blick auf die grüne Notausgangbeleuchtung über der Studiotür. Da flieht ein Mann. Genau wie vor ein paar Stunden Hirvonen.

Pii nimmt ihr Handy, schafft es zurück in ihr Arbeitszimmer, kramt ihre Sachen zusammen, wirft sich den Rucksack über die Schulter. Das Licht ist sie nicht imstande auszuschalten, sie lässt es brennen. Auch die Äpfel lässt sie unter Kaartinens Tisch liegen. Die Glasscheiben des Pförtnerkabuffs glänzen. Pii versucht, ruhig zu bleiben, aber sie muss doch etwas an dem Schloss der Außentür herumfummeln, bevor ihre Finger wieder richtig funktionieren.

Als sie schließlich draußen anlangt, fällt ihr ein, dass ihr Rad vor dem Postamt steht. Sie hat ihr Handy, aber kein Fahrrad. Sie muss wohl laufen. Ein Taxi zu rufen würde sich nicht wirklich lohnen. Das Warten wäre übermächtig für sie. Sie könnte nicht auf diesem dunklen Platz stehen und sich dabei vor Verrückten fürchten, die sich zwischen den Bäumen versteckten. Und unter gar keinen Umständen könnte sie wieder zurück ins Haus gehen. Sie weiß nicht einmal, ob sie überhaupt jemals wieder dorthin zurückkehren wird.

Pii läuft über den Vorplatz, sie schaut sich um, aber nur einmal. Denkt dabei, als sie zu den raschelnden Sträuchern blickt, an die Faustregel des Feiglings: Schau dich im Dunkeln nicht um, schau nicht hinter dich, halte das Telefon stets griffbereit. Pii steckt die Hand in die Tasche. Das Handy ist da. Sie nimmt es fest in die Hand. Bald wird sie die neuen Nachrichten abhören, dann würde man denken, sie telefonierte mit jemandem. Mit jemandem, der hörte, dass man ihr an den Kragen wollte. Mit jemandem, der Hilfe rufen würde.

Außerdem hat sie auf dem Handy etliche neue Nachrichten. Sie wird sie bald abhören. Pii läuft schnell, von Laterne zu Laterne, aber sie rennt nicht. Noch nicht. Erst, wenn sie muss, wird sie rennen, wird ihre Kräfte für den Notfall schonen. Es nieselt, ein kräftiger Wind zieht auf, und die Bäume haben begonnen, ihre Blätter abzuwerfen. Hirvonen nahm die Sonne mit, als er ging. Der Winter kommt und wir sterben den Kältetod. Pii friert. Ihr klappern die Zähne. Die Stadt ist unnatürlich still, so still ist es sonst nur in der Mittsommernacht.

Vor dem Haus am Fagerrudd-Park steht jemand und raucht. Obwohl der Regen viel stärker geworden ist. Pii angelt das Handy aus der Tasche, drückt im Licht auf die Schnellwahltaste für die Mailbox und presst das Handy ans Ohr. Sami hat dreimal angerufen. Bittet Pii, nein fleht sie an zurückzurufen. Mama hat die Mailbox gefragt, ob Pii auch nicht vergessen habe, die eingemachten Pilze in den Kühlschrank zu stellen. Bei Zimmertemperatur würden sie leicht verderben. Nach Mama hat Aikku noch eine kurze fröhliche Nachricht hinterlassen; sie freue sich, dass sie Pii getroffen habe, und warte schon auf den Samstag. Die letzte Nachricht ist kurz, nur ein halber Satz. Die Stimme ist warm, im Hintergrund hallt es etwas. Pii bleibt stehen. Sie kennt die Stimme, es ist die gleiche, die ihr die Mailbox voll gesprochen hatte, bevor sie sich eine Geheimnummer zugelegt hat. »Bis bald«, sagt die Stimme.

Im Hauseingang steht jemand. Eine dunkle Gestalt, die eindeutig auf etwas wartet. Pii ist bis zum Äußersten gespannt, sie hat schon gedacht, dass sie es geschafft habe. Sie ist zu neugierig, um ihr Gesicht wegzudrehen, sie möchte dieses Gesicht sehen, es sich einprägen, sich vorstellen, dass es zu etwas nützlich wäre. Der Mann bewegt sich, es ist eindeutig ein Mann, er streckt sich, als er Pii sieht. Pii verlangsamt ihre Schritte, um sie herum sind Häuser, die Laternen brennen, hinter den Fenstern sind Menschen. Irgendjemand wird sie hören, wenn sie schreit. Der Mann tritt auf den Gitterrost vor dem Eingang, es scheppert unter seinen Füßen. Er kommt auf Pii zu, hat sie erwartet. Pii will am Haus vorbeigehen, aber der Mann schafft es bis in den Lichtkegel der Straßenlaterne und da erkennt Pii sein Gesicht. Freude überwältigt sie, Erleichterung, die den Schmerz verschlingt.

»Sami«, flüstert Pii und spürt, wie der Damm bricht. »Sami!«

Sami kann keinen Laut von sich geben, als Pii ihn in die Arme nimmt. Sami packt Pii. Ergreift sie, kommt ihr näher als jemals zuvor. Pii flüstert Samis Namen, Sami strahlt Hitze aus, berührt Pii, holt eine Ewigkeit ein. Pii drückt Sami an sich, küsst, versinkt im Kuss, streichelt Samis Gesicht, spürt, dass sie am Leben ist. Sie zieht Sami hinein. Kein Licht im Treppenhaus, das braucht sie nicht, denn das Dunkel hat seine Gewalt über Pii verloren. Sie sieht und spürt nur Sami, nichts anderes. Schmeckt den brennenden Geschmack von Samis Mund, riecht den vertrauten und fremden Geruch von Sami, eine Mischung von Zigaretten, Kaffee, Zahnpasta, Orangensaft, Pizza und gesprochener Sprache. Pii schließt Samis Mund, versiegelt ihn.

In Samis Augen blitzt etwas Unbekanntes auf, er folgt Pii. Stolpernd, aneinander klebend, übereinander herfallend, die Treppe hoch, in die Wohnung.

Sie sind atemlos und keuchen, erregen sie sich weiter durch ihr gegenseitiges Stöhnen, verschlingen einander. Reißen sich die Kleider vom Leibe, schleudern die Schuhe von den Füßen, kein Licht, kein Bett, an der Wand. Sami hebt Pii hoch, Piis Beine um Samis Rücken. Piis Hände am Hals, am Kinn, an den Wangen, in den Haaren. Samis Mund in Piis Mund, in Piis Ohren, Samis Zähne in Piis Schulter, seine Zunge macht das Schlüsselbein weicher. Pii ergreift Samis Po, zerkratzt Samis Rücken.

Wenn sie sich berühren, tasten sie nicht, sie kennen die Wege zueinander, jede Kurve, jeden fließenden Strom. Sie passen zusammen, Vanilleeis und Schokoladensauce, Milchschaum und heißer Kaffee. Als Sami in Piis Brüste beißt, legt Pii ihren Kopf zurück, schließt die Augen und lässt die Leidenschaft durch ihren Körper strömen. Sie zieht Sami an den Haaren, ruppig, kräftig. Sami stöhnt, Pii erwidert sein Stöhnen mit ihrem. Sie sind im selben Rhythmus, tanzen denselben Tanz, hören dieselbe Musik, diesen erregenden trommelnden Rhythmus, die Rauchigkeit des Saxophons, die sich wie eine Pflanze hoch rankende geile Trompete, diese Verzückung, die der Pianist in die Lüfte schmiedet, und die Herztöne des Bassisten.

Sie trennen sich voneinander. Sind nicht imstande zu reden. Keuchende, schweißgebadete Rennpferde, die die Ziellinie passiert haben. Pii schaut Sami nicht an, weiß nicht, ob Sami sie anschaut. Sie tastet sich unsicher weg von Sami, weg von den Tiefen, in die sie gefallen war. Pii geht geradewegs ins Badezimmer und schließt die Tür hinter sich zu. Bleibt etwas benommen einen Moment mitten im Raum stehen. Spürt nichts und spürt alle Gefühle in der gleichen Hundertstelsekunde. Öffnet den Hahn und lässt sich vom Wasser wiedererwecken. Der Körper ist vom Genuss entspannt, aber der Glasrand der Seele schneidet das Wohlgefühl brutal entzwei. Pii wäscht sich gründlich. Mehrere Male, aber das Geschehene lässt sich nicht ungeschehen machen. Sami ist in ihr, Sami kreist als Blut in Piis Adern. Pii kann ihn nicht aus sich vertreiben. So sehr sie auch scheuert und rubbelt.

Die Flecken dieses Tages verschwinden nicht. Hirvonen, der an der Decke hängt, das Auto, das vor dem Eingang steht, Sami, der hergekommen ist. Das ist das schlimmste. Das hätte sie verhindern können, niemand wird sie davon freisprechen, niemand wird sagen: Du bist nicht schuld. Doch. Pii ist eindeutig schuld.

Pii trocknet sich schnell ab. Sie begreift alles. Dass sie so ins Schleudern geraten ist, begann gleich am Morgen, als Sami ... Wie kindisch kann ein Mensch sein, wie blind, wie hilflos. Ich hätte mich auf den Vorschlag meines Chefs einlassen sollen, Hilfe anzunehmen. Ich hätte hingehen und jemandem alles erzählen sollen. Weil ich nicht gegangen bin, bin ich hier und finde Hirvonen. Wie konnte ich nur so paralysiert sein, dass ich nicht hinausgegangen bin zu dem Auto und gefragt habe, was die hier wollen? Warum habe ich nicht gleich die Polizei angerufen? Die wäre in sechs Minuten da gewesen. Vielleicht sogar schneller, wenn der Streifenwagen in der Nähe gewesen wäre. Ich habe die Kontrolle verloren, ich gehe gleich Montag zum Arzt und erzähle, wie ich da in der Ecke gezittert habe. Hundertprozentig werde ich krankgeschrieben. Dass ich mich wirklich in einer Ecke verkrieche! Ich bin ... Ich ... Pfui Teufel. Ich bin durcheinander, verrückt. Wirklich krank.

Sami sitzt auf der Couch und blickt Pii an, als sie aus dem Badezimmer tritt. Sami sitzt dort, wo Hirvonen schlief. Weg da, sagt Pii in Gedanken zu Sami, sofort weg da! Als Sami etwas sagen will, unterbricht sie ihn.

»Ich will, dass du jetzt gehst.«

»Pii ...«

»Kein Pii. Geh. Da ist die Tür. Geh und fahr nach Hause. Du wirst dort erwartet.«

»Ich werde nicht erwartet.«

Pii verliert die Beherrschung. Sie brüllt, nur einen Satz, einen, den sie schon die ganze Zeit brüllen wollte:

»Hör auf, mich anzulügen!«

Das ist ein Schuss direkt in Samis Brust, das ist ein weiterer Sargnagel, das ist, worum es bei all dem geht. Um Unehrlichkeit, um eine Lebenslüge. Nicht um das Ende einer Liebe, nicht um das plötzliche Verschwinden des Glücks, nicht um falsche Entscheidungen. Sondern um blanke Lügen. Als Pii das begreift, hält sie nicht länger an Sami fest. Sie sieht ihn auf der Couch, sieht ihn als Ganzes. Die Freundin sitzt zuhause mit dickem Bauch und er pimpert hier mit seiner Ex.

»Wir wissen beide, was das war, wir haben die Essensreste abgekratzt, den letzten Stummel geraucht. Wir haben es aus alter Gewohnheit getrieben, that's it. Und ich konnte jetzt ausprobieren, wie es ist als Zweitfrau, und rat mal, es gefällt mir nicht. Hau jetzt ab. Ich will nicht an einem Tag zweimal mit einem Polizisten zusammenstoßen. Maiju, heißt sie Maiju? Maiju wundert sich sicher schon, wo du bleibst.«

Sami bricht in Tränen aus. Das kommt so überraschend, dass Pii die Kontrolle über die Situation verliert. So hat sie Sami nie zuvor gesehen, nicht einmal während ihrer schlimmsten Zerfleischungsorgien vor der Trennung. Pii setzt sich neben Sami, legt ihre Hand auf Samis bebende Schulter. Sieht den Schmerz in seinen Augen. Irgendwie weiß sie sofort, dass Sami nicht das Geschehene erklären will, nicht ihre Beziehung. Es geht um etwas anderes. Der Regen prasselt gegen die Fenster, das Hoflicht wirft im Einklang mit den Bäumen merkwürdige Schatten an die Mauern.

»Was ist los?«

»Maiju ist im Krankenhaus. Irgendein Verrückter hat sie auf dem U-Bahnhof die Rolltreppe runtergestoßen.«

Pii kocht Tee. Lässt ihn in der Kanne ziehen, die sie vor Jahren von Sami geschenkt bekommen hat. Pii wusste, in welchem Karton sie steckte, im Schlafzimmer, am Kopfende der Matratze, hinter dem zerbrechlichen Geschirr mit dem fragile-Zeichen. Pii spült die Kanne ab und stellt das blecherne Tee-Ei auf den Spültisch. Im Küchenschrank, hinter den kleinen Porzellanpuppen im Kimono, ist noch ein Beutel mit Freundschaftstee. Wie wahr, denkt Pii.

Sie misst sechs Löffel voll in die Kanne und spült die im Becken liegenden Tassen. Hirvonens und ihre eigene. In Hirvonens Tasse wischt sie mit dem Daumen rund um den Rand, streicht über Hirvonens erkaltete Unterlippe. Sie denkt an Heino und an seine Hände, die im Café die Teetasse hochhoben, an den mitfühlenden Blick im Sitzungszimmer. Morgen würden sie sich wieder treffen. Zusammen sitzen und sich die Ruhe selbst vorspielen. Hirvonen würde nicht zur Arbeit kommen, würde nicht hinter der Kamera stehen, nicht bitten, dass man sich etwas mehr nach rechts drehte. Hirvonen würde sie nicht durch die Linse betrachten, würde nicht versuchen, den Gast mit seinem ostfinnischen Humor zu entspannen. Jemand anderes würde ihn ersetzen. Und wenn Pii und Heino auf den Studiostühlen sitzen, würden sie beide ihren Gedanken nachgehen: Hirvonen hängt hinter ihnen an der Decke.

Sami löffelt sich Honig in den Tee, rührt ihn lange um. Schlürft geräuschvoll. Pii kann nichts herunterbringen. Sie schaut Sami an, kann ihn ohne einen Kloß im Hals anschauen. Zieht ihm Informationen aus der Nase. Pii fragt, Sami antwortet. So war es immer. Unser Leben war ein einziges Frage-und-Antwort-Spiel, grübelt sie. Und begreift, dass sie wer weiß wie lange nur reden wollte, eine Ewigkeit lang.

Sie sitzen drei Stunden zusammen. In diesen Stunden wird Pii klar, wie sehr Sami Maiju liebt, wie ängstlich er ist, Maiju zu verlieren und Vater zu werden. Und, nicht Vater zu werden. Dass dem Kind irgendetwas passieren könnte.

»Ich habe mich nie zuvor so sehr um etwas gefürchtet.«

Ihr wortkarges Gespräch berührt auch ihre gemeinsamen Jahre, aber nur am Rande. Das in dieser Hinsicht zu Besprechende hat sich reduziert, sie haben den letzten Walzer bereits getanzt. Sie sprechen hauptsächlich von anderen Dingen. Das heißt, Pii spricht. Pii legt Sami eine Kurzanalyse über ihre Arbeitsstelle und die Stadt vor. Ganz zum Schluss erzählt sie von Hirvonen. Sie erwähnt ihn, will nicht, dass Sami sie ausfragt. Und Sami fragt nicht. Sami ist erfüllt von Maiju und Maijus Schwangerschaft. Und ihrem Unfall.

»Sie ist vom Keramikkurs gekommen, ich habe sie für gewöhnlich abgeholt, aber genau an dem Tag konnte ich nicht. Sie hat mir gesimst *ok, komme mit ubahn*. Das war eine größere Truppe, sonst wäre Maiju ja nicht, sie war doch schon furchtsam wegen dieses einen Schockanrufs.«

»Du hast aber auch einen Dusel mit den Frauen, immer irgendein Spinner, der einem an den Fersen hängt ... Was hat denn Maiju für Anrufe ...?«

»Der hat gekeucht und sexuelle Angebote gemacht. So ein abartig Perverser, der es sich wohl zur Lebensaufgabe gemacht hat, sie zu belästigen. Sie war müde und hatte vor, ein Bad zu nehmen, in Gedanken vertieft, wie sie es in letzter Zeit oft war. Die anderen wollten noch in das Irish Pub am U-Bahnhof auf ein Bier gehen. Maiju war nicht in der Stimmung, hat sich verabschiedet und zur U-Bahn geschleppt. Sie hat nichts Besonderes bemerkt, nicht einmal, ob es irgendwie besonders still war oder ob da viele Leute waren, sie hat da auf der steilen Rolltreppe gestanden, die runtergefahren ist, und jemand hat sie umgestoßen. Der ist dann auf dem Bahnsteig gleich in die nächste U-Bahn gesprungen und verschwunden.«

»Irgendwer wird das doch gesehen haben, sie kann doch nicht allein dort gewesen sein, und dann waren da doch sicher Überwachungskameras und ... Und dann habt ihr doch bestimmt die Polizei gerufen, oder, Sami?«

Sami kann nicht mehr reden, nickt nur. Kann nicht mehr da bleiben, das versteht Pii, als Sami aufsteht. Sorge treibt Sami, und auch Schuldgefühle. Er gehe los, sagt er. Pii nickt.

Natürlich. Er muss gehen. Sami möchte nach Hause fahren. Pii trägt ihm keine Grüße an Maiju auf, aber bittet ihn um Verzeihung.

»Bitte nicht«, sagt Sami, »ich muss los.«

Sie umarmen sich, die Berührung ist ganz ohne Feuer, nur etwas lauwarm. Eine reine Abschiedsumarmung.

Pii steht am Fenster und schaut Sami hinterher, wie er den Parkplatz vor dem Haus überquert. Sami dreht sich um und winkt. Pii winkt auch. Dass er geht, fühlt sich nicht schmerzhaft an, sondern einzig und allein erleichternd. Der Regen hat die Stadt gewaschen. Der Platz ist für den nächsten Tag bereit. Sami verschwindet auf die Straße, löst sich aus dem Bild. Pii blickt einen Moment ins Dunkel und geht dann zu dem Karton, in dem sie die Kerzen wähnt. Als Erstes fällt ihr die Tüte mit den Teelichtern in die Hände, von denen sie einige auf einen Teller setzt. Dass Hirvonen seine Streichhölzer neben der Couch vergessen hat, hat sie schon vorher bemerkt. Pii zündet die Kerzen an und legt sich auf die Couch. Spürt Hirvonens Geruch und den seiner Zigaretten.

Pii betrachtet im Kerzenlicht die Wohnung, die ihr Heim werden soll. Einen großen Ohrensessel, listet Pi auf, einen ovalen Spiegel hinter dem Esstisch, Kissen, einen Teppich, eine Stehlampe, ein lustiges gerahmtes Bild. Das Schlafzimmer kann vorerst unverändert bleiben, dafür wird nur ein Teppich gekauft, ein Kleiderständer und ein großes Fußbodenkissen. Am Wochenende würde sie sich gemeinsam mit Aikku anstrengen, die Bude auf Vordermann zu bringen. Sie würden essen und Wein trinken und reden. Ich versuche es, beschließt Pii, ich versuche es wenigstens, hier zu leben.

Es liegt erträglich klar auf der Hand, dass Sami nicht in dieses Leben gehört. Sami weiß nichts von Eeva-Liisa Martinsilta, nichts von Kaartinen, Petteri oder Hirvonen. Nicht einmal von Pii. Hier am Rande des äußeren Universums ist es anders, alles ist kleiner und schärfer. Alles ist klarer. Pii denkt an Sami in seinem Auto, auf seiner Fahrt nach Helsinki. Sie haben sich nicht voneinander entfernt, sie haben sich entfaltet und sind erwachsen geworden. Warum war es so schwer, das zu erkennen, als sie zusammen lebten?

Pii holt ihr Fahrrad zur gleichen Zeit vom Postamt, als sich die Zeitungszusteller auf den Weg machen. Sie wird von vielen gegrüßt und fasst den Entschluss, zum Betriebsarzt zu gehen und mit ihm über ihre Einschlafschwierigkeiten zu sprechen. Es liegt nicht an der Stadt, wenn ich nicht ganz dicht im Kopf bin. Das bin ich, die das macht, ich selbst, ich drehe und wende immer die gleichen Sachen im Kopf herum, ich wälze sie hin und her, käue sie wieder. Mein Denkvermögen hat nachgelassen, ich sehe die Dinge nicht mehr in ihrem richtigen Maßstab, ich konzentriere mich so sehr auf die Details, dass das Gesamtbild verschwimmt.

Pii fährt ihre übliche Strecke am Ufer zweimal entlang, sie überlegt, wo genau in der Stadt Hirvonen gewohnt haben mag, darüber haben sie nie geredet. Auch darüber nicht, ob Hirvonen Kinder hatte. Oder ob seine alten Eltern noch lebten. Ich habe nie gefragt, klagt sie sich selbst an, während sie sich den Hügel hoch plagt, ich hatte kein Interesse.

In Piis Bekanntenkreis gibt es niemanden, der Selbstmord verübt hatte. Sie grübelt darüber nach, in welcher Situation sie über einen freiwilligen Tod nachdenken würde, aber sie kann sich eine solche Sackgasse nicht vorstellen. Hirvonen konnte das, denkt Pii und lässt die Tränen fließen und sich mit dem Schweiß vermischen.

Als Pii am Haus ankommt, stecken die Putzfrauen schon mitten in ihrer Arbeit. Sie sind überrascht, Pii zu sehen. Pii sagt, dass sie versuchen werde, nicht im Weg zu stehen, sie möchte nicht stören.

»Ich habe die Augen nicht zutun können, deshalb bin ich hergekommen, um ein bisschen zu arbeiten. Es war ja hier etwas schwierig, sich zu konzentrieren, nachdem ...«

Die Frauen begriffen sofort, ihnen war der Sachverhalt auch mitgeteilt worden. Sie kannten Hirvonen viel länger als Pii. Drei sind sie, sie putzen hier, seitdem die Reinigungstätigkeiten ausgelagert wurden.

»Das sind jetzt sechs Jahre«, sagt die jüngste der Frauen. Pii hat sie früher nie getroffen. Stellt sich vor, mit Handschlag, entschuldigt sich für das Chaos in ihrem Arbeitszimmer.

»Das mit Kalevi macht uns richtig betroffen«, erklärt eine der Frauen, die sich als Leena vorgestellt hat. »Wir haben da zusammen gesessen und geweint. Als wir hörten, dass ... Hätte ich nicht glauben wollen, so ein fröhlicher Mann. Er ist auf unsere Weihnachtsfeiern immer als Weihnachtsmann gekommen.«

Pii kann nichts sagen. Sie legt ihre Hand auf Leenas Schulter, bleibt einen Moment bei den Frauen stehen, rafft sich dann auf und sagt, dass sie in die Dusche gehe, wenn es schon möglich wäre.

»Der Waschraum ist schon fertig«, nickt Leena. »Kein Problem.«

Der Korridor riecht nach zitronensaurem Reinigungsmittel. Pii schaltet noch ihren Computer an, bevor sie in die Dusche geht. Die Äpfel wurden auf Kaartinens Tisch gelegt. Pii lässt sie dort liegen. Ihr eigener Stuhl steht an seinem Platz, der Tisch wurde abgewischt, die Papiere auf einen Stapel gelegt. Nichts erinnert mehr an das gestrige Chaos. Seit dem

Abend scheint ein Lichtjahr vergangen zu sein. Die Zeit vor Hirvonens Tod und die Zeit vor Samis Erscheinen, denkt Pii. Die Zeit vor der Wiedererlangung der Sehkraft. Es fällt ihr schwer, ihre Hysterie zu begreifen. Sie nimmt das Handtuch und frische Wäsche aus dem Rucksack und geht in den kühlen Waschraum hinüber.

Als sie die verschwitzten Sachen zu Boden fallen lässt, erinnert sich Pii. Sie begreift, wer Teppo Martinsilta ist, und weiß auch, was sie zu tun hat.

KAARTINEN LUGT HINTER der Trennwand hervor und dankt Pii für die Äpfel. Teilt ihr mit, dass er für Hirvonen einen Ersatzmann aus der Redaktion Vaasa angefordert habe. Pii schließt mit einem Klick ihre E-Mails, obgleich Kaartinen ja nichts sehen kann. Sie hat Vappus Nachricht erhalten, und die bestärkt ihre Erinnerung an Teppo Martinsilta. Gleich, wenn sie mit Heino fertig ist, würde sie versuchen, ein Treffen mit ihm zu arrangieren. Kaartinen fragt, ob Pii noch lange gearbeitet habe, Pii erwidert, gegen elf gegangen zu sein.

»Ich habe an die Alarmanlage gedacht.«

Darüber, was am Abend zuvor geschah, möchte sie mit niemandem reden. Für das auf dem Vorplatz kriechende Auto gibt es bestimmt viele Erklärungen. Am wahrscheinlichsten wird es sich um eine Objektschutzfirma gehandelt haben. Ich habe nur nicht gehört, wie die Männer aus dem Auto gestiegen sind und das Haus umrundet haben. Ich war schon hysterisch und geriet deshalb in Panik. Samis Besuch klärte die Situation und klärte vor allem meinen Kopf.

Kaartinen hat eine grau-fahle Gesichtsfarbe, seine Angespanntheit hat sich zu einer unbestimmten Niedergeschlagenheit gewandelt. Zu einer momentanen Störung in der Stromzufuhr. Im Haus ist etwas geschehen, wofür es von Kaartinen keine Auftragsbestätigung gegeben hat. Hirvonen ist gestorben und hat den Tod näher an sie alle herangeschleudert, auch an Kaartinen.

»Er kommt in einer Stunde. Ich habe den Pförtner gebeten, dir sofort Bescheid zu sagen, wenn er da ist. Ihr schafft es, die Sache durchzugehen, bevor Heino kommt.«

Kaartinen drückt auch seine Zufriedenheit mit Piis Auswahl des Gastes aus. Der sei »brennend aktuell«.

Pii gesteht ein, dass sie vergessen habe, sich um die Umfrage zu kümmern, und ist sich sicher, dass Kaartinen ihr das verübeln würde, aber der verkündet, bereits beschlossen zu haben, diesen Teil wegzulassen.

»Das war Hirvonens Idee, und Hirvonen hat das auch immer aufgenommen. Wir sollten dann in Ruhe überlegen, was wir damit machen. Ich denke, der Ersatzmann sollte sich auf die nächste Sendung konzentrieren und dann peu à peu auf die anderen. Die Umfragezeit könnt ihr für das Gespräch mit Heino nutzen. Er ist es wohl wert.«

Pii hakt nach, wie viele Zusatzminuten das wären, aber Kaartinen zuckt mit den Schultern.

»Dafür hatten wir zwei bis vier Minuten. Wenn ihr in dem Rahmen bleibt, ist das okay.«

Vier Zusatzminuten würden jede Menge Zusatzarbeit bedeuten. Pii sucht die E-Mail von Pyry heraus, da würde sie bestimmt etwas Brauchbares finden. Kaartinen erzählt, dass er sich mit Hirvonens Schwester unterhalten habe. Die wünscht sich, dass Pii Marin sie anruft.

»Warum das denn?«, fragt Pii erstaunt.

»Sie hat nur darum gebeten, dass du anrufst«, bemerkt er lapidar und reicht ihr einen Zettel, auf dem eine Telefonnummer mit der Vorwahl eines Ortes irgendwo bei Helsinki steht.

Pii versucht sogleich, sie anzurufen, mehrere Male, aber es ist immer besetzt. Sie schaut auf die Uhr, in ein paar Minuten muss sie in die Maske. Vorher würde sie es aber noch schaffen, einen Kaffee zu trinken. Pii greift sich zwei Gläser eingemachte Pilze und bringt eine zu Seppo in sein Pförtnerkabuff und die andere zu Pirjo. Da Seppo telefoniert, stellt sie ihm das Glas auf den Tisch und sagt tonlos »Bitte«. Der sieht überrascht aus, nickt und schaut Pii hinterher. Pirjo aus dem Café ist auch perplex.

»Ach, du gehst in die Pilze?«

»Nein, meine Mutter«, lächelt Pii und stellt sich zusätzlich zur Kaffeetasse noch zwei Flaschen Mineralwasser und eine Orangenlimonade auf das Tablett.

»Die gehen ins Studio.«

»Es ist so seltsam, dass Hirvonen nicht Kaffee trinken kommt, ganz sonderbar. Und falsch. So richtig falsch, dass man wirklich wütend werden kann. Petteri hat vorbeigeschaut, er ist anscheinend auf der Müllkippe aufgewacht.«

Pii eilt in die Maske. Sie will fertig sein, wenn Hirvonens Vertretung kommt. Ach nein, das ist ja gar keine Vertretung, korrigiert sich Pii, Hirvonen kommt ja nicht am Montag nach seiner Krankheit wieder zurück. Jetzt bloß nicht mit den Lippen zittern und in Tränen ausbrechen. Ich kann das durchziehen, ich ziehe das durch. Hirvonens Schwester wird sie erst nach dem Gast der Woche anrufen. Vor Martinsilta.

Stiina, die Produktionssekretärin, schaut vorbei und erkundigt sich, ob sich das Manuskript, das Pii per Mail geschickt hat, geändert habe.

»Ja, hat sich, wir haben durch die ausgefallene Umfrage ein paar Minuten dazu bekommen. Das können wir gleich durchgehen, ich gehe nur in die Maske und bringe dich dann up to date. Wenn der Kameramann aus Vaasa ankommt, biete ihm bitte einen Kaffee an und zeig ihm das Studio. Wir schauen uns dann noch gemeinsam alles an. Und hol bitte Heino beim Pförtner ab, er kann dann nach mir eingepudert werden.«

»Okay.«

Pii gibt Stiina die Getränke für das Studio und geht die Treppe hinunter. Dort ist die Maske, auf dem gleichen Korridor wie die Umkleide für die Techniker und der Pausenraum. Pii klopft bei den Technikern an die Tür und tritt ein. Der Raum ist leer, Zigarettenrauch in Schwaden in der Luft, Kaffeetassen und eine Zeitung auf dem Tisch. Petteri ist wahrscheinlich schon im Studio.

Piis Telefon klingelt, auf dem Display ist eine ihr unbekannte Nummer. Pii hebt ab, aber die Verbindung wird wegen schlechten Empfangs unterbrochen. Pii grüßt Tommy, den Maskenbildner, und legt ihr Telefon neben dessen beeindruckender Pinselkollektion ab. Tommy erkundigt sich nach der Farbe ihrer Kleidung und ob sie etwas Besonderes wünsche. »So ein warmes Orange«, erklärt Pii, »orangefarbenes Leinen.« – »Eine gute Wahl«, anerkennt Tommy, »das passt ausgezeichnet zu dir.«

Tommy legt Pii den Kosmetikumhang um, Pii setzt sich. Tommy erwähnt, dass er von Hirvonen gehört habe, lässt Pii die Möglichkeit, darüber zu reden, aber als Pii nichts sagt, versucht es Tommy nicht weiter. Er weiß, dass Pii gleich eine Aufzeichnung hat, und lässt sie sich darauf konzentrieren. Pii lehnt sich auf dem Stuhl zurück und spürt, dass der Schlaf ganz in der Nähe auf Besuch ist. Hier könnte sie schlafen, mit dem Kopf auf der Nackenstütze und Tommys beruhigenden Händen zunächst in ihrem Gesicht und dann in den Haaren. Beschützt.

Pii liebt es, in der Maske zu sein. Sie selbst ist nicht so überragend im Schminken, etwas Mascara und Lippenstift waren bislang ausreichend, aber wenn sich ein Profi darum kümmert, die schönsten Stellen des Gesichts noch hervorzuheben, dann genießt sie das. Außerdem hat so eine Make-up-Session etwas wundersam Beruhigendes und Intimes. Wie eine Massage oder eine Wellness-Behandlung.

Tommy schmeichelt Pii für ihre Haut, die Kupferfarbe und ihre Frische, sagt, dass er ein leichtes herbstliches Make-up auflegen, die Augen umranden und auf die Lider ein helles Beige und zusätzlich ein leichtes Gold auftragen werde.

»Und die Lippen werden kastanienbraun.«

Pii seufzt vor Freude. Müdigkeit befällt sie vom Kopf bis zu den Füßen. Diese wenigen Minuten darf sie sich ausruhen. Fast schläft sie ein. Sie vertraut Tommy. Genau genommen vertraut sie zurzeit niemandem sonst. Tommy trägt zunächst die Feuchtigkeitscreme auf und würde dann etwas Wachs in die Haare einmassieren.

»Dann sehen sie ganz toll aus.«

Pii antwortet nicht. Sie spürt Tommys Finger auf ihrem Gesicht, spürt den angenehmen Duft von Tommys Aftershave, aber sie hört in ihrem Inneren, wie Hirvonen über Eeva-Liisa Martinsilta spricht, über den Tod seiner Frau und die wöchentlich stattfindenden Treffen mit Eeva-Liisa. Sami lässt sich aus über Maiju, über die Schwierigkeiten in der Anfangsphase von Maijus Schwangerschaft, darüber, wie sie zusammengezogen sind, und über den Typ, der Maiju belästigt hat. Hirvonen sagt etwas über Eeva-Liisa, was Pii nicht versteht, Pii fragt nach, was Hirvonen gesagt habe, und der schlägt in die Luft: Ach, lass sein. Sami weint und Piis Wut verfliegt, sie kann sie nicht festhalten, sie löst sich auf. Hirvonen möchte noch etwas sagen, er ist betrunken, Pii ist betrunken, sie schwanken in Richtung von Piis Wohnung und schieben dabei ihre Fahrräder. Hirvonen macht bei den Mülltonnen einen Zwischenstopp und bittet Pii, sein Fahrrad anzuschließen, Pii hat einen Schluckauf. Sie beugt sich hinunter und schließt Hirvonens Rad an den Zaun. Hirvonen beginnt mit Erklärungen, spricht entweder mit sich selbst oder zu Pii, das wird nicht ganz klar, er betrachtet die Birke und stellt eine Stange Wasser in die Ecke.

Hirvonens Fahrrad steht noch immer bei ihr vor dem Haus, kommt Pii in den Sinn.

STIINA KLOPFT AN Piis Tür und bringt ein paar Exemplare des Manuskripts mit. Der Kameramann wartet auf Pii im Studio und Heino ist auch schon eingetroffen.

»Überpünktlich«, freut sich Pi, »natürlich. Ist er in die Maske gegangen?«

»Ja, ist er.«

Pii kennt den Kameramann von früher; Max war vorher auch schon in Helsinki. Pii freut sich, begrüßt Max besonders herzlich, umarmt ihn, was sie sonst eher nicht macht. Pii ist erleichtert, es ist eine glückliche Fügung. Max ist schnell, zeigt Eigeninitiative, die Sendung bekommen sie also hin und sogar gut, es wird alles in Ordnung gehen.

»Scheiß Situation bei euch.«

»Kannst du laut sagen. Wirklich gut, dass wir wieder arbeiten können. Das ganze Haus steckt im Koma. Gehen wir das mal durch«, schlägt Pii vor und schwenkt das Manuskript. »Setzt euch mal hin.« Sie zeigt auf die Studiostühle und geht selbst zum Rand des Podiums. »Stiina, es wäre gut, wenn Petteri auch hier wäre. Wo ist er denn?«

»Ich habe ihn noch nicht gesehen«, sagt diese. »Ich habe sogar Seppo Bescheid gesagt, dass wir hier sind. Und Petteri eine Nachricht auf der Mailbox hinterlassen.«

Pii wirbeln viele Gedanken durch den Kopf, als sie zu Stiina schaut und sieht, dass Stiina dasselbe denkt: Hirvonen war für Petteri eindeutig eine Vaterfigur. Petteri vertraute in allen Dingen Hirvonen. Petteri schmerzte Hirvonens Entscheidung anders als die anderen, natürlich. Und auch ich konnte nicht helfen, denkt Pii, als er da in der Tür stand. Max unterbricht ihre umherschweifenden Gedanken und fragt nach der Stilart der Sendung.

»Ganz grundlegend, ohne Schnickschnack. Kamera eins ist unbesetzt und nimmt die Totale auf, du koordinierst die Halbtotale und die Close-ups. So einen ganz ruhigen Stil, auch wenn du das freihändig machst. Wir arbeiten hier in der Regel mit Stativ, aber du arbeitest ja viel ohne ...«

»Ich mache es, wie es kommt.«

»Das freihändige Aufnehmen hat ja den Vorteil, dass man das Gespräch flexibler verfolgen kann ...«

»Dann machen wir es doch so.«

»Also, der Gast ist Polizist, wir unterhalten uns über die Gewalt und ihre Zunahme. Hier wurde ja Anfang der Woche eine Gemeindepfarrerin getötet, die schwanger war.«

»Ja, in den Abendzeitungen wurde darüber berichtet, haben die nicht den Kerl gefasst, der das getan hat?«

»In der Sendung konzentrieren wir uns nicht auf Eeva-Liisa Martinsilta, wir fangen damit an, aber weil die Ermittlungen laufen, wird unser Gast, Hauptwachtmeister Heino, nicht viel mehr sagen können, als die Zuschauer ohnehin schon wissen.«

»Wer beleuchtet denn?«

»Na du«, lacht Pii auf. »Ach, hat Kaartinen dir nicht mitgeteilt, dass wir nur einen Kameramann haben? Einen Beleuchter, der gleichzeitig als Kameramann arbeitet.«

Max pfeift und lässt seinen Blick über die Beleuchtung schweifen.

»Okay. Die Grundeinstellungen sind doch sicher schon vorgenommen worden, ihr dreht ja hier wohl nicht viel Anderes?«

»Nachrichten, sonst nichts. Nehme ich an. Und die Scheinwerfer sind alle da. Den Ton kannst du so weit ändern, dass die Stimmung nicht so unfreundlich kühl ist.«

»Ich schalte sie mal an, und dann sehen wir weiter.«

»Stiina, schaust du mal, wie weit Heino ist? Und Petteri muss jetzt unbedingt gefunden werden. Sonst muss sich Kaartinen um den Ton kümmern. Ich ziehe mich nur um, dann setze ich mich in meinen Stuhl und helfe euch.«

»Das wäre toll«, freut sich Max. »Das ist immer so ein Suchen und Finden, wenn man das, was ein anderer eingerichtet hat, fortsetzen soll ...«

»Im Regieraum sitzt niemand, vor dort kommen also keine Kommandos. Das ist so ein ...«

»Wird schon schief gehen.«

Pii ist Max dankbar für seine unkomplizierte Einstellung und seine Fähigkeit, sich an die Bedingungen anzupassen. Erinnert sich, dass er damals, als seine Freundin fertig studiert hatte, nach Vaasa gezogen ist. War nicht einer von beiden in Vaasa zuhause? Und wenn Pii sich richtig entsinnt, hat Max drei Kinder, das älteste schon im Schulalter? Pii holt Kaffee und geht sich umziehen. Tommy hat Recht, orange steht Pii gut, auch wenn Pii selbst mit der Farbe ein wenig fremdelt. Sie hat sich die Jacke einzig und allein für ihre Fernsehauftritte zugelegt. Die Farben sind nur langsam von Pii abgefallen. Am wohlsten fühlt sie sich in Schwarzweiß. Und nachdem sie ihren Kleiderschrank nach dem Umzug ausgemistet hatte, finden sich dort ohnehin keine andersfarbigen Kleidungsstücke.

Pii schaut auf ihr Telefon. Zwei Anrufe und eine neue Nachricht, von Aikku. »Hier ist der Countdown bis Samstag. Soll ich Bier, Cider, Wein oder Schnaps mitbringen? Ich freu mich schon. Aikku.« Ich komme klar, denkt Pii, ich bin nicht allein auf dieser Welt. Ich habe meine Leute, ich habe Freunde. Ich habe Aikku. Die Frage nach den Getränken quittiert sie mit dem Wunsch nach einem Fläschchen Wein und etwas Bier und gestattet Aikku, die Farbe des Weins zu wählen. »Ich suche ja schon den Sessel und den Teppich aus. Pii.«

Pii stürzt die Treppe hinunter und prallt beinahe mit Heino zusammen. Beide bitten den anderen um Verzeihung und sie brechen fast gleichzeitig in Lachen aus.

»Das hätte gerade noch gefehlt, wenn ich den Gast der Woche umgestoßen hätte und du dir auf dem Steinfußboden ein Loch im Kopf geholt hättest und wir einen Krankenwagen hätten holen müssen ...«

»›Journalist tötet Polizisten.‹ Das wäre ja mal eine tolle Schlagzeile«, lacht Heino trocken. In seiner braunen Cordjacke sieht er leger und geschmackvoll aus. Ich würde zweimal hinschauen, wenn ich nicht wüsste, dass er Polizist ist. Dreimal, wenn wir uns anderswo treffen würden. Viermal, wenn er Single wäre.

Pii fragt, ob Heino Kaffee und ein Stück Hefezopf, Tee, Brötchen, Mineralwasser oder etwas anderes haben möchte. Der versichert, wunschlos glücklich zu sein. Sie laufen nebeneinander durch das Café über den Korridor zum Studio.

»*Lasst, die ihr eintretet, alle Hoffnung fahren!*«, liest Heino an der Studiotür.

»Humor«, erklärt Pii und öffnet die Tür.

Max hat das Studio bereits ausgeleuchtet, Pii bedankt sich bei ihm mit einem Lächeln, er antwortet mit einem fast unsichtbaren Nicken des Kopfes. Es wird alles seinen Gang gehen. Pii führt Heino zu seinem Platz, macht ihn auf die Stufe aufmerksam. Stellt ihm die Studiocrew vor.

»Stiina hast du ja schon kennengelernt, sie ist heute Produktionssekretärin, Max kümmert sich ums Bild und Petteri um den Ton. Petteri ist, ja wo ist er denn ... Na, ihr werdet euch noch sehen. Und das ist unser heutiger Gast, Juha Heino.«

Max geht gleich auf Heino zu und gibt ihm die Hand. Pii bemerkt, dass Petteri im Regieraum Kaffee trinkt. Kopfhörer auf den Ohren. Pii klopft an sein Fenster.

»Und da ist Petteri«, erklärt sie Heino. »Er macht gerade seine gewerkschaftliche Pause und hört die obligatorische Heavy-Musik.«

Petteri kommt nicht, um den Gast zu begrüßen, sondern er tauscht die Senderakkus aus und steckt dann Heino und Pii die Mikros am Revers fest. Pii schaut er überhaupt nicht an, aber er ist zu Heino freundlich. Das reicht. Seine üblichen Späße à la »Herzschrittmacher installiert!« sind verschwunden. Petteri gibt Heino ein Mikro von der Größe des kleinen Fingers eines Babys in die Hand.

»Würdest du das mal unter dem Hemd durchstecken, dann ist das Kabel nicht zu sehen.«

Den Sender befestigt Petteri hinten am Hosenbund. Pii erklärt, wie die Aufnahme abläuft, dass zuerst das Gespräch aufgezeichnet wird und Heino sich dann selbst vorstellt.

»Wir werden versuchen, das Gespräch möglichst ohne Pause zu führen, so als wären wir in einer Live-Schalte. Wenn du husten musst oder sonst etwas Unvorhergesehenes geschieht, das uns ernsthaft unterbricht, kann ich das flicken. Ich schneide das eh gleich danach. Im Gespräch werde ich nicht deine Berufsbezeichnung verwenden, sondern dich beim Namen nennen, in Ordnung? Deine Berufsbezeichnung wird ohnehin auf dem Bildschirm eingeblendet.«

»Absolut okay.«

»Die eine Kamera ist unbesetzt, sie nimmt das Gesamtbild auf, und Max macht von uns mit seiner Kamera Detailaufnahmen. Nur ganz zu Beginn begrüße ich die Zuschauer zum Gespräch mit dem Gast der Woche, aber ansonsten können wir die Kameras völlig vergessen ... Na dann. Alles bereit? Ist dein Handy ausgeschaltet?«

»Nein, gut, dass du fragst. Das klingelt sonst immer am falschen Ort zur falschen Zeit, und selten gibt es etwas Gutes.«

Das rote On-Air-Licht über der Tür brennt, Stiina steht mit einer Schreibunterlage und dem Manuskript in der Hand an der Seite hinter Max. Petteri sitzt im Regieraum, wieder Kopfhörer auf den Ohren. Pii blickt Heino an, wie er sein dunkelgraues Handy abschaltet, denkt an die Anrufe, die dieser bekommt: Schlägereien im Park, familiäre Gewalt, Kioskplünderungen, Mopeddiebstähle, Vermisstenfälle, komasaufende Jugendliche, Exhibitionisten. Vielleicht kommt noch der eine oder andere Ruhestörer dazu, überlegt Pii und sie wird Heino von den Anrufen erzählen. Der kommt, auch wenn er will, nicht von seiner Arbeit los. Ein Polizist ist immer Polizist, auch in seiner Freizeit. Und ich missbrauche diese Tatsache, denn ich brauche Hilfe.

ICH HÄNGE VOR dem Fernseher fest. Hocke einen halben Meter vom Bildschirm entfernt und berühre ihr Gesicht durch das Glas hindurch. Als ob sie meine Hand spürte, korrigiert sie sofort ihre Haltung. Ich stelle das Gerät lauter.

Ich war enttäuscht, als ich sie nicht auf der Pressekonferenz der Polizei sah, ich ging einzig und allein ihretwegen hin, um sie zu sehen. Aber statt ihrer war da ein riesiger, stark schwitzender Mann, der mir auf meine Bitte hin gleich ihre Nummer gab. Jubelnd hielt ich den Zettel in der Hand: So simple it is!

Da ist sie wieder. Sitzt langbeinig und schlank im Sessel und quetscht den Polizisten ihr gegenüber aus. Ihre braune Haut glüht im warmen Licht, ihre Zähne sind schimmernd weiß. Negersklavin. Aber Fragen stellen kann sie. Sie fragt nach den richtigen Dingen und verfolgt einen interessanten Kurs im Gelände. Ich versuche, ihren Gedankengängen zu folgen und zu überlegen, wohin sie den Polizisten auf dem glatten Eis der Gewalt führen möchte. Sie reden über Gewalt allgemein, über deren Zunahme und deren Brutalisierung, über familiäre Gewalt, über Gewalt gegenüber Frauen. Über die Ressourcen der Polizei und schließlich über Gewalt in dieser Stadt.

Auch ihr Gast, der Polizist, ist bekannt. Er ermittelt in dem Fall, jedoch nicht mehr als ermittelnder Leiter. Sie erhielten von unfreundlichen Männern der Zentralkriminalpolizei

Unterstützung. Die sind aber genauso ahnungslos. Sie haben nicht anderes als die Leiche. Ich habe für alles andere gesorgt. Alle Spuren, einfach alles ist weggespült. Chlorit ist schon ein effektives Mittel, ganz zu schweigen vom Kärcher, den ich fast zu lieben gelernt habe.

Ich lehne meine Wange gegen den Bildschirm und höre zu, wie sie ihre Fragen formuliert. Ich bin ihr nahe, näher als sie denkt. Jetzt gibt es nur Elektrizität zwischen uns. Ich bewundere sie. Genau jetzt bewundere ich sie für einen Moment. Ein präzises Mädchen ... Der Polizist antwortet zwar in aller Gründlichkeit, aber sie findet doch immer wieder eine Lücke in der Antwort und wagt es, dafür eine neue Erklärung zu verlangen. Der Polizist stellt fest, dass die sensationslüsternen Boulevardzeitungen ein Teil der heutigen Zeit sind.

»Man kann über sie denken, was man will, aber man kann nichts gegen sie tun, es ist am besten, man begibt sich nicht in den Teufelskreis der Korrekturen von irgendwelchen falschen Gerüchten.«

Am überraschendsten ist jedoch ihre letzte Frage.

»In Finnland wurden im zwanzigsten Jahrhundert und in den Nuller Jahren insgesamt fünf schwangere Frauen ermordet. Alle in den letzten drei Jahren. Gibt es irgendjemanden oder irgendeine Abteilung in der Polizei, die sich darauf konzentriert hat? Ist es möglich, dass die Fälle zusammenhängen?«

Das Reihenhaus befindet sich an einem schönen Ort, an einem leicht abfallenden Abhang, an der flachen Meeresküste, an einer sehr ruhigen Straße. Die Häuser, schön und klar strukturiert, mit großen Fenstern, aus Holz und roten Ziegeln, wurden wahrscheinlich Ende der Sechziger gebaut. Ohne Schnickschnack. Für Pii ist die Gegend eine Augenweide. Hier kann man mit Kindern bestimmt behaglich leben. Nicht weit in die Innenstadt, aber das Meer und Wälder und tolle Stellen zum Spielen für Kinder gleich in der Nähe. Vor den Häusern blüht der Phlox und die weiße Herbsthortensie. Zu jedem der Reihenhäuser gehört ein umzäunter Garten. Am Ufer ein Steg und Bootsplätze.

Pii lässt ihr Fahrrad am Briefkasten stehen und wischt sich die vom Winde zerzausten Haare aus dem Gesicht. Es ist frischer als gestern, man kann die baldige Ankunft des Winters bereits erahnen. Aus irgendeinem Grund bedrückt das Pii jetzt nicht. Soll doch der Winter kommen. Sollen doch Schnee und Eis kommen. Am Samstag werden Pii und Aikku Piis Wohnung in ein warmes Nest für den Winter verwandeln. Eine Schlummerdecke muss gekauft werden, überlegt Pii, und ein graues flauschiges Schaffell würde gut auf die Couch passen. Hirvonen liegt in der Pathologie und ich denke an ein Schaffell, schilt sie sich selbst. Bin ich ein gefühlskaltes Monster, das kein Mitleid fühlen kann oder erwache ich gerade entgegen allen Vermutungen zum Leben?

Vor Samstag sind noch viele Dinge zu erledigen. Hirvonens Schwester hat sie noch nicht erreichen können. Aber Teppo Martinsilta hat gleich beim ersten Mal angebissen. Er schien etwas schlaftrunken zu sein, Pii drückte ihre Anteilnahme aus und erklärte ihr Anliegen. Sie plane einen Dokumentarfilm über Rassismus, und weil Eeva-Liisa Martinsilta als Gemeindepfarrerin gegen Rassismus kämpfte, würde Pii gern Teppo Martinsilta dazu befragen, wenn der sich dazu in der Lage sähe. Piis Name hat ihm ganz bestimmt nichts gesagt. Er hat bestimmt nicht ferngesehen, zumindest nicht den Lokalsender, denkt sie erleichtert. Sie würde ihm von Angesicht zu Angesicht begegnen. Und dann wäre es zu spät zurückzuweichen. Es war so leicht, sich an Pii wegen ihres Aussehens in diesem gelobten Land der Bleichgesichter zu erinnern. Sie war leicht zu erkennen, leicht zu identifizieren, leicht im Gedächtnis zu behalten. Immer wenn Pii sich vorstellt, ins Ausland zu ziehen, träumt sie davon, in der Masse aufzugehen. Es würde noch lange dauern, bis es in Finnland so viele Menschen verschiedener Hautfarbe gibt, dass sie nicht mehr wie ein Ausrufezeichen im Straßenbild herausstächen.

»Doch. Ganz gut, wenn ich mal an etwas anderes denken kann, ich habe hier gerade versucht, Eeva-Liisas Papiere zu sortieren. Um die Beerdigung kann ich mich ja noch nicht kümmern. Erst muss die Obduktion abgeschlossen sein. Eeva-Liisa wird in Nordfinnland beerdigt, da wo sie aufgewachsen ist, wir sind ja nicht hier ...«

Der Vorgarten sieht anheimelnd aus, nirgends ist ein Zeichen dessen zu sehen, dass gerade die Bewohner dieses Hauses eine schreckliche Tragödie getroffen hat. Die abgeworfenen gelben und roten Blätter des einzigen Ahornbaums vor dem Haus bilden einen Teppich von der Straße bis zur Eingangstür. Große Töpfe mit Besenheide beiderseits des Zugangs. An der Tür ein schöner Ebereschenkranz und zusätzlich zum Klingelknopf eine dekorative schmiedeeiserne Türglocke. Pii probiert sie aus. Der Glockenton erinnert sie an die Kuhglocken, die Oma und Opa gesammelt hatten. Hinter dem Glas in der Tür bewegt sich etwas, aber es dauert noch eine Weile, ehe Teppo Martinsilta an die Tür kommt. Er erkennt Pii sofort. Sie reicht ihm die Hand.

»Pii Marin. Es ist lange her. Schade, dass wir unter diesen Umständen ...«

»Ach ja«, antwortet Teppo Martinsilta bedächtig. Er scheint in der Gegenwart aufzuwachen, als er Pii an ihrem Äußeren erkennt. Sie stehen einander gegenüber und schauen sich an, Pii löst die Spannung der Situation, indem sie ihm den mitgebrachten Blumenstrauß überreicht, und er bemüht sich sehr lange um Dankesworte, die er vor sich hin brummelt. »Verbinden konnte ich deinen Namen nicht mit ...«

»Macht nichts«, lächelt Pii beruhigend, »es ist ja auch schon viele Jahre her, als wir uns das letzte Mal trafen.«

»Genau«, stimmt Teppo Martinsilta ihr zu und zieht sich in den Windfang zurück, damit Pii hereinkommen kann. Sie zieht die Tür hinter sich zu und wird von ihm in die schummerige Wohnung hineingeführt.

Der herbstliche Nachmittag ist bewölkt und neigt sich dem Abend zu. Martinsilta hat dennoch kein Licht eingeschaltet, offenbar auch mehrere Tage nicht gelüftet. Der abgestandene Geruch wird von dem stechenden Duft der Lilien noch verstärkt. Überall stehen Blumen: in Vasen, in Gurkengläsern, in Eimern. Die ganze Wohnung erweckt den Anschein eines Blumenladens.

Pii wird gewahr, dass sie aufgeregt ist, sie erinnert sich an ihr letztes Treffen und vermutet, dass er sich ebenso daran erinnert, während er schweigend im Raum auf und ab geht. Er räumt die Zeitungen auf der Couch zusammen, bittet Pii, Platz zu nehmen. Im Befehlston.

»Setz dich«, sagt Teppo Martinsilta auf eine Art, dass Pii sich sofort aufbäumt. Sie stellt ihren Rucksack auf den Boden und kramt ihr Telefon hervor. Auf dem Couchtisch liegt ein Stapel Fotos. Auf dem obersten lächelt Eeva-Liisa Martinsilta. Teppo Martinsilta holt sich aus der offenen Küche neben dem Wohnzimmer ein Glas Wasser, trinkt im Laufen und setzt sich in den direkt neben den Fernseher gerückten Butterflystuhl. Er hat wohl ein Beruhigungsmittel genommen, vermutet Pii, seine Augen stehen ja im Kopf. Als ob Teppo Martinsilta Piis Überlegungen bestätigen möchte, wendet er langsam seinen Blick zu ihr. Reibt sich die Hände, als sei ihm kalt.

»Apropos, geht dein Telefon?«, fragt er, »meins ist seit ein paar Stunden tot. Die reparieren anscheinend den Sendemast da drüben. Ein Zugvogelschwarm ist wohl hinein geflogen.«

Pii hält sich ihr Telefon vor das Gesicht. Der Akku ist voll. Sie hat ihn vor dem Losgehen noch geladen. Kein Netz. Kein einziger Balken.

»Die Zeit vergeht«, spricht Teppo Martinsilta halblaut vor sich hin. Pii schaut er nicht mehr an, blickt durch das große Panoramafenster hinaus. Pusselt an seinem Hemd, macht eine kleine Falte, glättet und knittert das Hemd ein ums andere Mal. Schwingt das über das andere Knie geschlagene Bein. »Komisch, dass ich mir diesen Namen nicht gemerkt habe, wirklich außergewöhnlich«, sagt er dann.

»Ich konnte Sie auch nicht verbinden mit ...«

»Ich dachte, wir hätten uns schon geduzt?«

»Haben wir wohl. Ich konnte dich nicht verbinden mit Terho Martikainen. Bevor ich das Bild gesehen habe.«

»Ach ja, das Bild«, seufzt Teppo Martinsilta. »Keine Ahnung, wo die das her haben. Ich bin nie gemeinsam mit Eeva-Liisa in Verbindung mit ihrer Arbeit in Erscheinung getreten.«

»Die Boulevardzeitungen strecken ihre Fühler überall aus.«

»Die werden es bald herausbekommen. Du hast es ja auch herausbekommen. Das war ja doch abzusehen«, sagt Teppo Martinsilta. »Wie kannst du ein neues Leben beginnen, wenn das alte wie eine Fußfessel an dir dranhängt ... Acht Jahre sind das her, seit wir uns getroffen haben? Na ja, so ungefähr. Vor sechs Jahren bin ich jedenfalls aus dem Gefängnis frei gekommen.«

SIE STEHEN IN Eeva-Liisa Martinsiltas Arbeitszimmer. Es ist ein kleiner Raum von zirka zwanzig Quadratmetern, der von den anderen Räumen der Familie abgetrennt ist. Eine Wand bedeckt ein einziges Bücherregal vom Fußboden bis zur Decke. Eine andere wird von einer Schrankreihe ausgefüllt. Ihr gegenüber ist ein Fenster zur Straße, davor ein Schreibtisch.

Pii kann sich gut vorstellen, wie Eeva-Liisa am Schreibtisch sitzt und eine Predigt schreibt. Wie sie in Gedanken versunken in die Weite zwischen den Häusern blickt. Auf dem Arbeitstisch befinden sich ein Laptop, ein Stiftebecher, eine Reihe von fünf glatt geschliffenen Steinen, ein Stapel Papiere, eine Nagellackflasche, ein Notizzettelblock, eine Schneekugel und das Foto eines jungen Mannes. Das ist nicht Teppo Martinsilta, vielleicht Eeva-Liisas Bruder? Pii listet die einzelnen Gegenstände im Geiste auf, das ist ein Spiel, das ihr Aikku beigebracht hat. Jetzt könnte Pii es mit Teppo Martinsilta spielen. Würde sich Pii abdrehen und Teppo Martinsilta einen Gegenstand vom Tisch wegnehmen, würde Pii sofort merken, was fehlt. Das nenne man fotografisches Gedächtnis, erinnert sich Pii an Aikkus Erklärung, das könne man üben. Und Pii hat geübt. Schau hin, konzentriere dich, erinnere dich! Bei der Arbeit war ihr diese Fähigkeit von unglaublichem Nutzen.

An der Wand gegenüber dem Bücherregal hängen Fotos und ein paar Aquarelle, ruhige Stillleben mit überraschenden Gegenständen, ein Trichter mit einem Schuh, eine Brille mit einem Fön und einer Staubsaugerdüse. Auf dem dritten, das Pii am besten gefällt, sind ein Telefonhörer, ein Wecker und ein Weinglas. Teppo Martinsilta bemerkt, dass Pii die Signaturen auf den Bildern näher betrachtet.

»Emma, das ist Eeva-Liisas Pseudonym, oder ist es ihr Künstlername?«

Pii erinnert sich, dass in dem ausgedruckten Material ein Interview mit Eeva-Liisa war, in dem sie um ein Beispiel für Gottes Fügung gebeten wurde. Eeva-Liisa Martinsilta antwortete, dass sie zeitlebens gemalt habe, dass aber »aus mir kein Künstler geworden ist«. Ein Jahr nach ihrem Abitur habe sie sich um zwei Studienplätze beworben, an der Kunstgewerblichen Hochschule und an der Theologischen Fakultät. Eeva-Liisas Freundin, die versprochen habe, die Liste der Immatrikulierten durchzusehen, habe am Abend zuvor einen Jungen kennen gelernt, der im Haus neben der Theologischen Fakultät gearbeitet habe. Das Mädchen sei mit dem Jungen in die gleiche Richtung gegangen, und als sie Eeva-Liisas Namen auf dem weißen Papier an der Tür zur Fakultät gesehen habe, sei sie im Café gegenüber dem Arbeitsplatz des Jungen hängen geblieben, ohne nachschauen zu gehen, ob Eeva-Liisa für das Kunststudium zugelassen worden sei oder nicht. Später am Abend habe sie aus der Wohnung des Jungen Eeva-Liisa angerufen und ihr erzählt, dass sie nur bei den Theologen angenommen worden sei. Eeva-Liisa sei dann für den Sommer in ein Kibbuz gegangen und habe so den Brief verpasst, der bei ihr zuhause eingetroffen sei. Die alten Eltern hätten sich gefreut, dass ihre Tochter einmal Religionslehrerin würde. Erst nach ihrer Ordination habe Eeva-Liisa Martinsilta die ganze Wahrheit gehört. »Es ist also möglich, dass ich auch an der Kunstgewerblichen Hochschule angenommen wurde, aber Gott führte mich an der Hand in den Pfarrerberuf und so bin ich jetzt da.« Pii fand die Geschichte lustig, aber nach ihrer Auffassung hat sie nicht von Gottes Fügung erzählt, sondern nur von der Unzuverlässigkeit des Menschen.

Teppo Martinsilta blättert die alphabetisch geordneten Aktenordner durch. Im Regal stehen angeblich alle Belege ihres Lebens. Er versprach, Pii Eeva-Liisas Papiere, Reden und Manuskripte mitzugeben, aber jetzt scheint er dort nichts zu finden. Er atmet schwer, seufzt hin und wieder, aber als Pii vorschlägt, die Papiere ein anderes Mal abzuholen, wird er fast wütend.

»Die finden sich schon, das dauert nicht mehr lange. Vielleicht kannst du noch den einen Augenblick warten? Hier ist alles so durcheinander, an den Fenstern sind nur Jalousien, weil die Sommergardinen ab sind und die Wintergardinen am nächsten Wochenende angehängt werden sollten, die Sommermöbel sollten eingelagert werden, nicht einmal Teppiche liegen auf dem Fußboden, weil sie gereinigt werden sollten, doch auch das blieb liegen. Solche Dinge kann ich nicht erledigen. Eeva-Liisa hat das immer gemacht«, klagt Teppo Martinsilta und nimmt an, dass Pii zuhört.

Pii kann nicht mehr, sie will gehen. Es war ein falscher Zug von ihr, hierher zu kommen, ins Trauerhaus. Das Haus ist voller Schmutz, und Pii berührt ihn. Sie ist zu müde, um die Situation rational zu analysieren. Sie schaut mit der falschen Brille, sieht nicht weit genug. Vielleicht bekommt sie deshalb nichts aus Teppo Martinsilta heraus. Dieser Mann hat gerade seine Frau, sein Kind und seine Zukunft verloren, ruft sich Pii in Erinnerung. Er scheint vom Kummer erdrückt zu werden, er wurde erst vor ein paar Tagen zu lebenslanger Einsamkeit verurteilt.

Er ist entweder durch den Schmerz verwirrt, durch den Schock und die ihm verschriebenen Beruhigungsmittel erstarrt oder einfach nur ein guter Schauspieler. Bekäme für seine Rolle als Witwer den ersten Oscar für Finnland. Pii überlegt, ob sie gerade einen Logenplatz eingenommen hat, um ein gut einstudiertes Drama zu sehen. Er weiß nicht, dass Pii ihn in der Gyllenbergallee in Begleitung der dunkelhaarigen Dame gesehen hat. Falls diese Pii nicht hinter dem Autofenster erkannt hat. »Die dunkelhäutige Frau, die eine Story über den Tod von Eeva-Liisa gemacht hat, hat uns gesehen.«

Pii schaut auf die Uhr ihres Telefons, bald acht. Die Balken leuchten noch nicht wieder, merkwürdig, wo sie sich doch noch im Stadtgebiet befinden. Wie kann die Reparatur eines Defektes im Sendemast so lange dauern? Wenn sich die Papiere bis acht nicht finden, wird sie gehen. Sie ist nicht der Papiere wegen gekommen, sondern um sich einen Mann anzuschauen, den sie acht Jahre früher in einer kleinen Zelle interviewt hat. Es ist nur eine Frage der Zeit, bis die Nation von Terho Martikainens Hintergrund als Verbrecher aus den Schlagzeilen der Yellow Press erfährt. Pii muss einen Vorsprung herausholen, sie möchte die Tatsachen in eine chronologische Reihenfolge bringen, bevor die Tortenglasur alles bedeckt. Wie wird Terho Martikainen aus Sörniäinen Ehemann der Gemeindepfarrerin von Käkelä? Hier wird Pii die Antwort nicht erhalten, deshalb möchte sie heim. Sie hat viele Dinge zu erledigen. Es wäre gut, wenn sie heute auch noch Hirvonens Schwester anriefe. Und Aikku. Sie möchte Aikkus Stimme hören, sich selbst durch Aikkus Existenz Halt geben. Mit Aikku könnte sie über all das reden, über Hirvonen und auch über Sami. Einfach nur plaudern.

Pii reißt sich zusammen, sucht den Blickkontakt mit dem am Regal stehenden Mann. Schlägt ein erneutes Treffen vor.

Das passt Teppo Martinsilta überhaupt nicht. Er ist augenscheinlich verärgert. Seufzt ein paar Mal, bläst schlechte Luft aus. Wechselt das Gewicht von einem Bein auf das andere, macht einige Schritte zur Seite. Beginnt, mit den Fingern an den Rand des Regals zu klopfen, schlägt seine Schamanentrommel, beschwört Pii, auf Eeva-Liisas Stuhl sitzen zu bleiben.

»Bleib jetzt sitzen. Ich suche jetzt die Papiere, dann ist das erledigt. Hier muss in den nächsten Tagen alles geordnet werden. Ich kann das nicht.«

»Na, vielleicht nach der Beerdigung?«

»Nach der Beerdigung werde ich nicht ...«, sagt Teppo Martinsilta, aber er lässt das Satzende in der Luft hängen. Was wird er nicht, überlegt Pii, nicht mehr hier sein? Nicht mehr Gäste empfangen? Nicht mehr über Eeva-Liisa sprechen? Nicht mehr den Namen Martinsilta tragen? Nicht mehr seine in der Gyllenbergallee wohnende Geliebte verstecken? Nicht mehr weinen, nie mehr? Nicht mehr wehklagen?

Wenn ich mich nach etwas sehne, dann nach einem erquickenden Schlaf und nach guter Gesellschaft, überlegt Pii, das große Rad im Kopf dreht sich mit etwas überhöhter Schnelligkeit, ich fange an zu dramatisieren, anstatt zu bremsen und es ausklingen zu lassen, das ist schlimm.

Pii weiß nicht, wie sie anständig aus dem Haus heraus gelangen könnte. Die beklemmende Stimmung in der Wohnung hat die gleiche Wirkung wie Nervengas: Sie lähmt. Die Blumensträuße, die auch im Arbeitszimmer stehen, sehen nicht wie architektonische Elemente einer netten Familienwohnung aus: Die Blütenblätter sind erstarrt, das Wasser riecht faul in den Vasen. Die Sträuße sind vom Tod gezeichnet. Mit der Sense in die Vasen geschmettert.

Teppo Martinsilta hat sich trotz Piis wiederholter Versuche nicht darauf eingelassen, über irgendetwas zu sprechen. Zumeist starrt er Pii an, wiederholt ihre Frage, als koste er sie. Denkt zunächst peinlich lange über eine Antwort nach, ringt die Hände und wechselt seine Stellung. Und gerade, wenn er offenbar eine Antwort zu geben beginnt, dreht er sich um, weicht zurück, als stünde er auf dünnem Eis. Reckt sich und stellt Pii eine Gegenfrage.

»Wann bist du hierher gezogen? Ich habe verfolgt, was die Zeitungen über dich geschrieben haben, wurde der Bombenmann gefasst? Hast du Familie? Kinder?«

Dann spielen wir halt, willigt Pii in Gedanken ein und setzt sich auf Eeva-Liisas Stuhl am Tisch. Und wenn wir die ganze Nacht dafür brauchen. Ich möchte wenigstens auf eine Frage eine Antwort. Teppo Martinsilta schwitzt kräftig. Pii dreht die Schneekugel auf den Kopf. Lässt die Schneeflocken langsam auf die Miniaturstadt rieseln.

»Wusste Eeva-Liisa, dass du den Mann getötet hattest?, fragt Pii. Teppo Martinsilta steht mit dem Rücken zu Pii, stößt einen Ordner mit rotem Rücken mit Wucht zurück ins Regal. Für einen Augenblick macht er gar nichts. Steht nur unbeweglich da. An der Flurwand tickt eine große runde Wanduhr. Hämmert die Sekunden ums Leben.

»Ach ja«, antwortet Teppo Martinsilta leise, »ich bin ja ganz durcheinander. Die Polizei war ja schon da und hat alle Papiere von Eeva-Liisa abgeholt.«

ICH STARRE IN ihr Gesicht. Ich betrachte sie in aller Ruhe, sie ist hier meine Gefangene, kommt nicht frei. Sie schaut mich an, lächelt, irgendwie vorsichtig. Strengt sie sich an? Ist ihr Lächeln etwas gezwungen? Was denkt sie wirklich? Aus ihrem Gesicht kann ich nichts herauslesen. Im Dunkeln sieht es noch schwärzer aus. Füllige Lippen, ein ziemlich breiter Mund, dafür eine schmale Nase, wirklich kein Michael Jackson vor den Operationen. Hohe Wangen, dunkelbraune Augen, verwirrend weiße Augäpfel. Schwarze Brauen, eine ziemlich hohe Stirn. Kleine Ohren, die sicher, wenn sie alt wird, finnischen Wildpilzen zu ähneln beginnen. In den Ohren silberne Ohrringe, das ist wohl ihr einziger Schmuck, falls sie nicht unter ihrem Hemd ein Nabelpiercing versteckt. Glänzendes schwarzes Haar, glatt und dick, eine richtige Warmblutmähne. Die Kopfhaut schimmert nicht wie bei uns dünnhaarigen Finnen hindurch. Ein langer Hals, schmale Schultern, lange schlanke Arme, die in langfingrigen Händen auslaufen. Die Hände ruhen in ihrem Schoß, die linke über der rechten. Die Fingernägel kurz geschnitten, hell lackiert. Die beiden obersten Knöpfe des weißen Hemdes offen, unter dem Hemd ein weißer BH, Körbchengröße 75B. Auf schwarzen Brüsten schwarze Brustwarzen, in der schwarzen Hose ein schwarzer Gürtel. Sie schaut mich an, sie redet nur zu mir. Sie hat einen schönen Körper, wie so viele ihrer Rasse. Das ist ein Beweis von Gottes schrägem Humor. Versteckt die schönsten Menschen des Menschengeschlechts im schwarzen Meer.

KAARTINEN GEHT INS Café hinüber. Marin ist auch dort nicht, und Café-Pirjo hat sie nach ihren eigenen Worten den ganzen Morgen noch nicht gesehen. Kaartinen faucht, er ist es nicht gewohnt, zu warten oder jemandem hinterher zu laufen. Mit Marin war ein Gespräch für neun Uhr verabredet, und sie ist unauffindbar. Geht nicht ans Telefon, er wird sofort mit der Mailbox verbunden. Kaartinen steckt seinen Kopf in das Kabuff des Pförtners und fragt Seppo, ob er Marin ins Haus kommen gesehen habe. Seppo ist sich ganz sicher, dass Pii noch nicht gekommen sei.

»Teufel noch mal«, fährt Kaartinen auf. »Fängt das ganze Personal jetzt an, sich selbst outzusourcen?«

Petteri, der zum Zeitvertreib ein eigenes Musikvideo schneidet, weiß von Marin nichts. Hat mit ihr seit der Aufnahme des Gastes der Woche kein Wort gewechselt.

»Die heckt sicher ihre eigenen Pläne aus, geht die nicht irgendwann zurück nach Pasila?«

»Davon war nie die Rede«, schnauzt ihn Kaartinen an, »ich begreife nicht, wie solche Gerüchte eigentlich entstehen.«

»Einerlei, ich hab nicht mit der geredet. Ne Frau hat nach der gefragt, hab ihr geflüstert, dass die nicht im Haus ist. Vielleicht ist die mit dem Kerl aus Vaasa irgendwo, irgendeine Aufnahme zu machen?«

»Was für eine Aufnahme? Wird hier irgendeine Sendung gemacht, von der ich nichts weiß?«

»Kleiner Scherz.«

»Der Max ist drüben im Vorführraum, schaut sich die Umfragen an, damit er sieht, wie Hirvonen sie aufgebaut hat.«

»Scheiße, der hat nix gebaut«, schimpft Petteri, »hat die Kamera angeschmissen, und los ging's.«

»Lassen wir doch den Hirvonen ...«

»Okay, lassen wir«, bellt Petteri, »aber einen Jesus sollten wir jetzt auch nicht aus dem machen. Wir wissen doch beide, dass der kein ... Ein Profi war der, aber wenn der ein Genie gewesen wäre, hätte der doch jetzt Spielfilme gedreht.«

Kaartinen richtet sich auf. Er wird jetzt nicht anfangen, Hirvonen zu beschimpfen. Nicht sofort nach diesem Vorfall, der den ganzen Sender erschüttert hatte. Er hat seine eigene Meinung zu all diesem, auch zu Hirvonen, aber die hebt er sich für später auf. Für viel später. Das ist Diplomatie, denkt Kaartinen.

»Und wer spricht da?«, fragt Kaartinen und beobachtet über Petteris Schulter die auf dem Bildschirm turnenden jungen Männer.

»Hitler. Stark, oder? Hab seine Reden auf eine Sequenz gesampelt und Bilder von den Europameisterschaften im Geräteturnen runtergelegt.«

Kaartinen schüttelt den Kopf. Er versteht nichts. Er will schon gehen, als Petteri sich plötzlich auf ihn stürzt.

»Sollen wir zusammen einen Kranz auf Hirvonens Beerdigung mitnehmen?«

»Zusammen, zusammen, wir werden ja wohl kein Wettrüsten mit den Kränzen veranstalten.«

Der Betriebsleiter und der Grundstücksverwalter reden in der Eingangshalle mit Seppo, als Kaartinen und Petteri aus dem Korridor heraus zu ihnen stoßen.

»Was ist das hier für eine Massenkundgebung?«, fragt Kaartinen.

Sein Maß ist fast voll. Das Wahlkampfbudget blieb unter aller Erwartung und eine Beurlaubung für den Wahlkampf hat Kaartinen auch nicht erhalten. Außerdem hat sich in der Redaktion eine klare Opposition gegen ihn gebildet. Niemand hat etwas gesagt, aber Kaartinen spürt es in allem. Hirvonens Selbstmord war der letzte Tropfen. Die Leute verhalten sich ihm gegenüber feindselig, als wäre er schuld daran, dass Hirvonen durchgedreht ist. Zu allem Überfluss musste Kaartinen für seine Vorgesetzten eine Erklärung aufsetzen und versichern, dass die Sache nicht an die Außenwelt dränge. Das wäre peinlich und würde die Aufmerksamkeit auf die im Sender vor sich gehenden Prozesse lenken. Und heute war Hirvonens Strick schön in den Schlagzeilen zu sehen. Irgendwie wurde die Sache publik, und Kaartinen ist sich auch nicht ganz sicher, ob es ihm nicht selbst irgendwann herausgerutscht ist ... Kaartinen würde von der Leitung zum Rapport gebeten, das war schon klar. Der Pförtner hatte auf Kaartinens Tisch einen Zettel gelegt, der die klare Anweisung enthielt, um dreizehn Uhr für einen Anruf erreichbar zu sein. Kaartinen hatte sich Öffentlichkeit gewünscht, aber keine solche. Das Rampenlicht zeigte in die falsche Richtung.

Kaartinen hat eine klare Meinung dazu, wer dafür gesorgt hat, dass der Zeiger des Barometers auf die Seite des Tiefs gesprungen ist. Nachdem Pii Marin hierher gekommen war, war nichts mehr wie vorher. Und jetzt schaut ihn der Betriebsleiter so an, als fordere er schon wieder eine Erklärung.

»Was gibt es denn?«

»Schon mal hinterm Haus gewesen?«

»Was soll ich denn da?«

»Dort wurde die Außenwand beschmiert.«

»Aha.«

»Die Wand in ihrer ganzen Breite vollgesprayt.«

»Schöne Scheiße.«

»Das wieder sauber zu kriegen wird teuer«, jammert Seppo, »die Bank musste viel Geld ausgeben, als ihre Mauer vollgeschmiert wurde.«

»Irgendwelche Jungs«, schnaubt Kaartinen, »haben in einer Garage Sprayflaschen gefunden und ...«

»Das glaube ich nicht, hier waren sicher nicht die Jungs aus der Nachbarschaft am Werke.«

Kaartinen erkennt an den Mienen der Männer, dass er nach den Schmierereien schauen und dazu seine Meinung sagen muss, das scheint hier wirklich von Bedeutung zu sein. Er zaudert nicht lange, sondern düst mit dem Betriebsleiter, dem Grundstücksverwalter und Petteri im Schlepptau hinaus.

Die Luft ist kühl und der vom Meer kommende Nordwind lässt auch starke Männer frösteln. Der Winter hat seinen Fuß in die Tür gestellt und will ihn auch nicht mehr zurückziehen. Kaartinen geht um das Haus, auf dem Hügel ist es still geworden. Kaum zu glauben, dass in diesem Haus Fernsehen gemacht wird. Ein Altenheim könnte es sein.

Das ist der Knackpunkt, denkt Kaartinen, man jammert über Schmierereien von kleinen Bengels, man hört den Vorwürfen der Vorgesetzten zu und die Tage gehen mühsam vorbei. Kaartinen spürt, wie sein Blutdruck steigt. Zum Teufel mit Hirvonen. Was trieb den Kerl nur? Egal wo seine Gedankenkette ihren Anfang nimmt, immer endet sie bei Hirvonen. Hirvonen und Kaartinen haben gemeinsam die goldene Zeit und auch den allmählichen Verfall der Redaktion erlebt. Jahrelang machten sie gemeinsam Sendungen und waren zumindest in Kaartinens Augen auch gute Kumpels. Als Hirvonens Frau erkrankte, rückten sie voneinander ab, Hirvonen machte eine Liste mit den für ihn wichtigsten Dingen und stellte fest, dass der Sender komplett außerhalb der Liste war. »Ich mache im Rahmen der Arbeitszeit meine Dinge, aber um etwas Zusätzlichem werdet ihr mich vergeblich bitten.« Für Kaartinen war das aus der Perspektive des Überlebenskampfes der Redaktion die schlechtere Wahl. »Wir werden alle hinausgesetzt, wenn wir nicht selbst etwas anzubieten haben, für das sich unser Hierbleiben lohnt.« Hirvonen zuckte mit den Schultern und bemerkte, dass er nur Kameramann sei und keine Ideenschleuder.

An seinem Todestag kam Hirvonen zu Kaartinen ins Zimmer und fragte ihn, ob er Bedarf an Nachrichten hätte. Kaartinen vermutete, dass Hirvonen von seinem Zusammenstoß mit Marin gehört hätte, und dachte nicht daran zu antworten. Später, als er Hirvonen an der Studiodecke hängen sah, begriff Kaartinen, dass Hirvonen ihm den Stoff für eine Story versprochen hatte. Hirvonens Selbstmord am Arbeitsplatz durch den Strang war eine Nachricht, aber das wollte die Leitung des Hauses nicht zugeben. Sie verboten, dass die Sache nach außen dringt, und wollten Kaartinens Begründung nicht hören. Dabei kannte Kaartinen Hirvonen, sie waren ja zur selben Zeit ins Haus gekommen.

Hirvonen verließ das sinkende Schiff, und nun muss auch Kaartinen den Tatsachen ins Auge blicken. Die Regionalredaktionen haben keine Zukunft. Hier wird kein Geld investiert, ihnen werden keine neuen Produktionen übertragen. Die Häuser verfallen, das Equipment wird älter ebenso wie das Personal. Tag für Tag schlägt man sich irgendwie durch, um am Leben zu bleiben, und wartet auf den Beschluss, dass das Haus geschlossen wird. Der kommt. Früher oder später kommt der. Kaartinen ist frustriert, er ist ein für alle Mal frustriert. Ein Nachrücken ins EU-Parlament wäre der Lottogewinn.

Der Fels, über den sie hinter das Haus gelangen, ist glitschig, Kaartinen setzt seine Schritte aufgrund der einmal operierten Achillessehne vorsichtig. Er hört, wie der Pförtner die gewählte Route benörgelt.

»Andersherum hätten wir die Treppe nehmen können.«

»Scheiße nein«, ächzt Petteri hinter Kaartinen. »Der Weg ist doch geil!«

Kaartinen bleibt stehen. Der Betriebsleiter hatte Recht. Kleine Jungs hätten die Wand nicht anmalen können und auch ein Erwachsener brauchte eine Leiter. Die Buchstaben sind mehrere Meter hoch

»Oh mein Gott«, seufzt Seppo, »du hast doch die Polizei gerufen?«

»Das ist echt großartig. Echt unglaublich«, schwärmt Petteri, aber schweigt, als er den wütenden Blick des Betriebsleiters sieht.

»Das kostet mehrere Tausend Euro, bis das abgewaschen und neu gestrichen ist. Die schwarze Farbe dringt so tief ein, dass mehrere Farbschichten benötigt werden, außerdem ein Gerüst und ...«, flucht der Betriebsleiter.

»Sage ich doch«, keucht der Verwalter.

»Echt verblüffend«, lässt sich Petteri dennoch begutachtend hören, »das ist 'ne Profiarbeit.«

Kaartinen sagt nichts. Diese Faxen amüsieren ihn ganz und gar nicht. Er schaut auf die lebensgroße schwarze Frau, die mitten in ein Visier gemalt wurde, und den Text neben dem Bild. »SCHWARZER TOD« steht da und Kaartinen bemerkt, dass er trotz der Kälte schwitzt: Wo zum Teufel steckt die Marin?

HEINO SCHÜTTET DEN erkalteten Tee ins Waschbecken und spült seine Tasse ab. Langsam erkennt man, dass er nicht schlafen geht. Er ist unrasiert und hat blutunterlaufene Augen. Heino ist dem Koffein erlegen, wie so oft, wenn er wach bleiben möchte. In dieser Nacht hat er mehrere Energydrink-Dosen getrunken, und das spürt er als ein leichtes Zittern seiner Hände. Es wäre auch angenehm, sich mal umzuziehen.

»Was sagen wir denn der Presse?«, fragt Heino Santala. Dieser hat sich in Heinos Zimmer einquartiert, es sei gemütlicher als das Konferenzzimmer, sagt er. Santala ist vielleicht in Zivil und bei seinen Leuten ein netter Mensch, aber in einer fremden Stadt, während einer unglücklich verlaufenden Ermittlung, kann man Santala beim besten Willen nicht als nett bezeichnen. Heino hat für Santala noch ein zweites, mit sch beginnendes Wort zur Verfügung, aber er hat beschlossen, dass dies nur für den Hausgebrauch taugt. Santala hat sich in Heinos Zimmer ausgebreitet, er nutzt Heinos Telefon und klebt Heinos Wand mit kleinen Zetteln voll.

Heino vermisst seine Ruhe. Er hat schon jahrelang sein eigenes Zimmer und niemand hat jemals während der Umgestaltungen des Polizeireviers vorgeschlagen, dass ein zweiter Beamter einen Platz in Heinos Zimmer bekommen solle. Alle im Dezernat wissen, dass es für einen guten Arbeitsablauf am besten ist, wenn Heino allein sein kann, wenn er auf dem

Revier ist. Im Außendienst wurde schon immer im Team gearbeitet, da bleibt für niemanden Ruhe zum Nachdenken.

Bekannt ist den Leuten auf dem Revier auch der schon lang anhaltende Gärungsprozess in Heinos Ehe, der beide Teile zu zersetzen scheint. Heinos Frau wurde schon ein paar Jahre weder auf der Weihnachtsfeier des Reviers noch auf dem traditionellen Sommerausflug zum Ferienhaus des pensionierten Polizeichefs gesehen. Heino hat auch jetzt keine Urlaubspläne mehr. Es ging sogar so weit, dass er einige Tage vor Ende seines Urlaubs schon auf der Arbeit erschien. Die Nachricht einer Scheidung hätte niemanden überrascht.

Heino wiederholt seine Frage und setzt sich auf den Besucherstuhl seines Schreibtisches. Santala studiert gerade ein eben eingetroffenes Fax. Er hebt die rechte Hand, als bitte er um Aufschub. Heino versteht den Wink: er darf nicht reden und muss warten.

»Okay«, pfeift Santala, »das ist dann so.«

»Also was?«, fragt Heino und konnte nicht verhindern, seinen Ärger in der Stimme hören zu lassen. Santala teilt ihm seine Gedanken nicht mit.

»Sagen wir, wie es ist. Auf freien Fuß gesetzt, weil es keine Beweise für eine Festnahme gab.«

»Aber er wurde doch mit begründetem Verdacht ...«

»Die Situation hat sich geändert, wie gewöhnlich. Wir können ihn nicht mehr hinter Gittern lassen.«

»Natürlich nicht.«

»Sind die DNS gekommen?«

»Im Prinzip ja. Haukka versprach, sie zu bringen.«

»Okay.«

Santala klopft die Papiere mit mehreren festen Stößen auf den Tisch zu einem Packen zusammen und betrachtet Heino.

»Rissanen und Ålander sollen das Material aus Helsinki durchgehen, Haukka und Viitanen werden den Witwer der im Feuer umgekommenen Frau befragen.«

»Okay.«

»Und sonst fehlt uns nichts weiter. Nur noch der Schuldige.«

HEINO TEILT MIT, dass er eine Runde machen werde. Auf dem Revier ist der Begriff bekannt, er bedeutet eine für Heino typische Denkpause. Die Art, für mehrere Stunden zu verschwinden und nach der Rückkehr eine lange wiedergekäute Sache unter neuem Aspekt darzustellen. Santala sagt er nichts, er ist ja schließlich nicht an dessen Gängelband. Und wenn sich Santala nach ihm sehen sollte, würde er ihn schon zu fassen bekommen.

Heino fährt mit dem Fahrstuhl in den Keller hinunter und prescht zum Auto. Die Garage des Reviers ist zu klein geworden und soll um die Jahreswende erweitert werden. Er hat schon länger über ein Sabbatjahr nachgedacht, und es wäre ein passender Zeitpunkt, es zu Beginn der Erweiterungsarbeiten zu nehmen. Heino hasste Reparaturen und Sanierungen und die daraus folgenden Veränderungen und ist schon oft in den letzten Monaten wegen der Straßenarbeiten in der Stadt fuchsig geworden. Die Sanierung des Polizeireviers und dessen Umgebung drückte eine in die falsche Richtung verlaufende Energie aus, und er hatte keine Lust, sich unter solchen Umständen auszutesten. Die Arbeit ist ohnehin chaotisch und sie geht am besten vor sich, wenn die Bedingungen rundherum stabil sind.

In letzter Zeit ging die Arbeit auffallend schlecht voran. Im Käkelä-Fall wurde gleich auf den ersten Metern herumgepfuscht. Unbeteiligte wurden vor der Polizei zum Tatort gelassen, der schockierte Küster alarmierte zuerst die Gemeindemitarbeiter und erst dann die Polizei. Da der Tatort vermutlich auch noch mit einem Druckreiniger und mit Chlorit gereinigt worden war, hatte die Polizei nichts in der Hand. Der Mann, der Eeva-Liisa Martinsilta bedroht hatte, wurde festgenommen, weil er einen knappen Kilometer vom Tatort entfernt gefunden wurde und das Messer besaß, mit dem Eeva-Liisa Martinsilta höchstwahrscheinlich getötet wurde. Das Messer war eine Rarität, ein Fällkniven K1, nahezu das einzige Messer auf dem Markt mit einer schwarzen Klinge.

Heino wollte nach Käkelä fahren. Nach den Worten des Küsters sei das Amt offen, und wenn es aus irgendeinem Grunde nicht offen sei, würde er kommen und aufschließen.

Heino hat die Unterlagen der Technik gelesen, sie wurden auch in einer gemeinsamen Sitzung besprochen, aber er wollte sich an Ort und Stelle umsehen. Natürlich wurde alles untersucht und aufgenommen, dokumentiert und mehrfach durchgegangen. Keine einzige Spur würde mehr zu finden sein und Heino glaubte eigentlich auch nicht daran. Die meisten Fälle, die bei ihm landeten, löste er anders, er verstand sie. Die Beweise haben nahezu ausnahmslos nur die Beobachtungen bestätigt. Er möchte ins Pfarramt gehen, um den Ort zu sehen, wie er vor dem Mord, einen Augenblick vor dem Mord, aussah. Er möchte ihn mit den Augen des Mörders sehen.

Zuhause nimmt niemand ab. Heino wollte seine Frau bitten, ihm ein sauberes Hemd und den Rasierapparat ins Revier zu bringen, aber vermutlich hat sie schon das Haus verlassen. Und bleibt sicher auch heute nach der Arbeit irgendwo, wie so häufig in letzter Zeit. Vielleicht hat sie ihm sogar gesagt, wo sie hingeht, als sie sich zuletzt unterhielten. Heino ist bemüht, sich zu erinnern, was seine Frau gesagt hat, aber es kommt ihm nichts in den Sinn außer, dass nur noch wenig Käse da sei, dass sie ihre an allem Abscheu empfindende Miene aufgesetzt hat, dass er ungehalten war, dass sie sich den Rest aus der Kaffeekanne selbst eingegossen hat und dass er den Song nach den Sieben-Uhr-Nachrichten im Regionalradio gehört hat. Heino hat das gleiche Lied auch auf CD, aber da seine Frau U2 nicht mag, wurde es zuhause nicht gespielt. Jetzt läuft *Sweetest thing* in seinem Kopf, während er aus den Tiefen der Garage herausfährt: »*I'm losing you. I'm losing you. Ain't love the sweetest thing.*«

In der Wellamonkatu hat sich ein Stau gebildet, auf einer kurzen Strecke ist wegen Kanalisationsarbeiten nur ein Streifen befahrbar. Heino kommt geschmeidig in die Autoreihe hinein. Den Vorteil hat man schon, wenn man ein Polizeiauto fährt. Da ist schon wieder so ein Tölpel: eine Hand am Telefon, eine am Lenkrad, denkt Heino und drückt auf die Hupe. Er könnte eine Strafe aufbrummen, aber wenn jeder telefonierende Autofahrer bestraft würde, käme man zu nichts anderem. Zumindest hat sie sich erschrocken, schmunzelt Heino, als er den entsetzten Blick der Frau in ihrem Rückspiegel sieht.

Als er an der Ampel zur Brücke abbiegt, schaut Heino auf den in der Ferne sichtbaren Kirchenturm. Seit der Hochzeit ist er nicht mehr in der Kirche gewesen. Seit sieben Jahren. Hatte keine Zeit, hatte keinen Grund. Es ist schon merkwürdig, dass auch hier Menschen leben, die sonntags früh aufstehen, um zum Gottesdienst zu gehen. Oder die ihren Tag mit der Morgenandacht im Radio beginnen. Heino hat persönlich nichts gegen Gott, aber diese Konstruktion, die um

Ihn zurechtgezimmert wurde, ist nach Heinos Ansicht zu protzig und zu weit weg von den Menschen, zumindest von solchen wie Heino, sie verlockt, sie droht und sie duldet kein Mitgefühl.

Was sehe ich nicht? überlegt er und sieht die Bootsstege an der Strandpromenade, die die Wellen brechen, und einige noch im Wasser befindliche Boote. Sieht die Sonne an der Bordwand der Boote, einen jungen Mann am Steg, weiße Bänke am Strand. Die verschlossenen Rollläden eines Eiskiosks. Was habe ich hier vor meinen Augen und was kann ich nicht identifizieren?

Die Bäume biegen sich unter der Kraft des vom Meer kommenden Windes, gelbe und rote Blätter machen auf dem dunklen Asphalt Flecken. Auf dem Bürgersteig stehen zwei junge Mütter mit ihren Kinderwagen. Die Babys schlafen, die Mütter tauschen Neuigkeiten aus. Eeva-Liisa Martinsilta hat schon ihr Säuglingserstausstattungspaket abgeholt und auch fast alles andere für das Baby Erforderliche besorgt, erinnert sich Heino. Die Geburt sei so nahe gewesen und alles so gut bis dahin verlaufen, hatte Teppo Martinsilta in der Befragung erklärt, obwohl Eeva-Liisa für eine Erstgebärende ziemlich alt gewesen sei.

»Wir haben die Fruchtwasseruntersuchung und alle anderen möglichen Untersuchungen machen lassen, aber wir hätten das Kind auch behalten, selbst wenn herausgekommen wäre, dass es eine Entwicklungsstörung hätte.«

Teppo Martinsilta wiederholte mehrere Male, dass sie die Vorbereitungen nur getroffen hätten, weil sie nicht abergläubisch seien.

»Wir glaubten an Gottes Obhut, aber ich weiß nicht, ob ich noch darauf vertrauen kann.«

Teppo Martinsilta hatte im Babyausstattungsgeschäft in der Innenstadt einen karierten Kinderwagen bestellt und die Bestellung nach seinen eigenen Worten am Tag nach dem Mord persönlich storniert. Martinsiltas Alibi wurde bestätigt. Er saß in der Vorstandssitzung der Wohnungseigentümergemeinschaft, die über eine gemeinsame Bootslandestelle entschied.

Heino und seine Frau haben keine Kinder. Zu Beginn wollte seine Frau, aber Heino, der gerade seine Stelle im Revier angetreten hatte, nicht. Einige Jahre später betrachtete Heino die Babybilder seiner Kollegen auf andere Art, interessiert, lächelnd über die unbegreifliche Kleinheit der Babys. Die Veränderung wurde auf dem Revier bemerkt und Heino war in aller Munde der Patenonkel. Die Arbeitskollegen lachten ganz offen über ihn und rieten ihm, sich möglichst schnell um ein eigenes Kind zu kümmern. Nach und nach begriff Heino, dass er selbst auch reif für die Vaterrolle sei, und teilte dies seiner Frau als angeblich große Neuigkeit mit. Die hatte für ihn jedoch eine ebenso große Neuigkeit: Sie hatte beschlossen, an die Uni zurückzukehren und zu promovieren. So wurde der Familiennachwuchs um einige Jahre verschoben, jetzt sogar durch gemeinsamen Beschluss. In den letzten beiden Jahren wurde gar nicht mehr über ein Baby gesprochen. Heino wurde peu à peu klar, dass sie keine Kinder mehr kriegen würden. Zumindest keine gemeinsamen.

Auf der Laivarannantie laufen viele kleine Schüler irgendwohin. In Heinos Blick gerät ein Junge am Ende der Gruppe, dessen Rucksack größer als er selbst zu sein scheint. Liefe der Junge mit geradem Rücken, würde ihn der Rucksack nach hinten ziehen, sicher deshalb schleppt sich der Junge mit gekrümmtem Rücken dahin, versunken in seine eigenen Gedanken, Steine wegschießend. Heino erinnert sich, dass er selbst so ein Junge war.

An der Abfahrt Käkelä gibt es einen Auffahrunfall, aber zum Glück ist schon ein Streifenwagen vor Ort. Heino grüßt die Kollegen und ruft Pii Marin an. Vielleicht schafft sie es, heute noch auf dem Revier zu erscheinen.

Pii dreht sich vorsichtig auf die Seite und öffnet die Augen. Ihr Kopf schmerzt so sehr, dass sie die Augen zusammenkneifen muss. Sie hat Schmerzen im Nacken und auf dem Rücken, die linke Hand ist eingeschlafen. An der Decke flimmert es hell, die durch die Zweige gefilterte Sonne. Eine Fliege brummt irgendwo in der Nähe ihres linken Ohres. Pii hört das Rasseln ihres eigenen Atmens und sieht die Lampe an der Decke. Es ist nicht ihre eigene.

Pii springt auf und schaut sich im Zimmer um, in dem sie aufgewacht ist. Sie ist vollständig bekleidet, nur die Socken hat sie ausgezogen. Es ist eindeutig ein Kinderzimmer: über der Tapete eine Teddybordüre und über dem Gitterbett ein Mobile. Pii hat auf der schmalen und kurzen Couch neben dem Babybett geschlafen. Hat bizarr dagelegen, mit den Füßen über der Lehne.

Das nächtliche Gespräch kommt ihr nach und nach wieder in den Sinn. Die Wandlung vom Plaudern zu etwas ganz Anderem. Ein sechsstündiger Gesprächsmarathon, live aus dem Hause Martinsilta. Pii weiß nicht, was sie denken soll. Sie blieb für die Nacht, weil sie es nicht wagte zu gehen. Teppo Martinsilta hat über die Nutzlosigkeit des Lebens gesprochen und Pii war sich sicher, dass er sich umbringen würde. Ein Wunder, dass sie überhaupt eingeschlafen ist. So sehr fürchtete sie sich. Und jetzt: die Panik packt zu, aber Pii zwingt sich, ruhig zu bleiben. Hastig sammelt sie ihre Sachen vom Boden auf und steckt sie mit den Socken in ihren Rucksack. Am Kopfende des Babybettes ist ein Bild mit Engeln und auf dem Fensterbrett eine Sandmännchen-Spieluhr. Das Zimmer muss sich schrecklich anfühlen, es ist ja ein Zimmer für ein Kind, das nie auf die Welt gekommen ist. Jemand muss all das entsorgen, jeden kleinen Gegenstand für das Baby in Kisten packen. Nein, denkt Pii, nein, nein, niemals.

Pii schleicht zur rosa gemalten Tür, bemüht sich, sie lautlos zu öffnen, was ihr gründlich misslang. Die Tür knarzt einen Gutenmorgengruß, die Scharniere wurden vermutlich noch nie gefettet. Pii atmet in kurzen Zügen, versucht, irgendwo sicheren Halt zu finden. Die Kopfschmerzen sind unerträglich, sie bewegen sich vom Hinterkopf bis zur Stirn, klopfen an den Schädel, hämmern auf die Denkfähigkeit ein, versuchen, die Augen auszureißen.

Pii schlüpft hinaus in den Flur, ihr Mund ist trocken, sie will eine Schmerztablette und Wasser haben, Sauerstoff und Schlaf. Die Deckenlampen brennen, obwohl es schon heller Tag ist, sie sind in der Nacht an geblieben. Pii sucht nach dem Schalter, das böse Auge der Lampen starrt sie an, verwünscht sie in die unterste Hölle. Sie hat gegen sämtliche Regeln gehandelt, gegen ihre eigene Moral, gegen die ethischen journalistischen Grundregeln, gegen jede Vernunft.

Bis zur Haustür ist es ein weiter Weg, und bevor sie dorthin gelangt, muss sie noch auf die andere Seite des Hauses. Die Tür zum Schlafzimmer ist angelehnt, aber Pii kann nicht erkennen, ob jemand in dem gemachten Bett schläft. Sie nimmt es an. Oh mein Gott, denkt Pii, oh mein grundgütiger Gott, oh du heilige Scheiße!

Als Pii bei der Wanduhr anlangt, zuckt sie zusammen, entweder geht die Uhr falsch, hat ihre eigene Zeit, oder aber Pii hat ein Problem.

Das Telefon ist genau da, wo Pii es vermutete, auf Eeva-Liisa Martinsiltas Arbeitstisch. Pii schnappt es sich und eilt zur Tür, sie rennt fast durch das Haus, greift sich ihren Anorak aus dem Rucksack, zieht ihn an, lässt aber die Socken drin. Würde zu lange dauern. Sie muss einen Augenblick ihre Schuhe suchen, denn die wurden aus dem Windfang ins Hausinnere geholt. Die Haustür ist verschlossen, aber Pii kann sie ohne viel Mühe öffnen. Das Schloss hat sich gelockert, das bekommt man jederzeit auch von außen auf, mit einem Messer, geht Pii noch durch den Sinn.

Der Wind schlägt ihr geradewegs ins Gesicht, der helle Sonnenschein lässt sie aufstöhnen. Und sie hat nicht einmal ihre Sonnenbrille dabei. Pii eilt zu ihrem Fahrrad, greift in die Anoraktasche und holt den Fahrradschlüssel heraus, sie will weg hier, sie ist sehr in Eile. Sie muss auf das Polizeirevier fahren. Muss jetzt sofort mit Heino sprechen.

Pii springt auf ihr Fahrrad, tritt kräftig die Pedalen, über einen ruhigen Forstweg, an einer Weißdornheckenmauer vorbei in Richtung Stadt. Ihre Beine schmerzen, ihr Kopf schmerzt, ihr Bauch grummelt. Ein Meißel hämmert an ihrer Stirn, ihre Augen tränen. Pii versucht, sich zu erinnern, sie versucht, das Ende des Gedankenfadens festzuhalten. Sie ist kurz davor, etwas zu begreifen, ein Bilderrätsel zu lösen, ein Vexierbild zu erfassen. Sie fährt geradewegs auf das Polizeirevier, spricht mit Heino, erzählt ihm, was Teppo Martinsilta gesagt hat. Ob er wohl dort in der Wohnung war? Oder war er schon gegangen? Hätte ich nachschauen sollen?

Die Idylle von gestern ist verflogen. Als grassierte hier eine ansteckende Krankheit, ist nirgends eine Menschenseele zu erblicken. Die Häuser mit ihren gepflegten Gärten, ihren Komposthaufen und ihren Gartenzwergen sehen nicht mehr einladend aus, sondern nur noch abweisend. Ich könnte nie an einem solchen Ort wohnen. An einem hemmungslos zugebauten Strand, im Paradies der Gutbetuchten.

Pii hört hinter sich das Geräusch eines Autos. Sie tritt fester in die Pedalen, bald würde sie den Radweg erreichen, bald wäre sie auf der belebten Straße in die Stadt. In Menschennähe. Das Auto bremst ab, Pii hört, wie der Motor herunterfährt. Das Auto fährt neben ihr, Pii schaut nicht zur Seite, sie hört, wie sich ein Fenster öffnet.

»Um Gottes willen, Marin«, schreit Kaartinen, »du wirst überall gesucht.«

Kaartinen glaubt Pii kein Wort von dem, was sie erzählt. Er sieht doch, dass sie lügt. Und nicht einmal besonders gut, sondern so durchsichtig, dass jeder Beliebige erkennen kann, dass sie etwas verschweigt. Kaartinen sitzt auf seinem Stuhl, zurückgelehnt, mit nassen Flecken unter den Armen. Er lässt sich nicht auf der Nase herumtanzen. Kaartinen spricht mit Nachdruck, er kanzelt Pii das erste Mal ab, seitdem sie hier arbeitet, hat sich vergeblich davor gehütet, als Rassist abgestempelt zu werden. Zu sagen gehabt hätte er auch schon früher sehr viel. Immer musste er sich zurückhalten. Die Sache liegen lassen. Ist das nicht zumindest merkwürdig? Dass man bei Fehlern von Negern nicht einschreiten darf, ohne dass man wegen Diskriminierung zum Vorgesetzten gerufen wird.

Pii steht anfangs an der Trennwand, aber beginnt bald, im Zimmer umherzugehen. Kaartinen weist sie wiederholt an, sich zu setzen, aber Pii weigert sich. Sie sei ohnehin auf dem Abflug. Gießt sich Wasser in ein Glas und wirft sich irgendeine Tablette ein. Schaut nicht zu Kaartinen, sondern fummelt an ihrem Telefon herum. Kaartinen ist begeistert.

»Auf dem Abflug? Hör zu, du fliegst nirgendwohin. Hast du mal von dem Begriff Arbeitszeit gehört, Marin? Du hast sie wohl nicht mehr alle? Hier gehen heute Nachrichten raus. Okay, ich bin dran mit der Hintergrundarbeit, aber kommt es dir nicht in den Sinn, dass es so ein Nachrichtentag sein könnte, an dem ein paar mehr Hände gebraucht werden, um die Arbeit zu bewältigen, hä? Hier ist es nicht üblich, dass jeder kommt, wie es ihm gerade passt. Hier wird an fünf Tagen in der Woche acht Stunden gearbeitet.«

»Das ist ja völlig absurd, Kaartinen, ich werd verdammt noch mal nicht vor dir kriechen, nur weil ich zu einer Sitzung zu spät bin, die du mir gestern Abend erst per E-Mail angekündigt hast! Ich hab die Mail nicht gelesen, sorry, aber ich hab sie nicht gelesen.«

»Du machst hier das, was ich dir sage, und nicht das, was du dir selber ausdenkst. Das hier ist kein Freizeitpark, hier werden einzig und allein auszustrahlende Fernsehsendungen gemacht. Keine Homevideos und auch keine Früchte persönlichen Ehrgeizes. Wir haben hier im Haus schon viele Jahre ein Bestellsystem ...«

»Ja, ja, Kaartinen, lass sein. Ich muss noch ein paar Dinge erledigen, dienstliche Dinge, die erledige ich und dann komm ich zurück und setz mich bis Dienstschluss brav an meinen Computer.«

»Was können das für dienstliche Dinge sein, von denen ich nichts weiß? Wir haben solche Dinge nicht, es sei denn, du machst für eine externe Firma irgendwelche Sachen in deiner Arbeitszeit.«

»So etwas mache ich natürlich nicht. Ich möchte nur einen zweiten Gast der Woche noch dieses Jahr machen.«

»Der Gast der Woche ist ein einfaches Konzept und das wurde bislang noch nie wochenlang vorher vorbereitet. Außerdem ist es unnötig, vorher Arbeiten für etwas zu machen, was mir noch nicht vorgestellt wurde.«

»Ich muss jetzt jedenfalls gehen, Kaartinen. Sag mir, wenn ich meine Arbeiten nicht ordentlich erledigt hab, ansonsten spiel hier nicht den Babysitter. Das steht dir nicht.«

Pii geht schon zu Tür. Kaartinen wird immer nervöser. Marin reizt ihn absichtlich und sie schafft es auch wirklich. Kaartinen würde sie gern ergreifen und ihr ins Gesicht schlagen. Sie auf den Boden werfen. Vielleicht kommt man mit Exotik in der Hauptstadt weiter, aber hier avanciert man damit nicht.

»Die Sanierung verschiebt sich wieder um mindestens ein Jahr und weißt du warum, Marin? Weil deine Fans die Außenwand des Hauses beschmiert haben. Und weil wir an allen Türen neue Schlösser für Schlüsselkarten installieren müssen, an jeder einzelnen fucking Tür. Nur deshalb, weil du her kommandiert wurdest, um uns zur Last zu fallen. Hier gab es nie irgendwelche Störungen, nichts, niemals. Keine Sicherheitsrisiken, nie. Die Türen waren offen, der Pförtner hat die Gäste herein gelassen. Aber das reicht jetzt wohl nicht mehr. Die bauen schon überall die Schlösser ein, Marin, rechne aus Spaß mal aus, was das Ganze kostet. Hast du eine Ahnung? Und woher kommt das Geld? Vielleicht aus einem Sicherheitsfonds? Nein, Marin, das kommt direkt aus unseren eigenen Mitteln. Aus dem lächerlich kleinen Budget unseres Hauses. Mit dem wir versuchen, das Fernsehen in dieser Stadt am Leben zu erhalten. Begreifst du, Marin, bist du überhaupt in der Lage zu denken ...«

»Pass auf, was du sagst, Kaartinen«, zischt Pii.

»Ja, ja, pass auf, was du sagst, oder sonst beschuldige ich dich des Rassismus. Ist es das, was du sagen wolltest, ja?«

Pii sagt nichts mehr. Sie ist zu erregt, um etwas zu sagen. Kaartinen folgt ihr auf den Fuß. Folgt ihr bis in die Eingangshalle. Schreit Pii hinterher.

»Hast du ein Alkoholproblem, Marin, oder was ist es?«

Seppo steht peinlich berührt in der Eingangshalle.

»Du hättest da einen Gast ...«

Pii zittert vor Wut, sie musste raus, musste an die frische Luft oder sonst ...

»Was für einen Gast?«, fragt Pii, aber sieht ihn schon. Der Taxifahrer, der sie und Hirvonen her gefahren hat, steht mit einem Bündel Fotos im Eingang, vor dem Pförtnerkabuff.

»Verflixt«, stöhnt Pii, aber geht sofort zu dem Mann und begrüßt ihn. Zwingt sich zu einem freundlichen Lächeln.

»Hallo. Wie geht es?«

Er sei gekommen, weil Pii nichts von sich habe hören lassen.

»Ich habe auf deinen Anruf gewartet. Weil du doch meine Nummer mitgenommen hattest. Ich dachte, die sei vielleicht weggekommen. Hier sind meine Bilder.«

Er reicht Pii die Fotos. Zwei junge Männer mit Bierflaschen vor der Sauna, auf dem Schiff, mit zwei Mädchen vor einem Zelt. Ein Auto, in dem ein lächelnder Fahrer sitzt. Eine Flasche Wodka, eine Schachtel Zigaretten, ein Paket Kondome und grinsende junge Männer. Eine Katze.

»Das ist Nakkes Katze auf dem letzten, William.«

Pii weiß nicht, was sie sagen soll. Du hast ja selber drum gebettelt. Sie sucht die richtige Wortform, die Satzstellung. Schaut sich nochmals die Bilder an. Reicht sie ihm zurück.

»Ich hab noch mehr Fotos, aber das sind die, die ich von jetzt auf gleich gefunden habe.«

»Der Nakke ist heute freigekommen«, sagt Pii. »Es gibt also keinen Bedarf mehr zu reden. Aber trotzdem danke, dass du dich her bemüht hast.«

PII BETRACHTET DIE Hauswand. Sie sieht den Text. Das Bild ist schon teilweise abgewaschen, aber es ist trotzdem nicht schwer, sich vorzustellen, wen es darstellt.

»Moderne Kunst«, bemerkt der Hausmeister. Pii weiß, dass der ein gutmütiger, friedlicher Zungendrescher ist, trotzdem bricht sie fast in Tränen aus. Sie kann nichts antworten, dreht sich nur weg, fällt da, wo der Fels in Schotter übergeht, fast um. Die Handwerker lachen, einer empfiehlt ihr, sich einen Rollator anzuschaffen. Und Pii bekommt immer noch kein Wort heraus. Sie verschwindet. Am liebsten möchte sie sich die Anorakkapuze über den Kopf ziehen und sich darin verstecken. Sie schämt sich. Sie begreift, dass sie ihren Sinn für Humor verloren hat, ihren Willen, ihre Kraft und auch von ihrer fachlichen Routine etwas. Dass sie in ihrer Gefühlsduselei nach der Trennung in ein endloses Sumpfgebiet getrieben ist. Sie lebt seit Monaten hier in der Stadt und weigert sich, Kontakt zu den hier lebenden Menschen aufzunehmen. Sie hat jeden einzelnen nacheinander abgewehrt. Hat sich über sie gestellt. Ich habe mir diese Suppe selbst eingebrockt, ich bin paranoid, hundemüde und kindisch. Ich muss das Spiel jetzt abblasen.

Pii geht auf der anderen Seite wieder nach vorn. Sieht Kaartinen an seinem Schreibtisch sitzen, telefonieren. Sieht Petteri an der Technikertür rauchen.

»Hi«, ruft Pii, »schönes Wochenende!«

Petteri drückt seine Kippe aus, wirft den Kopf zurück, das soll wohl eine Art Antwort sein. Pii holt ihr Fahrrad, zottelt den Hügel hinunter und ruft Aikku an. Fragt, ob sie schon heute Abend kommen kann. Über Nacht bleiben und dann mit Pii von früh an einen entspannten freien Samstag verbringen würde.

»Das alles macht mich so fertig, ich hab wirklich wenig Lust, noch einen einzigen Abend mit Verrückten oder allein zu verbringen.«

»Ist das nicht dasselbe?«, lacht Aikku.

»Jetzt fehlt mir eine Schulter«, sagt Pii und weiß, dass Aikku aus ihrer Stimme alles heraushört.

Aikku sagt ihr Kommen zu, will gleich etwas zu essen und zu trinken mitbringen.

»Du sorgst für Geschichten und 'ne Matratze«, wehrt Aikku Piis Einwände ab. »Oder ich komm gar nicht.«

Pii verspricht es. Was auch immer, nur damit Aikku kommt.

»Hast du einen Parkplatz für meine Karre?«

Pii hat keinen und die anderen der Hausgemeinschaft sind belegt.

»Gleich auf der Straße ist eigentlich immer viel Platz.«

»Okay. Es ist nur so, dass mein Auto schon ein paar Mal aufgebrochen wurde, und auch wenn ich alle möglichen Versicherungen hab, hab ich keine Lust auf das verdammte Tohuwabohu, das dann beginnt.«

»Es ist eine ruhige Straße«, sagt Pii, »aber komm doch mit dem Taxi, ich bezahl. Ich würd dich ja abholen, aber ...«

»Du hast keinen Wagen. No problem, vergiss es. Ich komm. Hast du unten eine Klingel?«

»Ein Codeschloss. Der Code ist 3411.«

»3411.«
»Ja. Herrlich, dass du kommst.«
»Herrlich, dass ich zu dir komme.«

HEINO LÄSST SEIN Auto an der Vorstadtbibliothek stehen. Möchte durch Käkelä laufen, hat das bislang nicht getan. Er zieht den Reißverschluss der Jacke zu und schließt das Auto. Zunächst liest er sich die Anzeigen am Schwarzen Brett neben dem Parkplatz durch. Gitterbett und Hochstuhl zu verkaufen, Kätzchen abzugeben, Babysitter für Abende gesucht. Unihockey montags und donnerstags in der Sporthalle, Mutter-Kind-Gruppe wochentags im Gemeindehaus, Jugendclub Freitag- und Samstagabend. Schlüsselbund zwischen Suortamonkatu und Gmd-haus verloren. Die Bibliothek ist an drei Tagen in der Woche auf Veranlassung der Einwohnervereinigung von Käkelä offen. Heino erinnert sich, dass die Stadt die Bibliothek von Käkelä und gleichzeitig drei andere Vorstadtbibliotheken geschlossen hatte, das muss vor circa drei Jahren gewesen sein.

Käkelä wurde in den siebziger Jahren erbaut. Es ist genauso retro wie Jeans mit Schlag, Hemden aus indischer Baumwolle, Haistiefel und riesige Sonnenbrillen. Alle, die die Siebziger bewundern, sollten aus Nostalgiegründen hierherziehen, überlegt Heino, es wäre ja Unsinn, all diese Kugelsessel in die Luxuswohnungen der Innenstadt zu tragen. Käkelä ist ein luftdicht verpacktes Siedlungsgebiet, eine Perle des grauen Betonbaus. Hier gibt es hauptsächlich städtische Mietwohnungen, die Eigentumswohnungen, die seinerzeit gekauft wurden, lassen sich garantiert nur schwer verkaufen. Das Ansehen von Käkelä ist ziemlich schlecht, und die Geschehnisse der letzten Wochen haben es zumindest nicht verbessert. Heino schaut sich um, Käkelä ist von den modernen Trends des Vorstadtbauens genauso weit entfernt wie der Mars von der Erde. Die Häuser sind hoch, zwischen ihnen wurde nicht viel Grün gelassen, eigentlich gibt es in ganz Käkelä keine Grünflächen. Die Zeit hat an den grauen Flächen der Häuser genagt, aber Käkelä wird noch lange auf Gelder für eine Grundsanierung warten müssen. Käkelä könnte genauso gut irgendwo im ehemaligen Ostdeutschland sein. Seinerzeit gab es hier alle Dienstleistungen, ein Einkaufszentrum mit Lebensmittelläden und Fachgeschäften, eine Post, eine Bank, eine Pizzeria, eine Kneipe, ein Mittagsrestaurant, eine Apotheke, eine Kirche, ein Sozialamt, ein Gesundheitszentrum, ein Altenheim, eine Kindertagesstätte, eine Schule, einen Jugendclub, ein Kino, eine Bibliothek. Jetzt ist die Schule geschlossen und die Kinder von Käkelä fahren in die drei Kilometer entfernte neue große Schule, das Altenheim ist jetzt ein Flohmarkt, das Einkaufszentrum ist heruntergekommen und leer, nur ein paar Ladengeschäfte werden noch genutzt: die Kneipe, ein Discounter, ein Kiosk. Während die Dienstleistungen weniger wurden, zogen viele Ausländer nach Käkelä.

Heino geht quer über den Vorplatz des Gesundheitszentrums, für Heino und alle Polizisten des Reviers ist es ein bekannter Ort, hier mussten relativ oft Klienten abgeholt werden, damit diese sich in den Zellen beruhigten. Mit der Zunahme der Mehrfachkonsumenten wurde auch die Arbeit in den Gesundheitszentren zu einer Extremsportart. Besonders an Wochenenden ist es eher unruhig.

Vor dem Gemeindepfarramt schaut sich Heino um. Der Platz ist in drei Richtungen offen, zur Tür käme man also nicht, ohne dass man von jemandem gesehen würde. Von der Kneipe kann man direkt hierher sehen. Rissanen und Ålander waren hier schon, aber Heino möchte sich trotzdem nochmals umschauen. Wenn er nur erst einmal den Spuren des Mörders im Pfarramt nachginge.

DER RAUM RIECHT stark nach Reinigungsmitteln. Zwei Heizlüfter schnurren an beiden Enden des Amtes. Man fühlt sich wie in einer Schwimmhalle, der Teppich ist fleckig und auch an den Wänden sieht man eindeutig hellere Flecken. Das ist Chlorit, denkt Heino, Unmengen an Chlorit. Auf dem Servicetresen steht Eeva-Liisa Martinsiltas Foto, vor dem Bild, in einer kleinen Kristallvase, brennen mit flackernden Flammen drei Wasserlichter. Heino stellt sich der hinter dem Tresen sitzenden grauhaarigen Frau vor und bittet um Erlaubnis, sich hier umzusehen. Im Gesicht der Frau hat die Zeit Furchen gezeichnet, aber die Augen sind klar wie die eines Kindes. Ihre Hand ist warm und weich, der Handteller voller feiner Falten.

»Mirja Väntti. Natürlich dürfen Sie, gut, dass ich zufällig hier bin. Schauen Sie sich nur in aller Ruhe um. Es ist ja nichts mehr da, gleich, als wir die Erlaubnis bekamen, begannen wir mit der Reinigung. Wir schrubbten, wenn auch an sich nichts mehr abzuschrubben war, nur Feuchtigkeitsschäden. Und das Chlorit. Ein furchtbarer Geruch. Den spüren Sie immer noch. Und alles klatschnass. Deshalb haben wir ja auch diese Heizlüfter. Damit wir kein Problem mit Schimmel bekommen. Wir haben gefragt, ob wir nicht in Übergangsräumlichkeiten ziehen könnten, zum Beispiel in den ehemaligen Blumenladen auf der anderen Seite, aber das war wohl nicht angemessen. Sie glaubten wohl, dass wir versuchen sollten, die Situation zu normalisieren. Normalisieren!«, ruft sie aus, »wie könnte das nach so etwas möglich sein?«

Sie schüttelt den Kopf, kleine rhythmische Bewegungen. Schluckt und sucht für einen Augenblick nach Worten, in allem sieht man, wie die Weltordnung völlig zerbricht. Es ist etwas geschehen, was Gott nicht verhinderte.

»So viel Wasser soll es angeblich gar nicht gewesen sein, dass Feuchtigkeitsschäden hätten entstehen können«, bringt sie heraus. »Aber ich glaube, sie haben nicht recht. Es gibt ja hier keinen Bodenablauf, das Wasser lief einfach über den Fußboden, über die Schwellen überall hin. Und das Chlorit schädigte alle Flächen. Es kommt eine Sanierung, eine große Sanierung. Und kürzlich erst wurde die vorhergehende beendet. Die Wände wurden gemalert, dieser Tresen wurde lackiert und in seine ursprüngliche Form gebracht, die alten Leuchten wurden aus dem Lager geholt und anstelle der in den neunziger Jahren gekauften installiert, die Teppichböden wurden gereinigt und bei allem wurde darauf orientiert, den Stil der Bauzeit wiederherzustellen. Ich selbst hätte lieber gesehen, dass die siebziger Jahre vollständig vergessen worden wären, aber die Gemeindepfarrerin ... Ich bringe hier nur die Sachen etwas in Ordnung, offiziell haben wir noch gar nicht offen. Vom Erzbischof kamen diese Lilien und dort in der Kirche sind viele ... die Menschen sind so erschüttert.«

Heino bemerkt, dass sein Gegenüber mit den Tränen kämpft, tröstet sie aber nicht, zeigte er Mitleid, begänne sie sofort zu weinen und die Sanduhr liefe ab. Weinenden Frauen zuzuhören ist eine ganz eigene Fertigkeit, die im Polizeirevier viele andere besser drauf haben als Heino. Heino bedankt sich und kehrt sich im selben Augenblick ab, um das Amt genauer unter die Lupe zu nehmen. Sie würde sich bestimmt besser sammeln können, wenn Heino sie nicht dabei anstarrte. Wenn sie jetzt zu weinen begänne, würde sie den ganzen Tag weinen. Besser ist es, sich abzuwenden und den persönlichen Charakter der Trauer zu respektieren.

Heino schaut sich flüchtig um. Warum kam Eeva-Liisa Martinsilta am Abend noch einmal hierher? Nachdem sie das Haus schon verlassen hatte. Zudem war sie schon im Mutterschaftsurlaub. Es war nicht mehr lange hin bis zur Geburt. Alle Befragten aus Eeva-Liisas Bekanntenkreis haben das Gleiche gesagt: Eeva-Liisa bekam schon Wehen und sie war sehr müde. Warum ging sie nicht nach Hause? Was war so wichtig, dass es nicht bis zum nächsten Tag warten konnte? Was war so wichtig, dass sie nach Käkelä zurückkehren musste?

Nach Teppo Martinsiltas Worten sollte Eeva-Liisa nach einem Treffen mit einer Konfirmandin geradewegs nach Hause kommen, in die gleiche Richtung ging auch die Aussage des Küsters. Eeva-Liisa hätte sich auf den Abend zuhause und die entspannende Sauna gefreut. Natürlich könnten beide auch gelogen haben, die Möglichkeit gibt es immer. Aber gerade jetzt, wo er hier im Pfarramt steht, glaubt Heino beiden. Eeva-Liisa Martinsilta war auf dem Weg nach Hause. Sie hatte nach der Sitzung mit Hirvonen ihre ehemalige Konfirmandin in der Innenstadt getroffen. Rissanen und Ålander hatten das Mädchen vernommen, das zur Polizei gegangen und völlig entsetzt war, und ihre Aussage im Café, in dem sie sich getroffen hatten, überprüft. Das Mädchen war aktiv in der Jungen Gemeinde und hatte Eeva-Liisa oft auch außerhalb der Arbeitszeit getroffen. Sie hatten eine Stunde im

Café gesessen und über dies und das geplaudert. Eeva-Liisa hatte gesagt, dass sie vor den Neun-Uhr-Nachrichten heimgehen würde. Warum ging sie nicht? Sie war im Mutterschaftsurlaub, sie stand kurz vor der Entbindung, sie bekam schon eine Zeitlang Wehen, sie war müde, ihre Beine waren geschwollen und sie trieb sich nicht gern im Dunkeln draußen herum. Warum in aller Welt kam sie aus der Innenstadt zurück nach Käkelä?

Die rechtsmedizinische Obduktion wurde vollzogen. Das Obduktionsprotokoll traf bis zur Morgensitzung ein. Sie gingen es in der Runde durch. Heino hatte in seiner Karriere schon zahlreiche Berichte über den Zustand von Leichen und ihnen zugefügte Wunden gelesen. Dennoch wusste er schon jetzt, dass dieser ihm im Gedächtnis bleiben würde. Die Hauptpunkte hatten sich beim ersten Lesen in sein Gedächtnis eingeätzt, obwohl diese Geheimsprache der Ärzte so orakelhaft war:

Eine ihrem Alter (37 J.) entsprechende, in normalem Ernährungszustand befindliche weibliche Leiche mit sicheren Todeszeichen. Festgestellt wird eine weit fortgeschrittene Schwangerschaft (lt. Anamnese 38. SSW), toter Embryo noch im Uterus. Bei der äußeren Besichtigung der Leiche werden am Hals ausgedehnte bläuliche Hämatome und Erosionen festgestellt, als deren Entstehungsursache ein starkes Drücken von hinten mit dem Arm wahrscheinlich ist. Außerdem insgesamt sechs durch eine Stichwaffe herbeigeführte Stichwunden, die im Folgenden genauer beschrieben werden. Keine weiteren äußeren Wundzeichen. Gewicht des Gehirns: 1245 g. Auf der Gewebeoberfläche von Cerebrum, Cerebellum, Pons und Medulla oblongata keine Abweichungen. Struktur des Schädels normal.

Im fünften linken Rippenzwischenraum des Thorax auf der vorderen Axillarlinie glattrandig in Richtung der Rippen verlaufende, senkrechte, etwa 5 cm lange, offensichtlich mit einer Stichwaffe herbeigeführte Stichwunde, erstreckt sich etwa 20 cm in der Tiefe und durchsticht Pleura, Perikard und die linke Herzkammer, Papillarmuskeln durchschnitten. Das Perikard gefüllt mit geronnenem Blut, was zu einer Perikardtamponade passt. Koronargefäße, Endokard und Myokardium ansonsten normal, Gewicht des Herzen: 450 g. In der Pleurahöhle wenig Blut. Trachea und Schilddrüse normal.

Im Peritonealraum ca. 500 ml Blut. Im Magen frischer normal aussehender Speisebrei, auf der Schleimhaut keine Abweichungen. Toxikologische Proben entnommen, Analyse später. Duodenum und distaler Teil des Darms normal, auf den Schleimhäuten des Intestum crassum und Rectum nach visueller Besichtigung keine Abweichungen. Gewicht der Leber: 1200 g, makroskopisch normale Muster, keine Gallenstauung. Vesica fellea normal, Gallenwege offen.

In der Umbilikalregion in einem Durchmesser von 20 cm fünf, offensichtlich durch die oben erwähnte Stichwaffe herbeigeführte Stichwunden. Maximaltiefe der Stiche ca. 22 cm. Die Gebärmutterwand entsprechend der Schwangerschaftsentwicklung verdickt. Die Stichwunden durchstechen Gebärmutterwand und Fötusmembranen, erstrecken sich aus verschiedenen Richtungen bis zum Fötus, mindestens ein Stich hat Nabelschnur zerschnitten, s. separates Gutachten. Ovarien und Adnexe normal. Harnblase gefüllt mit Urin, Blasenschleimhaut normal. In den retroperitonealen Organen keine Abweichungen, rechte Niere 160 g, linke 180 g. Milz von normaler Größe, keine Stase. Pankreas und Glandulae suprarenales normal.

Fazit: In der Obduktion eine schwangere Frau, in der Gebärmutter ein toter Fötus. Unmittelbare Todesursache eine die linke Herzkammer durchstochene offensichtlich mit einer Stichwaffe herbeigeführte Stichwunde, die die Füllung des Herzbeutels mit Blut und eine Tamponade verursachte und zum Zusammenbruch des Blutkreislaufs führte. Außerdem im Bauchbereich fünf offensichtlich mit der gleichen Stichwaffe herbeigeführte Stichwunden, die die Gebärmutter durchstachen und zum Tod des Fötus führten, s. separates Gutachten.

Auch dies las Heino. Mehrmals. Das Obduktionsprotokoll für ein ungeborenes kleines Menschenkind. Alle im Dezernat waren erschüttert. Für jeden von ihnen war es der erste Fall dieser Art. Wie kann jemand eine schwangere Frau töten, überlegt Heino. Was denkt denn so ein Mensch? Ist der auch krank geworden, wundert sich Heino und schnaubt sich die Nase mit einer Pizzaserviette, die er in seiner Jackentasche gefunden hat. Mirja Väntti summt halblaut ein entfernt bekanntes Lied vor sich hin. Heino zwingt sich zur Arbeit. Schau hin, konzentriere dich, erinnere dich.

Auf beiden Seiten der Türen steht eine Couch. Auch sie aus den Siebzigern, kunstledern, weinrot. Neben den Couchen Zeitungsständer. Identisch auf der Türseite der Couchen. Auf der anderen Seite große Grünpflanzen in weißen Selbstbewässerungstöpfen. An der Wand ein großes abstraktes Gemälde, nach Heinos Auffassung könnte es Gottes Gnade oder genauso gut einen Hitzetag am Badestrand darstellen. Der Servicetresen von der Tür gesehen links, rechts geht es zu den Räumen an einem Durchgang und zu einer kleinen Kapelle. Heino läuft einige Schritte in Richtung Kapelle und dreht sich, um nach hinten zu schauen, um. Er steht jetzt da, wo der Küster Eeva-Liisa Martinsilta fand. Der Ort ist gut gewählt. Die Ecke schützt davor, vom Amtssaal und der Straße gesehen zu werden. Und weil das Haus auf einen Hang gebaut wurde, ist das kleine Fenster am Ende des Korridors so hoch, dass von dort keine Gefahr drohte. Wie auch nicht von der Tür am anderen Ende, die führte hinunter, in den ehemaligen Luftschutzbunker, den heutigen Jugendclub. Heino glaubt nicht, dass der Ort zufällig gewählt wurde. Wie er dort steht, ist er sich der Sache ganz sicher: Eeva-Liisa Martinsilta wurde nicht im Affekt ermordet, sondern nach einem sorgfältig ausgearbeiteten Plan.

OFFENSICHTLICH SCHNÜFFELT SIE herum. Sie lässt die Dinge nicht auf sich beruhen. Wenn sie es doch nur täte. Sich auf ihre Arbeit konzentrierte. Die Sache geht sie nichts an. Sie geht sie wirklich nichts an. Ich begreife nicht, wie sie überhaupt ...? Sie ist doch zufällig hier, will sich nicht niederlassen, will nicht bleiben, auf keinen Fall. Sie ist nicht freiwillig hierher gekommen, sie wollte doch lieber in Helsinki bleiben. Sie sollte nicht in diese Stadt gehören. Es war ein Zufall, dass sie hierher versetzt wurde. Genauso gut hätte sie auch nach Kuopio oder Vaasa geschickt werden können. Eine Laune des Zufalls warf sie hierher und mir in den Weg. Sie berichtete über Eeva-Liisa Martinsiltas Tod, gut. Bis hierhin ist alles okay. Der Bericht war passabel, nicht besonders gut, aber auch nicht überaus schlecht. Dabei hätte es in ihrem Falle bleiben sollen. Ein gewöhnlicher Mensch sortiert die Dinge in die dafür vorgesehenen Schubladen, in die am nächsten liegenden die eigenen Dinge, in weiter entfernte die anderer Menschen. Eeva-Liisa Martinsiltas Tod ist nicht im Geringsten Pii Marins Ding. Er ist das Ding der Gemeinde Käkelä, das Ding der finnischen Kirche und Teppo Martinsiltas Ding, aber auf keinen Fall Pii Marins Ding. Menschen werden geboren und Menschen sterben, c'est la vie. Wenn jeder Tod auf der Welt unser persönliches Ding wäre, könnten wir gar nicht mehr leben. Sie ist nicht einmal so jung, dass man ihre Verirrung auf ihre Jugend schieben könnte. Nein. Sie ist etwas über dreißig, hat Kommunikationswissenschaften studiert und hat schon ein Arbeitsleben hinter sich. Ich starre sie an, schaue ihr in die schwarzen Augen und versuche, sie zu beruhigen. Bald wird sie nach Helsinki zurückkehren, zu ihrer alten Arbeit, in ihr altes Leben. Sie sollte nach vorn schauen. Denn wer zurückschaut, kann einen sich im Dunkeln bewegenden Schatten sehen. Und dann ist es schon zu spät.

Heino führt Pii durch das Polizeirevier. Sein eigenes Zimmer sei leider belegt. Pii bittet um Entschuldigung, dass sie erst nach der eigentlichen Arbeitszeit auftauche.

»Und dann noch am Freitag.«

Nach ihrer Abfahrt vom Hügel sprach sie zunächst mit dem Witwer einer von einem Auto überfahrenen schwangeren Frau, las dann am Archivgerät alte Nummern der Regionalzeitung in deren eigens dafür eingerichtetem Raum. Sie musste sich anstrengen, um irgendetwas zu finden, fertigte Notizen an, bis der Archivar ihr höflich mitteilte, dass die Öffnungszeit vorbei sei. Vom Zeitungshaus radelte Pii direkt zum Revier. Sagt, sie hätte überlegt, ob sie bis Montag warten könne, aber sei zu dem Ergebnis gekommen, dass es besser sei, mit Heino jetzt zu sprechen.

»Aha«, schmunzelt Heino. »Und ich dachte, dass du wegen meiner Nachricht gekommen bist.«

Pii fragt sich, wo Heino seine Nachricht hinterlassen haben mag, sie hat ja keine erhalten.

»Ich war den ganzen Vormittag nicht in der Redaktion, aber Seppo, unser Pförtner, erinnert sich doch für gewöhnlich, nur wir haben dort viel Trubel wegen Hirvonen ... Und jetzt hat auch noch einer die Wände beschmiert und ...«

»Ich habe auf deiner eigenen Nummer angerufen. Aufs Handy«, unterbricht Heino ihre Erklärung.

Pii ist verblüfft. Im Café gibt Heino einem Mann, der Pii irgendwie bekannt vorkommt, einen Stapel Papier, den er die ganze Zeit mitgeführt hat. Ist das auch ein Polizist? Heino teilt ihm etwas mit, Pii, die vor dem Café wartet, hört zwar nicht was, aber bemerkt, dass der Mann kurz herüberschaut. Auch er hat Pii eindeutig erkannt. Pii grüßt automatisch und grübelt, ob er auch in die *Tränke* geht. Ob er uns vielleicht, als ich das letzte Mal mit Hirvonen da war, gesehen hat?

Pii quält die Nachricht, die Heino hinterlassen hat. Als Heino zurückkommt, spricht sie ihn noch einmal darauf an und meint, dass ihr Telefon irgendeinen Defekt haben muss.

»An sich war mein Handy den ganzen Tag überraschend still. Telefonieren kann man, hab ja selber ein paar Mal angerufen, also richtig kaputt ist es nicht.«

Heinos Blick ist durchdringend, vielleicht auch etwas zweifelnd. Pii ist sich nicht sicher, ob der Polizist ihr glaubt. Sie läuft neben Heino her, spürt den Duft seines Aftershaves und entdeckt, dass sie so ziemlich einen Kopf kürzer ist als er. Er ist also fast einsneunzig. Eine junge Polizistin stoppt Heino auf dem Korridor, begrüßt Pii freundlich und bittet Heino, bei Rissanen vorbeizuschauen, bevor er das Haus verlässt.

»Hab nicht die Absicht, irgendwo hinzugehen, wir haben ja noch um acht den Tages-Santala.«

»Ach ja, natürlich«, lacht die Polizistin auf, »da verpasst du ja wieder deinen Saunatermin.«

»Ach, wir schwitzen doch alle hier schon genug«, versetzt Heino und öffnet die Tür zu einem kleinen Raum, einem Verhörzimmer vielleicht, das sei derzeit die einzige freie Ecke im ganzen Haus.

»Kaffee?«

»Nein, danke. Jetzt nicht mehr, will heut Nacht noch schlafen.«

»Wasser?«

»Nein, danke.«

Heino schließt die Tür, zieht die Jacke aus, hängt sie über die Stuhllehne und setzt sich in Hemdsärmeln Pii gegenüber hin. Schaut Pii prüfend an. Pii hält es ebenso. Schau nur. Mich hat seit langer Zeit niemand angeschaut. In Heinos Gesicht kann sie nicht die Andeutung einer Botschaft lesen, er ist beängstigend ruhig, nicht ausdruckslos, aber weit weg. Aufgeschlossen, aber gleichzeitig schroff, falls man es wagen sollte, sich zu nähern, schätzt sie ihn ein. Heino legt seine Hände auf den Tisch. Ein goldener Ring an der linken Hand. Wieder sitzen wir so da. Schon das vierte Mal in ganz kurzer Zeit, überlegt sie. Heino räuspert sich und Pii versteht.

»Also«, beginnt Pii, ihr fällt aber dann ein, dass Heino sie angerufen hatte. »Was wolltest du denn? Als du angerufen hattest, wolltest du mich ...?«

Pii wird verlegen, sie begreift, wie sich die Frage anhören musste, das war etwas aus dem Schlussverkauf, ein durch übermäßigen Gebrauch ausgeleierter Anmachspruch.

»Nein, also ich ...«, versucht Pii es richtig zu stellen. Heino lächelt, das ist wohl das erste befreite Lächeln, das Pii auf seinem Gesicht gesehen hat. Es huscht schnell über die Lippen, verändert für einen Augenblick die Gesichtszüge des Polizisten, macht den Raum hell und verschwindet gleich wieder. Als sich Heino zu Pii hinüberbeugt, ist er ebenso ausdruckslos sachlich wie zuvor.

»Wurdest du abgesehen von diesen Anrufen sonst irgendwie behelligt?«, fragt Heino.

Aikku sitzt mit drei Beuteln voller Lebensmittel im Treppenhaus vor Piis Wohnung, als diese ankommt.

»Ach, hast dich dann doch entschlossen, den Abend zuhause zu verbringen?«, grinst Aikku. »War mir ganz sicher, dass du mit deinem Date in einem schönen italienischen Restaurant sitzt ... Ich dachte ja ja, klasse, dass du mich eingeladen hast. Wollte schon los. Zum Glück kriegte ich aus der Nachbarschaft etwas Gesellschaft ...«

»Sorry, sorry, sorry«, fleht Pii lachend und lässt Aikku hinein, »es ging länger, als ich dachte ... Aus der Nachbarschaft? Wer?«

Aikku pfriemelt im Flur ihre Schuhe aus, trotz der Einwände Piis.

»Keine Chance«, triumphiert Aikku, »Trick siebzehn. Weil du die Schuhe noch anhast, musst du den Müll runterbringen. No way. Ich hab Hunger!«

»Welcher Nachbar?«, fragt Pii, »so ne alte Dame? Puh, hat die irgendwas von störendem Lärm gesagt?«

»Ach, hast dich verlustiert? Die schmeißen dich raus?«

»Nein, Sami war hier und ... blablabla, ganz irre.«

Pii zieht den Anorak aus, wirft den Rucksack ins Schlafzimmer und schließt die Fenster. Die waren länger als einen Tag offen und jetzt ist es ziemlich frisch in der Wohnung. Aikku steht mitten im Wohnzimmer und schaut sich ungläubig um.

»Okay, na ja. Das bringt ja nun einiges Licht ins Dunkel ... Ja, ja. Also, jetzt dämmert mir, warum du dich zuhause nicht wohlfühlst«, diagnostiziert Aikku und stellt die Einkaufstüten ab. »Hier herrscht ja eine ungeheuer tolle Atmosphäre!«

Pii stellt sich hinter Aikku, schaut sich ihre Wohnung mit Aikkus Augen an. Pappkartons, eine Couch, deren Bezug eingerissen ist. Ein Tisch und zwei Stühle.

»Skandinavischer Stil«, kichert Pii.

»Stil«, flüstert Aikku und bricht in Lachen aus. Sie dreht sich um und berührt Pii, nimmt Pii in ihre Arme, Pii drückt Aikku, zerzaust ihre lockigen Haare, Aikku hebt sie in die Luft und lacht. Sie lachen und sind gut drauf, es ist ihr Freitagabend, sie freuen sich auf das Bier, haben ihre Freundschaft und die Leichtigkeit des Seins.

»Hilfe, was für ein Kuhstall«, lacht Aikku auf, als sie Pii auf den Boden niederstellt, »als würde hier ein sechzehnjähriger Berufsschüler wohnen, der grad erst zuhause ausgezogen ist!«

»Was hast du dir vorgestellt, als ich dich hierher eingeladen habe? Du warst doch seit der Grundschule unsere Wohnzeitschriftarchitektin, weißt du noch die Wand im Zimmer von Johannes, die ihr lila gemalt habt?«

Aikku sagt, dass sie sich leider auch an die Eltern von Johannes und an die bald nach der Wandbemalung endende Beziehung erinnere. Auch das bringt beide wieder zum Lachen. Pii zündet die Kerzen an und holt aus ihrem Discman eine CD von Errol Gardner und steckt sie in den Player auf dem Fensterbrett. Das Piano beginnt zu spielen, als säße der Pianist hier im Zimmer. Aikku begutachtet die Schränke in der Kochnische und zeigt mit dem Daumen nach oben. Pii streckt sich, ihre Kopfschmerzen sind zum Glück abgeklungen, der Nacken ist noch etwas steif, aber den Umständen entsprechend fühlt sie sich unbeschreiblich gut.

Pii meint, dass sie sich umziehen werde, und Aikku teilt mit, dass sie die Beutel auspacken und das Essen zubereiten werde.

»Und ich will dann in aller Ruhe arbeiten, du kannst mir nicht helfen, du kannst dann den Tisch decken, aber bis dahin dauert es noch eine Weile. Ich habe auch meinen Wok mitgebracht, weil ich der Ausstattung deiner Küche nicht vertraut habe.«

»Zum Glück nicht«, freut sich Pii und schaut Aikku beim Wuseln zu.

Aikku meint, dass Pii zwei Flaschen Bier öffnen und dann zum Beispiel unter die Dusche gehen könnte.

»Nicht, dass du stinken würdest, aber du siehst ziemlich abgekämpft aus.«

Pii ist sofort einverstanden. Aikku weist sie ein, in welchem Beutel sie das Bier findet.

»Tsingtao!«, ruft Pii begeistert, »das ist lecker!«

»Ich hab chinesisches Bier gekauft, denn hast du nicht gesagt, dass du eine Bierweltrundreise geplant hattest?«

Pii öffnet die Flaschen und sie prosten sich zu.

»Nǐ hē shénme?«, sagt Aikku, »das ist Chinesisch und heißt Was trinkst du?«

»Nǐ hē shénme?«

»Braves Mädchen«, lobt Aikku Pii. »Nǐ hē shénme? Und weil du eine gnadenlose Biertrinkerin bist, antwortest du Wǒ yào hē píjiǔ.«

»Hä?«

Aikku zwickt Pii in die Wangen und wiederholt langsam:

»Wǒ yào hē píjiǔ.«

»Wǒ...«
»yào...«
»yào...«
»hē...«
»hē...«
»pí...«
»pí...«
»jiǔ.«
»jiǔ.«
»Wǒ yào hē píjiǔ.«
»Wǒ yào hē píjiǔ «, wiederholt Pii.

»Na also, jetzt kannst du chinesisch sprechen. Und jetzt noch Prost, dann kannst du alles Notwendige. Gān bēi. Ist doch nicht schwer, oder?«

»Gān bēi!« wiederholt Pii und hebt ihre Flasche hoch.

»Jetzt ab unter die Dusche«, befiehlt Aikku, »ich werd das Gemüse klein schneiden.«

Pii wehrt sich nicht. Das Bier schmeckt gut, die Kerzen brennen, hinter den Fenstern ist der Himmel sternendurchlöchert. Genau in diesem Augenblick, genau hier, fühlt sich nichts schwer an oder beängstigend, nichts übermächtig oder durcheinander. Die Dinge sind klein und möglich, das Leben einigermaßen sicher. Nach der Dusche sehnt sie sich wirklich, nach dem heißen Wasser, den sauberen Kleidern, dem Parfum, nach dem Mascara und dem Lippenstift. Nach Musik, Essen, Klatsch und Tratsch. Es ist Freitagabend, eine Freundin ist zu Besuch, sie wollen Essen zubereiten und Alkohol trinken und Spaß haben. Und vielleicht nebenbei auch ein wenig die Welt verbessern.

DAS ESSEN IST unvergleichlich gut: scharf und süß zugleich. Sein Duft ist eine betörende Mixtur aus heimischem Weihnachten und fernem Asien. Frischer Ingwer mischt sich mit Zimt, Koriander, Chili und mit noch etwas weichem Unbekanntem. Pii bemüht sich, langsam zu essen, um dann doch festzustellen, dass sie schlingt. Zur Feier des Tages hat sie das vor einigen Jahren auf dem Flohmarkt erstandene alte Spitzennachthemd übergestreift, das Piis Mutter zu einem knielangen Festkleid umgearbeitet hat. Zusammen mit weißen Wollsocken ist es nicht nur ein schönes, sondern auch ein bequemes Hausgewand. Für Sami war es eindeutig ein Nachthemd, aber jetzt, da Samis Meinung keine Bedeutung mehr hat, trägt Pii das Kleid, wann immer sie möchte. Wie etwa gerade heute, denn Partyeinladungen gab es in letzter Zeit nicht unbedingt viele. Pii hat auch ihre Lippen geschminkt und kleine Perlenohrstecker angelegt. Aikku hat ihren Pullover ausgezogen und ihre Haare hochgesteckt. Einige ungestüme Locken umrahmen ihr Gesicht.

Sie sitzen am Tisch, den Aikku näher ans Fenster gerückt und mit einem Laken als Tischdecke gedeckt hat. Sie schmieden Pläne für die morgige Einkaufstour. Aikku ist mit dem Transporter gekommen, sie würden alle Einkäufe auf einmal nach Hause bringen.

»Ein großer Spiegel wird angeschafft, der kann da drüben an der Wand angebracht werden, so ein breiter, in dem sich das Licht irre widerspiegelt. Der macht den Raum gleich größer. Und die alte Couch geht gleich auf den Recyclinghof, bevor deine Mum sie neu bezieht ... Das wär auch nicht ganz billig. Und ein ordentlicher Bezugsstoff müsste dann auch her. No way. Wir werden deine Bude mit einem Mal in Schuss bringen, damit du einen Ort hast, an dem du dich wohl fühlst, ein Heim, verdammt noch mal. Und dann kaufen wir noch so eine Bettcouch, hast du gleich was für Gäste. Eine schöne«, schlägt Aikku vor. Pi willigt ein, Mama und Papa könnten dann hier statt im Hotel übernachten. Und Marjukka könnte mal mit den Kindern kommen.

»Ich könnt eine Einweihungsparty machen«, fällt Pii ein, »oder Kollegen einladen. Pirjo oder Stiina zumindest, vielleicht Tommy und Max und ...«

»Na, das hört sich doch schon nach was an«, springt ihr Aikku bei. »Tommy oder Max, sind das mögliche Kandidaten?«

»Nein, auf keinen Fall, beide nicht. Tolle Kollegen, aber nicht mein Typ.«

»Wenn Sami dein Typ war, dann ...«, grinst Aikku.

»An sich war er das ja gar nicht, der war so ein süßer Junge, als wir anfingen, zusammen zu gehen.«

»Was ist denn an süßen Jungs so schlecht?«

»Nichts, aber wenn wir über meinen Typ sprechen, dann mag ich eher solche Klobigen.«

»So, Hinterwäldler, ja?«, wiehert Aikku.

»Neee«, lacht Pii, »solche ... Männer halt.«

»Okay, alles klar.«

Pii bemüht sich, ihre Auffassung klarer zu machen, seine Stimme sei besonders wichtig.

»Wenn die Stimme voll und warm ist, wanken mir die Knie, schrille Typen gehen gar nicht, auch keine Kleiderschränke oder Flüsterer. Was das Äußere betrifft, hab ich keine besonderen Wünsche, aber sein Blick muss geradeaus gehen, und er darf brennen. Schlecht riechen darf er nicht und die Zähne müssen geputzt sein. Und es wäre toll, wenn er schöne Hände hätte.«

Pii spürt, wie sich ihre Wangen erhitzen. Sie begreift, von wem sie spricht. Sie hat Aikku gerade eine irgendwie vollständige Beschreibung von Hauptwachtmeister Heino geliefert. Glücklicherweise ist es dunkel im Zimmer, die Kerzen brennen, das Essen lässt die Wangen glühen und die dunkle Haut verdeckt den Rest. Aikku bemerkt nichts.

»Verflixt, was hatten wir damals in der Schule für merkwürdige Freunde«, legt Aikku nach.

Pii lacht wiehernd und erinnert sich an alle. An Aikkus Fünflinge: Johannes, Retsi, Anssi, Timo und Heppe. Und an den Nachzügler: Simon aus Frankreich, den schönsten Jungen der Welt, der sich für Architektur interessierte und den Aikku fand, als er auf dem Bahnhof von Kirkkonummi vor Kälte schlotternd den Weg nach Hvitträsk suchte. Nach Simons himmlischem Auftritt begann das Schulfranzösisch auch Pii zu schmecken. Erinnert sich auch an ihren Ilmari, die Beziehung dauerte drei Monate und endete in Tränen, als Ilmari sich in die Primadonna aus der Parallelklasse verliebte. Und dann ist nur noch Sami, niemand anderes. Ein paar verworrene One-Night-Stands kann man nicht mitzählen.

»Red du nur für dich selbst«, hält Pii dagegen, »deine waren merkwürdig und ne Menge! Aber andererseits ... man konnte sich auch über dich wundern! Die erste Vegane in der Schule von Kirkkoharju. Weißt du noch, wie der Direx dich umdrehen wollte? Aber du bliebst eisern. Nichts Tierisches, nicht mal Lederschuhe. Mein Gott, deine Füße haben in diesen Gummigaloschen, die du das ganze Jahr getragen hast, so was von gestunken!«

Pii lacht sich halbtot. Sie ist beschwipst, in einem herrlichen, glücklichen Rausch, in einem leichten Nebel des Vergessens, in dem man sich nur an die guten Sachen erinnert. An keine schlechten.

»Vor fünfzehn Jahren hat man ja noch nicht so viel über pflanzliche Alternativen gewusst«, sagt Aikku trocken, »aber ich hab Sprossen gesät und Bohnenmus zubereitet und hatte immer Möhren im Rucksack.«

»Du hast lange durchgehalten«, bewundert Pii sie. »Ein zäher Guerillero, das warst du. Bist du immer noch.«

»Bei mir war es aber damals zwischendurch auch ziemlich verzwickt«, bekennt Aikku plötzlich, »zuerst verließ mich der Glaube an Beziehungen, dann der an die Entwicklungszusammenarbeit. Ich bin ja mit Mikael abgehauen, wir waren einige Jahre zusammen, ein etabliertes Paar. Dann hat das nicht mehr geklappt, dort in der Fremde haben wir begriffen, dass wir einander völlig fremd waren. Gleichzeitig wurde uns die Realität dort bewusst. Was auch immer ich getan hab, es änderte sich nichts. Alles blieb, wie es war, der Schmutz, die Armut, die obdachlosen Kinder. Ich hab wohl eine Art Burnout durchgemacht. Es war einfach, in die Forschung zurückzukehren, als ich alles gesehen habe.«

»Alles?«

»Wirklich alles, was man auf der Welt findet.«

»Wo warst du denn?«

»In Indien, Kerala.«

Aikku öffnet zwei neue Bierflaschen und sagt Pii, wie schön sie sei. Reicht ihr einen einzeln verpackten Zahnstocher aus der Brusttasche ihres Hemdes.

»Das Stück Fleisch zwischen deinen Zähnen sieht allerdings so aus, als ob du bald deine Dritten bekämst.«

Sie müssen beide darüber lachen. Errol spielt, immer wieder die gleichen Lieder, Pii wiegt sich zwischendurch im Takt der Musik, sie reden durcheinander über beider Leben, gleichzeitig über viele Dinge. Pii begreift, dass sie in ihrer Wohnung vorher warmes Essen weder zubereitet noch gegessen hat. Sie erzählt Aikku davon, diese schüttelt den Kopf.

»Pii, du bist jetzt über dreißig. Die Teeniezeit ist vorbei. In dieser Phase des Lebens wissen wir doch, was das ist.«

»Ich will aber nicht glauben, dass das Leben so durcheinander und hysterisch ist«, fährt Pii hoch.

»Das ist es nicht, das ist so eine klare Krise, wie aus irgendeinem Lehrbuch der Psychologie. Schreckliche Stresspunkte. Die Trennung von deinem Lebenspartner. Die Versetzung vom Arbeitsplatz. Der Umzug in eine fremde Stadt. Und am neuen Arbeitsplatz Frustration, etwas aufgeheizte Beziehungen. Dann das Gesicht auf den Bildschirm wegen dieses unangenehmen Falles, ein Kollege, dem die Nerven durchgehen ... Und als Zugabe noch diese Verrückten, die dich *in der kleinen Furcht des Herrn* haben wollen. Pii, das ist in so einer Stresssituation eine ganz normale Reaktion. Zum Teufel, na klar beginnst du da alles anzuzweifeln, Dinge größer zu machen, als sie sind, und ...«

»Wenn du das sagst, hört sich das«, sagt Pii, »so logisch an und ...«

»So normal«, vervollständigt Aikku, »es ist normal. Du bist nicht verrückt, du hast nur ein scheiß Jahr hinter dir. Zum Glück sind in deinen Erbanlagen überhaupt nicht diese finnisch-nationalen Depressionsgene, mit denen könnte das eine ziemlich kräftige Ladung sein. Sei froh, dass du adoptiert bist!«

Pii lehnt sich zurück und starrt Aikku an.

»Hä? Ich bin doch nicht adoptiert.«

»Wie?«, ist Aikku verblüfft.

»Aikku, ich bin nicht adoptiert, wo hast du denn das her?«

»Du hast doch selber gesagt ...«

»Hab ich nicht, ganz bestimmt nicht.«

»Ich denk mir doch sowas nicht aus, wir waren bei euch, vielleicht in der dritten oder vierten. Du warst richtig wütend auf deine Eltern, weil du nicht bei uns schlafen durftest. Du hast gesagt, dass das nichts macht, dass du eh nicht mehr lange hier wohnst, dass du zu deinen richtigen Eltern ziehst.«

»Zum Teufel nein«, braust Pii auf, »das hast du doch nicht im Ernst geglaubt! Das habe ich mir ausgedacht. Glaubst du es etwa jetzt?«

»Ich hab geglaubt, dass du adoptiert bist, ich hab es wirklich geglaubt, Pii. Das kann nicht sein«, zögert Aikku, »wie kann das denn sein? Meinst du wirklich, dass ...? Aber deine Eltern sind ...«

»Jaja, sie sind beide hellhäutig, Mama und Papa.«

Pii wird wütend, sie kann nichts dafür, die gute Stimmung ist sofort verflogen. Solche Gespräche hatte sie zeitlebens viele geführt. Aikku ist ihre Freundin aus der Kindheit, Aikku weiß das doch, Aikku muss das doch wissen.

»Wir haben doch darüber gesprochen«, sagt Pii.

»Nein, haben wir nicht. Damals gab es so viel anderes«, spielt Aikku herunter, sie spürt die Veränderung in Piis Gemütsverfassung. Pii steht auf und geht zum Fenster. Sieht, wie ihre Mutter und ihr Vater zuhause einen Film schauen, die

Weingläser auf dem Couchtisch, die Pilztorte im Ofen. Papa hat seinen freien Abend, sie sind allein zuhause. Der kleine Bruder hat Papas Auto ausgeliehen und kommt erst zurück, wenn die Eltern schon schlafen. Papas Hand ist um Mama gelegt.

»Mama kommt aus Nordfinnland, aus einem laestadianischen Elternhaus. In der Jugend war sie bei den Sommerversammlungen und hatte alles, was dazu gehört, lange Zöpfe, Marimekko-Hemden, Fernsehverbot. Dann begann sie zu studieren und verliebte sich in einen Engländer, einen dunkelhäutigen Volkswirtschaftsstudenten. Mamas Beziehung zu ihrer Familie ging in die Brüche, sie dachte, sie würde in London bleiben, ich wurde geboren, und der Mann verschwand. Mama kehrte nach Finnland zurück. Der Mann, für mich ist er wirklich nur ein Mann, auf keinen Fall Vater, starb einige Jahre später auf einer Urlaubsreise irgendwo in Indonesien. Da waren Mama und Papa schon zusammen. Ich war so klein, als Papa zu uns gezogen war, dass ich mich an nichts erinnere. Papa war immer mein Vater.«

»Das hab ich nicht gewusst«, sagt Aikku und legt zärtlich ihren Arm um Pii, »das ist ganz dumm von mir, aber ich hab wirklich nichts davon gewusst.«

Pii entspannt sich. Warum echauffierte sie sich so über Aikku? Bei Piis Ärger geht es nicht um ihre Kindheit, es war eine gute Kindheit. Es geht hier um das Gefühl des Vernachlässigtwerdens, nicht mehr um Sami, sondern darum, dass Träume zerplatzten. Pii schaut Aikku an, sie möchte Aikku in ihre eigene Dunkelheit hineinlassen. Sie versucht, es auszusprechen. Aikku hat es verdient, das Vertrauen.

»Ich hab gedacht, ich war happy mit Sami«, murmelt Pii, »aber wir waren es nicht. Wenn du das checkst, fängst du an, dich zu fragen, was im Leben eigentlich so war, wie du es dir vorgestellt hast. Ich wollte ein Baby, Sami hat beim Morgenkaffee immer Wohnungsanzeigen gelesen und ich habe immer geglaubt, dass wir eine größere Wohnung suchen, eine Familienwohnung. Aber er, er hat eine neue Bude gesucht, um ein neues Leben zu beginnen. Er konnte es mir gegenüber bloß nicht sagen. Und ich ..., ich hab ..., ich hab nicht ..., wenn ich die Bilder zurücklaufen lasse und versuch, das Band an dem Punkt anzuhalten, wo ich mich von Sami abgewendet habe, ich seh das nicht, ich ... Ich bin geradewegs in einen Haufen Scheiße geflogen, Aikku.«

Aikku drückt Pii fest. Pii spürt, wie der Trost und das Mitgefühl von Aikku zu ihr herüberfließen. Sie ist froh, dass sie es endlich herausgelassen hat. Die Geschichte von Sami bis zu diesem Punkt. Jetzt weiß Aikku Bescheid.

»Mir«, flüstert Aikku, »hat eine Gebärmutterentzündung alle Chancen genommen, eigene Kinder zu bekommen. Ich war so ein verdammter Workaholic, und dann kam noch die Hitze in Indien dazu.«

»Ach, Aikku«, jammert Pii, »und ich Ochse rede nur über mich selbst, wie schrecklich.«

»Für mich ist die Sache ausdiskutiert und abgehandelt«, lächelt Aikku. »Man kann nicht alles haben. Ich hab den interessantesten Job auf der Welt und hoffentlich irgendwann noch mal einen heißen Kerl. Aber jetzt fühlt es sich grad gut an, dass du da bist. Können wir uns wieder hinsetzen und etwas trinken?«

Aus Aikkus Augen rinnen Tränen, auch Pii bemerkt, dass sie weint. Sie setzen sich auf den Boden, lehnen sich an den Heizkörper, trinken, reden und weinen. Lachen zwischendurch auch.

Pii muss gegen halb vier mal auf die Toilette. Sie hat schon einige Stunden geschlafen, war zur gleichen Zeit zu Bett gegangen wie Aikku und zum Glück auch gleich eingeschlafen. Pii kommt zu dem Schluss, dass das chinesische Bier seinen gehörigen Anteil daran haben könnte.

»Mànman chī«, flüstert Pii ihrem Spiegelbild zu, »guten Appetit.«

Aikku schläft im Wohnzimmer auf dem Boden, hat trotz Piis Überredungsversuchen die federgeschädigte Couch ausgeschlagen und aus dem Auto Campingmatratze und Schlafsack geholt. Aikku schnarcht, Pii muss lächeln, irgendwann am gestrigen Abend haben sie über das Schnarchen gesprochen und Aikku hat versichert, dass sie nie schnarche. Davon hört sie auf der Einkaufsfahrt, versichert sich Pii und schließt die Schlafzimmertür hinter sich. Sie fühlt sich ganz frisch und sie weiß, dass sie nicht einschlafen wird, zumindest nicht sofort. Sie muss also den Ermüdungskampf beginnen. Pii schaltet das Licht an und schaut sich um. Vielleicht könnte sie sich ja doch ein Bett anschaffen. Vielleicht brauche ich dieses Kriegsgefangenenlager doch nicht mehr aufrechtzuerhalten. Vielleicht kann ich dieser Stadt doch noch eine Chance geben. Vielleicht habe ich irgendwann doch noch einmal jemanden, neben dem ich schlafen möchte.

Pii beschließt, die Pappkartons im Schlafzimmer auszupacken, damit die Zeit vergeht. Sie könnte sie durchsehen und gleichzeitig feststellen, was weggeworfen werden kann. Das können sie dann in Aikkus Auto mitnehmen, wenn sie auch die Couch wegbringen. Pii leert den ersten Karton auf ihrer Matratze aus. Wegwerfen, aufheben, wegwerfen, aufheben, wegwerfen. Die Sachen sind aus der großen Kommodenschublade, in die Pii alles mögliche Aufzuhebende gepackt hat. Der größte Teil ist bloßer Plunder, aber als Pii das rosa eingefasste, mit kleinen Aufklebern verzierte Freundschaftsbuch sieht, muss sie lächeln. Das Frühstück ist gerettet. Aikkus verschnörkelte, zwanzig Jahre alte Sätze sind in ihrer Resolutheit sowohl rührend als auch amüsant. Als Pii sich durch das Buch blättert, begreift sie, dass sie von keinem anderen, der sich in das Buch eingetragen hat, den heutigen Beruf, Wohnort oder Familienstand kennt. So wenig hat sie Kontakt gehalten. Vielleicht könnte sie mit Aikku ein Klassentreffen organisieren.

Piis Lippen sind trocken, sie nimmt den Lippenbalsam aus ihrem Rucksack und holt gleichzeitig ihr Telefon hervor. Schaltet es ein, gibt ihre PIN-Nummer ein und verdeckt mit dem Daumen den kleinen Lautsprecher des Telefons, damit Aikku nicht vom unglaublich albernen Einschaltton geweckt wird. Das Ding scheint zu funktionieren. Alle Balken. Voller Akku, guter Empfang. Pii schaltet das Telefon stumm. Auf dem Display leuchtet sofort eine LED auf, und in der oberen rechten Ecke erscheint ein kleiner Briefumschlag. Pii geht ins Nachrichtenmenü und schaut sich die eingetroffenen Nachrichten an. Fünf Nachrichten auf der Mailbox. Zwei SMSen. Beide von Sami. In der ersten dankt Sami Pii für die Hilfe und teilt ihr mit, dass in Maijus Fall jetzt die Polizei ermittle. In der zweiten steht noch, dass er am besten über seine dienstliche E-Mail-Adresse zu erreichen sei. Pii weiß, was das bedeutet. Sami möchte nicht, dass Pii ihn zuhause anruft oder ihm eine SMS aufs Handy schickt. Sami möchte nicht, dass Maiju erfährt, dass Sami überhaupt mit Pii Kontakt hat. Er möchte kein Tohuwabohu. Aber warum sollte ich ihn denn anrufen? Nicht einmal eine SMS werde ich ihm schicken. Ich habe ihm doch nichts mitzuteilen.

Papa hat auf die Mailbox gesprochen und um einen Rückruf gebeten, hat verfolgt, wie der Fall Eeva-Liisa Martinsilta behandelt wird, und in den Nachrichten gehört, dass die Polizei den der Tat verdächtigen Mann freigelassen hat. Pii muss schlucken. Teppo Martinsilta hat vermutet, dass es so kommen werde. Das hat er gesagt, nachdem er Pii erst von Eeva-Liisa und Eeva-Liisas Träumen die Ohren vollgeredet hat.

»Die haben den falschen Mann«, murmelte Teppo Martinsilta. Halblaut, sich die Augen reibend, sich dennoch sicher. Und Hirvonen, erinnert sich Pii, schrieb das auch in seiner Mail. Pii ächzt, sie hinkt wieder hinterher, die ganze Zeit einen Schritt hinterher. Hirvonen kannte Martinsilta, war nach seinen eigenen Worten ihr Klient. In Wirklichkeit schuldete er ihr große Summen Geld. Vielleicht wusste der Witwer der Pfarrerin das? Verdammte Scheiße, Kaartinen hatte Recht, ich habe meinen Job verdammt schlecht erledigt, als ob ich ein Tourist wäre, Scheiße, denkt Pii, als sie plötzlich Heinos Stimme vom Band hört. Der hat sie tatsächlich angerufen. Und ich habe seine Nachricht nicht erhalten, weil ich Idiot das Telefon ausgeschaltet hatte, denkt Pii. Ich müsste Heino unbedingt gestehen, dass ich ein unzuverlässiger Zeuge bin, ich erinnere mich an nichts. Ich verliere Dinge aus den Augen. Mir entgleitet alles, ich schlafe zu wenig. Pii schließt die Augen und lauscht. Der Mann schaut sie an, hat eine kleine Falte auf der Stirn. Markante Augenbrauen, eine gerade Nase, ein kantiges Kinn. Der Mann spricht kurze Sätze. Ruft aus dem Auto an, fährt vielleicht selbst. Bittet Pii um einen Rückruf, gibt ihr seine direkte Nummer, oder sie solle, wenn es möglich ist, im Revier vorbeischauen. Zögert den Abschlusssatz einen Augenblick heraus, sagt dann stockend: Danke.

Nach Heino erinnert Helena Savolainen Pii an ihr Versprechen, eine Schicht im Nachtradio zu übernehmen. »Damit du es nicht vergisst.« Nein, seufzt Pii, kein Nachtradio!

Helena kam auf Pii gleich in der ersten Woche zu. Sie sollte das landesweit ausgestrahlte Nachtradio einmal in drei Monaten moderieren. »Diese Provinzialsender werden erstmal noch mitgeschleppt, aber das Nachtradio kommt schon zum größten Teil aus Helsinki. Aber wir müssen immer mal einen Joker ins Spiel bringen. Ich fände es schön, wenn du kommen könntest. Es ist immer freitags und läuft zu einer guten Einschaltzeit. Und du kannst deine eigenen CDs spielen und nicht nur Musik von einer Playlist.« Pii sagte zu, war sich aber sicher, dass sie in drei Monaten ohnehin nicht mehr hier beim Sender arbeiten würde. Jetzt sind die drei Monate vorbei und sie wusste, dass sie hier bleiben würde. Auch wenn ich nicht mehr dort arbeiten werde, dachte Pii, dann bleibe ich doch in der Stadt. Nach der mit Aikku verbrachten Nacht ist das auf erleichternde Weise klar. Ein neuer Anfang. Wie bei Aikku auch.

Aber es ist klar wie Kloßbrühe, dass sie auf keinen Fall das Nachtradio machen würde. Sie kann absolut nicht mitten in der Nacht auf dem Hügel bleiben. Nicht viele nächtliche Stunden allein im Haus. Sie muss Helena anrufen, ihr mitteilen, dass es nicht geht. Sich um einen Vertreter kümmern, sich eine stichhaltige Begründung ausdenken, sich aus dem Versprechen winden. Wenn alles nicht hilft, bekommt sie eben eine Erkältung. Es wird sich schon jemand finden, beim Radio gibt es doch auch noch Angestellte. Mein Gott, da sitzen doch die fähigen Leute, beruhigt sich Pii.

Kaartinen hat nach Helena angerufen, scheint Piis Gedanken zu kommentieren, als er mit zurückgehaltener Wut um einen Rückruf bittet. Der wäre erleichtert, wenn ich ginge. Der wünscht sich das mehr als diesen Flug nach Brüssel. Aber vielleicht bleibe ich doch, wenn auch nur aus dem einzigen Grund, Kaartinen zu ärgern. Das Telefon bleibt am Ohr, sie drückt es gegen ihre Schulter. Ihre Hände bleiben frei und sie holt ihren Kalender heraus. Da steht es mit großen Buchstaben: »NACHTRADIO« und »Helena anrufen«. Gleich morgen wird sie anrufen, damit Helena Zeit bleiben möge, einen Ersatz zu finden. Pii macht den Kalender zu und gleichzeitig beginnt der letzte Anruf auf dem Band. Es ist nur Stille. Stille, nichts anderes. Im Hintergrund etwas entfernt bekannt Klingendes. Irgendwelche vertrauten Geräusche, vielleicht das Meer, vielleicht ein dunkler Wald. Irgendwo steht jemand mit dem Telefon und atmet ins Mikrofon. Hat es nicht eilig, sich mitzuteilen. Weiß, dass die Stalking-Message ohnehin ankommt. Weiß, dass Pii in ihrem Zimmer wach liegen wird, allein. Weiß, dass sich die Nacht mit langen schwarzen Armen um sie festziehen wird.

Der Samstag vergeht wie im Flug. Pii und Aikku versäumen keine Zeit; gleich nach Aikkus zurechtgezaubertem Frühstück und den hysterischen, durch das Freundschaftsbuch herbeigeführten Lachanfällen schleppen sie die alte Couch in Aikkus Auto, das diese bis direkt vor die Tür gefahren hat. Pii sieht die alte Dame von oben am Fahrradunterstand und läuft zu ihr hinüber. Bittet sie um Entschuldigung für die Belästigungen und vertraut ihr an, dass ein Arbeitskollege auf tragische Weise ums Leben gekommen sei. Die Dame ist freundlich, aber verletzt. Pii begreift, dass ihre Entschuldigung hoffungslos zu spät kommt. Alte Menschen, überlegt Pii, alte Menschen darf man nie warten lassen. Ich bin schlecht, was die Pflege von menschlichen Beziehungen angeht, da beißt die Maus keinen Faden ab. Sie versucht, auch Helena anzurufen, aber bei dieser ist nur die Mailbox dran. Pii kann doch ihre Absage nicht auf die Mailbox sprechen. Also wird sie es morgen erneut versuchen.

Aikku fährt den Transporter mit großer Sicherheit. Pii hat auch einen Führerschein, aber einen Lieferwagen hat sie erst einmal gefahren, notgedrungen, weil der Kameramann, der gleichzeitig Fahrer war, am Morgen nach einer Feier noch immer ganz schön einen im Tee hatte. Es war eine lange Fahrt von Lohja nach Helsinki. Pii bewundert Aikku, wie sie sich durch die Stadt schlängelt und auch einparken und rückwärts fahren kann.

Nach dem Recyclinghof fährt Aikku zum Möbelladenreservat am Rande der Stadt. Der Tag ist verhangen, regnerisch und lichtlos. Die ganze Stadt scheint auf den Beinen zu sein, die Menschen haben wohl nichts Besseres zu tun. Die Innenstadt ist verstopft, zum ersten Mal kommt Pii der Ort wie eine Großstadt vor. Um die Stadt herum stehen in einem Ring die großen Märkte. Dort, weiß Aikku, bekäme man alles.

»Ich bin mir sicher, ich geh nie in ein Geschäft in der Innenstadt. Da draußen haben sie ein hundertmal besseres Angebot, das Preis-Leistungs-Verhältnis stimmt, blablabla, du weißt schon. Da sind Lidl, Prisma, Agrimarket, City-Market, Asko, Isku, Masku, Home-Anttila und noch ein paar andere.«

Als Pii moniert, dass sie lieber kleine Geschäfte unterstütze, schlägt Aikku dies mit der Frage nach der Wahrscheinlichkeit eines Lottogewinns nieder.

»Wenn du Geld hast, okay, aber wenn du mit Kleingeld deine Wohnung herrichten willst, dann geh raus aus der Stadt«, kommandiert Aikku. »Hier wird nicht der ganze Tag verschwendet.«

»Ene mene muh«, zählt Pii ab und entscheidet sich für Anttila.

Nach anderthalb Stunden haben sie alles im Auto verstaut. Pii ist zufrieden und erstaunt. Aikku strahlt.

»Vorausplanung, Pii, Vorausplanung. Stell dir vor, wie viel Zeit wir verplempert hätten, wenn wir uns dort umgeschaut hätten. Aber weil wir alles fertig geplant haben, sind wir jetzt fertig.«

»Danke«, sagt Pii, »ohne dich hätte ich das nicht geschafft.«

Pii möchte Aikku zum Essen in ein schickes Restaurant einladen, aber Aikku schlägt einen Pizza-Service vor.

»Ich will mich jetzt nicht irgendwo lange hinsetzen. Überall schrecklich viele Menschen, es ist Samstag. Holen wir uns die Pizza im Karton und essen sie bei dir zuhause. Dann können wir hinterher gleich die Möbel aufstellen und haben nicht bis Mitternacht zu tun.«

»Und wie wäre es mit einer Autowäsche? Dein Auto ist wegen mir dreckig geworden, die Wäsche soll auf meine Kosten gehen.«

»Ich wasch es zuhause, und ich hab jetzt keine Lust, da drin zu sitzen und Zeit zu verschwenden. Und die Pizza ist ein Meisterwerk der italienischen Küche und hat die Lebensmittelbehörde nach Italien geholt, reicht das nicht als Begründung?«

Aikku findet keinen Parkplatz und sagt, sie würde hier ein bisschen herumfahren und auf Pii warten.

»In einer Viertelstunde bin ich wieder hier.«

Pii nimmt ihren Geldbeutel und steigt aus. Ihre Jacke nimmt sie nicht mit, sie würde ja nur schnell hin- und zurücklaufen. Am Rande des Marktplatzes steht eine Ansammlung glatzköpfiger Männer. Pii schreckt auf, als sie inmitten der Gruppe Petteri erkennt. Sie bekommt eine Gänsehaut. Was macht der Kerl eigentlich in seiner Freizeit? Petteri sieht sie nicht, und zum Glück auch der Rest der Truppe nicht. Sie ereifern sich zu sehr, sind allzu sehr mit ihren eigenen Angelegenheiten beschäftigt. Welche auch immer das sein mögen.

Pii ersteht die Pizzen im Laden schräg gegenüber dem Polizeirevier. Petteri hinterlässt ein komisches Gefühl in ihr, ihre Gelassenheit ist schnell weg, im Genick spürt sie wieder die alte Spannung. Gäbe sie nach, stiege die Furcht sofort auf, setzte sich in den Gehirnwindungen fest. Zerquetschte unter ihren Sohlen die Freude, die Pii schon seit Stunden, seit dem Morgen, umgibt. Pii wird Petteri am Montag dazu befragen. Wird sich direkt bei ihm erkundigen. Jetzt wird sie Aikkus Tag nicht versauen. Die hat schließlich schon gestern eine geballte Ladung meiner Sorgen abgekriegt, denkt Pii. Sie bestellt die Pizzen. Für Aikku Frutti di Mare, für sich selbst eine Margherita mit doppeltem Käse. In der zweiten Etage des Polizeireviers brennt in einigen Fenstern Licht, Pii kommt es so vor, als seien es genau die Fenster, aus denen sie herausschaute, als sie mit Heino redete. Während sie darauf wartet, dass die Pizzen fertig werden, überlegt Pii, ob Heino auch am Wochenende arbeitet. Wahrscheinlich. Polizisten haben keine Zeit, in die Sauna zu gehen. Ihr Pfarrerinnenmörder läuft immer noch frei herum. Ihnen im Nacken die gesamte lutherische Kirche, der Erzbischof, die Bischofskonferenz, die Synode, die Kirchenleitung, die Regierung, das Bildungsministerium, der Präsident. Aikkus Autoradio bringt jede Stunde aktualisierte Nachrichten. Man glaubte, den Mörder gefunden zu haben, aber so war es nicht. Die Ermittlungen laufen, der Mörder ist frei und die Servicehotline läuft heiß.

Innerhalb von zwei Tagen wurde der Mord an Eeva-Liisa Martinsilta zur landesweiten Top-News. Beide Boulevardzeitungen haben in ihrer Wochenendausgabe Sonderseiten zum Pfarrerinnenmord. Wenn ich in Pasila wäre, würde ich den Fall verfolgen, wenn ich in Pasila wäre, säße ich am Computer, sammelte Zusatzinformationen, wir hätten einen Kirchenmann in der Sendung, einen Religionswissenschaftler, einen Polizisten, einen Gewaltforscher, grübelt Pii. Wir gingen die sich ständig ändernde Situation durch, die aus verschiedenen Richtungen durchsickernden Informationen,

Gerüchte, Vermutungen, Fakten. Ich wüsste, wo es langgeht. Aber ich bin hier, einige Kilometer vom Tatort entfernt, vielleicht sogar vom Mörder, und was tue ich? Ich richte meine Wohnung ein. Auf Wiedersehen, Nachrichtenredakteurin Marin, denkt Pii und ist sich sicher, dass sie Heino in einem der zahlreichen beleuchteten Räume des Polizeireviers sieht. Ihn könnte sie anrufen, wenn die Angst zu groß würde, erwägt Pii. Dieser Gedanke tröstet sie eigentümlicherweise.

ZWANZIG NACH SECHS ist alles fertig. Die Pizza gegessen, die Möbel aufgestellt. Die Pappkartons weg, alles an seinem Platz. Nur die Verpackungsfolien liegen noch im Flur, unter der Garderobe, noch nicht entsorgt. Die Couch tiefrot, der Sessel aus braunem Samt, der Teppich naturfarbene Wolle. Der Spiegel an der Wand mit einem goldenen Rahmen, ein flaches dunkelbraunes Bücherregal für den Fernseher. Eine im Recyclinghof gefundene Stehlampe mit Schirm aus den Siebzigern neben der Couch. Zwei neue Stühle am Esstisch, auch die als Abschlusspunkt des Recycelns in Piis Hände gelangt. Auf dem Fensterbrett eine kleine schwarze Madonna, Aikkus besonderer Fund in einem Nippeskorb, die Teekanne, die Sami gekauft hat, und die Kerzenhalter, ein Geschenk von Piis Eltern. Eine Tischdecke mit braunem Muster auf dem Tisch. Im Schlafzimmer ein einhundertvierzig Zentimeter breites Boxspringbett und ein flacher Nachttisch mit Schubladen.

Pii plumpst in den Sessel, legt die Beine auf den Couchtisch und streckt ihre Hand zur Couch hinüber, versucht, Aikkus Hand zu erreichen. Schafft es bis an ihre Fingerspitzen.

»Was ist Freundin auf Chinesisch«, fragt Pii. Aikkus Augen sind halb geschlossen, sie lehnt ihren Kopf nach hinten.

»Wǒ de péngyǒu«, antwortet Aikku. »Aber das ist eigentlich viel mehr, das ist meine Freundin. Das ist ein bedeutender Unterschied. Eine den Besitz anzeigende Bezeichnung. Keine beliebige Freundin, sondern meine Freundin.«

»Und danke?«

»Xièxie.«

»Xièxie wǒ de péngyǒu«, flüstert Pii, »ich hätte das alles ohne dich nicht geschafft.«

»Es hat mich gefreut«, sagt Aikku sich erhebend, um sich wieder zu setzen.

»Ja, mich auch.«

Aikku fährt trotz Piis starken Widerstandes schon am Abend los.

»Was willst du denn am späten Abend ...«, heult Pii, »geh nicht. Du darfst die Couch probeliegen, bekommst mein Sonntagsfrühstück und gehst erst dann.«

Aikku rollt den Schlafsack zusammen, stopft ihn in den dünnen schwarzen Packbeutel und umwickelt diesen mit der Matratze. Die Arbeit würde rufen.

»Da beißt die Maus keinen Faden ab.«

»Du wirst doch Samstag Nacht nicht arbeiten«, versucht es Pii noch einmal. »Wir könnten den Fernseher einrichten und dann einen Film schauen. Um diese Zeit arbeitest du doch ohnehin nicht mehr.«

Aikku versichert, genau dies noch zu tun. Sammelt ihre Siebensachen ein und zieht den Pullover an. Pii lehnt sich an den Türrahmen, sie möchte nicht allein bleiben, sie würde sich mies fühlen, wenn Aikku ginge. Aikku umarmt Pii und verspricht ihr, dass sie sich bald sehen, oft, ständig.

»Wir wohnen in der gleichen Stadt, Pii, hey, wir können uns doch jeden Tag treffen. Míngtiān jiàn, bis morgen, wie der Chinese sagt. Ich muss bis Montag früh noch einen langen Bericht schreiben.«

Pii gibt nicht auf, sie folgt Aikku bis in den Flur, bettelt sie an. Erkundigt sich, ob Aikku neben der eigentlichen Arbeit an der Uni eine Menge schreiben müsse. Aikku lacht.

»Nicht viel, aber es reicht.«

Und sie sei langsam, viel langsamer als Pii, die immer zügig arbeiten konnte. Nur beim Laufen hat Aikku immer Pii besiegt. Aikku sagt, dass sie nur wenn nötig schreiben würde.

»Jetzt ist es nötig. Neben meiner eigenen Forschungsgruppe bin ich noch in so einer Untersuchungskommission zu mitochondrialen Erkrankungen. Die hat erst begonnen, wir beantragen gerade Gelder bei der Akademie. Ich muss den Antrag mit dem Prof, der die Arbeitsgruppe leitet, zusammenschreiben, und glaub mir, ich bin schlecht in sowas. Aber die anderen dürfen das nicht wissen, ich muss mich wirklich anstrengen. Da geht der ganze Abend und die ganze Nacht drauf.«

»Mitochondriale Erkrankungen? Never heard«, grinst Pii, »da siehst du meine so genannte Allgemeinbildung, siehst du, wie schmal die ist, ich habe wirklich nie von so etwas gehört. Was für Krankheiten sind denn das?«

Aikku zieht die Schuhe an. Natürlich wird Pii weiter fragen, das hat sie ja schon den ganzen Tag getan. Jede Antwort, die Aikku gegeben hat, hat die Sprösslinge für zehn neue Fragen hervorgebracht. Pii scheint die für ein dreijähriges Kind typische Warum-Phase zu durchlaufen. Zu wenig Schlaf, zu viel allein. Die Trennung von Sami erfolgte zur Unzeit, als das Chaos mit allem anderen auch noch ausbrach. Pii organisiert ihren Kopf wie ein Kind, pflügt mit ihren Fragen einen Pfad aus einer Schneewehe. Wer, was, warum und wo wiederholen sich in schnellem Takt. Das ist lustig für eine Weile, aber in großen Portionen tödlich. Sie sind beide müde, sie haben ein ordentliches Quantum voneinander genossen. Sie haben Möbel geschleppt, sind mit dem Auto gefahren, haben Essen zubereitet und Pii hat pausenlos geredet. Sie haben einander ein Jahrzehnt lang nicht gesehen, und jetzt in neunundzwanzig Stunden Erlebnisse für ein Jahrzehnt gehabt.

»Strukturbiologie?«, fragt Pii und Aikku erkennt in Piis Miene, dass diese nicht ablassen wird. Dass sie sie bis zum Auto verfolgen würde, wenn sie keine zufriedenstellende Antwort bekäme. Pii ist Pii. Die Wohnungstür ist geöffnet, einen Spalt nur, aber schon offen zum Treppenhaus. Aikku ist schon im Begriff zu gehen. Pii möchte das hinauszögern. Es war so lustig, ein behagliches Wochenende, eine sorgenfreie Zone. Sie möchte das noch nicht beenden, sie möchte Aikkus Stimme hören. Aikku hat es jetzt eilig, macht sich auf den Weg, zu ihren eigenen Angelegenheiten, in ihr eigenes Leben. Ein Fuß steht in der Tür, die Autoschlüssel klimpern in der Hand. Dennoch erklärt sie. Pii fragt, Aikku antwortet. Spricht bedächtig und ruhig. Wie der Religionslehrer in der Schule, schmunzelt Pii.

»Zytologie, Zellbiologie, das tangiert mein eigenes Fach. Ich erzähl dir das später genauer, du kommst zu mir an die Uni, ich zeig dir die gleiche Powerpointpräsentation, die auch meine Studis zu sehen bekommen. Wenn du das bildlich siehst, begreifst du das sofort. Das bleibt aber schleierhaft, wenn man es nur in Worte packt, allerdings sind es keine unbegreiflichen Sachen. Die mitochondrialen Erkrankungen, das sind ganz verschiedene Krankheiten mit absolut vielfältigen Formen, und die Krankheiten werden durch Störungen des Energiestoffwechsels hervorgerufen. Wir beantragen Gelder für die Erforschung der Gründe für die Entstehung dieser Krankheiten, und ich hoff wirklich, dass es Moneten regnen wird, und zwar schnell, bevor ein anderer zum Zuge kommt. Das ist ein interessanter Job, ein irrsinnig lustiger Seitensprung von meinem alltäglichen Geschäft. So was«, sagt Aikku und lacht schallend, »das ist kein amüsanter Zeitvertreib, das passt zu mir.«

Aikku ist schon draußen im Treppenhaus, kommt aber noch einmal zurück, um Pii zu umarmen.

»Guck nicht so zerknirscht, hey, junge Frau, du hast eine tolle Bude! Jetzt trinkst du noch ein Schlückchen Rotwein, setzt dich in deinen neuen Sessel und legst dich dann zeitig aufs Ohr. Lässt den jungen Pianisten noch ein bisschen ranklotzen. Wir telefonieren dann morgen. Und nächste Woche sehen wir uns.«

Aikku schwenkt ihr Schlüsselbund und geht. Pii legt die Sicherheitskette vor, sie ist von dem eigenen Elend amüsiert. Als ob ihr einer den Lutscher aus dem Mund genommen und sie zum Zähneputzen geschickt hätte. Ich muss mich zusammennehmen, ich darf mich nicht an anderen festbeißen.

Pii nimmt die weißen Wollsocken, die sie auf die Garderobe geschleudert hat, und wirft sie auf die Couch, sie sollen dort auf sie warten. Aus dem Schlafzimmer holt sie ihre Decke. Sie würde sich auf der Couch ausstrecken, den gemeinsamen Abend fortsetzen, das Ausprobieren des neuen Betts für morgen aufsparen. Im Wohnzimmerspiegel flackert das Licht der auf dem Tisch brennenden Kerzen. Pii stellt die Musik an. Das Album von João und Astrud Gilberto zusammen mit Stan Getz, Papas Weihnachtsgeschenk aus dem letzten Jahr, genau die richtige Musik für dunkle Samstagabende. Wiegend und flüsternd, tanzbar und einschläfernd.

»*Quiet thoughts and quiet dreams, quiet walks by quiet streams* ...« Pii summt mit, zieht sich die Strickjacke über, öffnet die Weinflasche und gießt das süffige Erlauer Stierblut ins bauchige Glas. Das Handy auf dem Fensterbrett klingelt, das erste Mal am heutigen Tag, Kaartinen ruft an. Pii drückt mit dem Daumen auf den grünen Hörer und sagt ihren Namen. Wenn Kaartinen dran ist, ist er still.

»Hallo?«, wiederholt Pii. »Kaartinen? Hörst du mich? Ich höre dich nicht, ruf nochmal an. Hallo?«

Der Hörer atmet in Piis Ohr, ein Wind bläst ins Zimmer, ein kalter Wirbelsturm, Stille.

»Ich leg jetzt auf, Kaartinen«, sagt Pii kühl, »wenn du etwas auf dem Herzen hast, ruf nochmal an.« Den roten Hörer für Japser, Strafe für den Ruhestörer, Kontaktverbot für Stalker.

»Der soll nicht glauben, dass wir nichts machen können«, sagte Heino auf dem Polizeirevier. »Oft sind die lauten Stalker ungefährlicher als die, die nicht so viel Lärm machen. Oft reicht den frechsten das Gefühl der Macht, die sie bekommen, wenn sie sich getraut haben anzurufen oder zu schreiben. Sie erhalten ihren Kick aus der Angst, die du spürst. Noch viel gefährlicher sind die, die bis zu dem Augenblick still bleiben, an dem sie zuschlagen.«

Heino beschwor Pii, auch die kleinsten Details zu erzählen, wiederholte mehrmals, wie wichtig es sei, dass Pii alles erzählte. Sie würden Piis Fall kennen, sie wüssten schon, was an die Wand vom Sender gesprüht wurde.

»Versuch, dich zu erinnern«, sagte Heino und Pii erzählte in unbestimmter Reihenfolge, woran sie sich erinnerte. Es kam alles als ein großes Paket, Stücke von Sami und Terho Martikainen, von Kaartinen und Aikku ... Es war einfach, Heino schien sich genau in diesem Augenblick zu interessieren. Sie hätte noch hinzufügen können, dass sie sich am meisten vor ihren eigenen Phantasien fürchtete, davor, dass sie nicht mehr unterscheiden könne, was wirklich passiert und was sie sich nur vorstellt, aber das blieb ungesagt. Und sie hätte auch Heino gegenüber das Auto erwähnen können, das zu nahe an die Tür heranfuhr, und das Telefon, das nicht mehr funktionierte, und Hirvonen, der an der Decke hing, das Gesicht, das merkwürdig violette. Den zur Fratze verzogenen Mund, den Speichel, der auf Hirvonens Hemd getropft war, die Zunge, die aus dem Mund hing. Und die weit aufgerissenen Augen, Hirvonens Blick auf Pii. Es hätte nicht viel gefehlt, dass Pii Heino auf ein Date eingeladen hätte. Zu einem Spaziergang am Meeresstrand.

Nachdem sie aufgelegt hat, nimmt Pii das Weinglas in die Hand. Sie geht zum Fenster hinüber und bleibt dort stehen. Sieht Hirvonens Fahrrad. Es lehnt am Zaun, scheint irgendwie auf seinen Besitzer zu warten, ein treuer Hund. Die Bäume sind schon kahl, der Himmel an den Zweigen zum Funkeln aufgehängt. Im Lichtkegel der Straßenlaternen ein Nebel aus feinem Niesel. Pii nippt an ihrem Wein. Ihr kommt das gestrige Gespräch mit Hirvonens Schwester in den Sinn. *Ich rief Hirvonens Schwester an, ich rief sie an, obwohl ich sie gar nicht kenne, ich kannte ja nicht einmal Hirvonen richtig, eigentlich haben wir auch nicht viel zusammen gemacht. Ich sagte, dass ich die Neue wäre, worauf sie entgegnete, dass sie das wüsste. Hirvonen hatte einiges erzählt. Hab ich ihr eigentlich gesagt, dass es mir leid täte? Dass ich mit ihr mitfühlte? Was habe ich gesagt? Habe ich überhaupt etwas gesagt?*

Obgleich Pii das Gespräch im Geiste noch einmal überdenkt, bekommt sie rein gar nichts in ihren Kopf. Ihre Gedanken werden von Teppo Martinsiltas verworrenem Gerede in Unordnung gebracht, von Kaartinens Wut, von der Wandmalerei und von dem Bild, als Petteri inmitten der glatzköpfigen Jungen stand. Pii erinnert sich nur an die Frage, die Hirvonens Schwester stellte.

»Hast du Kalevi Geld geliehen? Und wenn ja, wie viel? Er schuldet ja allen etwas.«

Die gleiche Frage stellte ihr auch Heino. Nachdem er zunächst gefragt hatte, ob Pii wisse, dass Hirvonen massiv verschuldet sei. Dass Hirvonen auch Schulden bei Eeva-Liisa Martinsilta hätte. Tausende Euros.

Die Parkplätze vor dem Haus sind voll. Die Gartenschaukel auf dem Stück Rasen darf jetzt den ganzen Winter auf Schaukler warten. Die Tür zum Müllplatz muss jemand vergessen haben zuzuschließen, oder einer der hundert Vorbeigehenden hat sich vor dem Regen dort untergestellt. Die Straßenlampe am Haus brennt schon, schwarzer Regen peitscht gegen den Hügel.

Sie steht am Fenster, schaut über den Platz vor dem Haus, hinauf auf den Hügel. Sie hat eine weiße Strickjacke an, darunter ein kleines Top, auch das weiß. Ich habe nie gesehen, dass sie andere Sachen trägt, nur weiße oder schwarze. Ihre schwarze Haut sieht in den weißen Sachen noch schwärzer aus, als sie ist. Vielleicht will sie das auch so. Vielleicht will sie ein schwarzes Ausrufezeichen in einer weißen Landschaft sein. Aus ihr wird man nicht schlau, mal scheint sie ihre Hautfarbe überhaupt nicht zu kümmern, mal tritt sie wie irgendeine schwarze Freiheitskämpferin auf, die bereit ist, für die Freiheit ihrer Rasse zu leiden. Schämen kann und will sie sich nicht, bittet nicht um Entschuldigung, läuft nicht an der Wand entlang, reckt und streckt sich, immer mit erhobenem Kopf. Sie ist nicht klein, für eine Frau ist sie groß, groß und schlank, mit schmaler Hüfte, langen Beinen. Sie gehört nicht hierher, sie ist zu neugierig, zu frech, zu voll von ihrer eingebildeten Außerordentlichkeit. Sie schiebt sich wieder an der Schlange vorbei, in den Vordergrund, in die erste Reihe. Mit welchem Recht tut sie das?

Ich schaue sie an, die schwarze Frau am Fenster des Mehrfamilienhauses. Sie hat die Arme vor der Brust verschränkt, als friere sie, dennoch zum Sprung bereit, ein schwarzer Panther. Sie steht regungslos da, wie regungslos steht sie denn, als betrachtete sie ein leicht erschreckendes Tier. Was sieht sie da im Dunkeln? Woran denkt sie in diesem einen

Augenblick? Knüpft die Enden der Gedankenfäden zusammen, denkt zu lange, zu weit, schabt Schmutz vom Fenster, um besser zu sehen. Sie kann sich nicht mehr zurückziehen, sie muss auch den letzten Posten finden. Sie ist eine Nachtorientierungsläuferin. Wird nicht aufgeben, möchte verstehen. Aber sie weiß nicht, dass, auch wenn sie es weiß, es doch nicht verstehen wird. Dazu reicht ihr Verstand nicht, sie ist einfach zu dumm, um es zu begreifen. Wenn ich sie anrufe, muss ich nichts sagen, ich bin nur still, das reicht. Ich sehe in ihren Kopf, geradewegs in das Labyrinth ihrer Gedanken, wie ich diese mit meinen Händen berühre und sie durcheinanderbringe. Sie verwirre, bis sie aufhört, ihren Augen zu trauen. Bis sie nicht mehr weiß, wo sie sich verstecken könnte.

Den Sonntag verbringt Pii in ihren vier Wänden. Zieht die verschossene schwarze Jogginghose und ein uraltes weißes langärmeliges T-Shirt an. Liegt das Bett im Schlafzimmer probe, setzt sich in den Sessel und versucht, auf der neuen Couch im Liegen eine Zeitschrift zu lesen. Kommt nicht zur Ruhe. Lümmelt sich auf dem Fußboden, sucht einen brauchbaren Radiosender, trinkt eine Dickmilch und saugt die Wohnung, während der Kaffee in der Maschine durchläuft. Versucht, nach dem Morgenkaffee Kaartinen anzurufen, aber sie landet gleich auf seiner Mailbox zuhause. Kaartinen hat also sein Arbeitshandy auf seine Festnetznummer umgeleitet, denkt Pii und hinterlässt keine Nachricht.

Nachdem sie das Geschirr gespült und das Bettzeug von der Couch weggeräumt hatte, öffnet Pii das Fenster und wirft die Wäsche in die Waschmaschine. Buntwäsche bei 60 Grad, mit Vorwäsche anderthalb Stunden. In der Zeit kann sie eine Runde mit dem Fahrrad drehen.

Piis Fahrrad steht im Ständer und nicht im Lagerraum, obgleich am Schwarzen Brett schon länger ein Zettel hängt, dass der Fahrradständer im Winter für den Schneepflug entfernt wird. Harmlose westfinnische Voreiligkeit, lacht Pii. Auch wenn die warmen Tage für diesen Herbst vorbei sind, bis zum Winter ist es noch lange hin. Ich weiß das, in meinem heißen Negerblut ist das Wissen um die Wetterveränderungen eingepflanzt. Die Wetterfrösche können mich mal gern haben.

Pii zieht sich Mütze und Fahrradhandschuhe an. Einer spontanen Eingebung folgend streichelt sie Hirvonens Fahrradsattel, wie ein gutes Pferd.

Heute würde sie in eine andere Richtung als üblich fahren, von ihrer eigenen Routine abweichen, die Dinge unter einem anderen Blickwinkel betrachten. Den Feiertag heiligen und am nächsten Morgen mit neuer Einstellung zur Arbeit gehen. Das machen, was Kaartinen ihr auftrüge, und es so gut machen, dass Kaartinen sich bei ihr bedankte. Nicht mehr und nicht weniger.

Die Fassadensanierung des Stadthauses wurde gerade fertig gestellt, Pii gefällt das Gebäude und das einladende Portal. Etwas anders als die pompösen Glaswürfel, in die die Ämter heutzutage gestopft werden. An sich ist die gesamte Innenstadt sehr attraktiv, die flachen Häuser wurden erhalten, so dass man frei atmen kann. Der alte Bebauungsplan wurde konserviert und den Autos wurde keine Gottesstellung eingeräumt, Parkhäuser wurden nicht über schützenswerte Häuser gewalzt.

Pii verkürzt ihren Weg durch den runden Park, der als Mittelpunkt der Innenstadt bewahrt wurde, tritt in die Pedalen, obgleich sie weiß, dass sie das Rad schieben müsste. Fährt am städtischen Krankenhaus vorbei bergab zur Strandpromenade und weiter auf dem Radweg Richtung Hafen, vorbei an Hausbooten, die an Bootsstegen festgemacht sind. Jeder vor ihr fahrende Radfahrer muss eingeholt werden, genau wie beim Segeln jedes in die gleiche Richtung fahrende Boot überholt werden musste. Das Trimmen des Segels, das Beschleunigen, damit das Boot hinter Einem durch die Wellenbildung aus dem Kurs geriet ... alles wurde getan, damit man den selbst organisierten Wettkampf nicht verlor.

Die meisten Radler lässt Pii blitzschnell hinter sich, aber ein Helmträger weit entfernt vor ihr scheint im gleichen Tempo wie Pii zu rasen. Was für eine Herausforderung! Fahr langsamer, langsamer, flucht Pii, deine Schenkel sind bald übersäuert, du schaffst es nicht nach Hause und deine Mutter wird böse. In der langen geraden Aallonmurtajankatu gibt Pii alles, aber die Distanz zum Fahrer vor ihr bleibt die ganze Zeit gleich groß. Nach einer sanft ansteigenden Strecke, an der Ecke Laivanrakentajantie, verlangsamt der Mann jedoch plötzlich seine Fahrt und sprint so überraschend vom Sattel, dass Pii fast auf ihn auffährt.

»Oh sorry«, ruft Pii in Panik.

»Musst schon aufpassen«, knurrt der Mann, »damit du keinen überfährst.«

Pii bremst. Sie muss anhalten, obgleich sie ein reflexartiges Bedürfnis überkommt, sich umzudrehen und noch schneller zu fahren, so schnell, wie sie nur kann. Aber sie kann nicht. Der Mann ist Teppo Martinsilta.

In der Gaststätte gibt es nur drei Tische und den Tresen. Pii hätte nie von selbst dorthin gefunden, noch weniger sich vorstellen können, dass die Örtlichkeit eine Schänke sei. Nirgends ein Schild oder irgendein Hinweis, dass es hier eine Gaststätte gäbe. Der Eingang könnte die Tür zu einem Hafenlagerhaus sein. Der Name des Etablissements wurde mit dickem Hanfseil an einer Planke über dem Tresen gestaltet. Kurz und bündig steht dort »Kneipe«. Der Raum ist dunkel, wird nur durch Positionslichter wie auf Schiffen beleuchtet, rot und grün, die gelinde ausgedrückt eine merkwürdige Stimmung schaffen.

Diese Kneipe muss man kennen. Muss sich im Hafen orientieren können, zwischen den grauen, einander gleichenden Lagerhäusern. Teppo Martinsilta ist schon früher hier eingekehrt, der Wirt begrüßt ihn wie einen alten Bekannten. Pii bestellt ein Bier und ein großes Wasser, Teppo Martinsilta nur Wasser.

Sie sitzen am Tisch direkt neben der Tür, Teppo Martinsilta verliert keine Zeit und beginnt sofort die Unterredung. Er glaubt, dass er Pii offen von seinen Gefühlen nach Eeva-Liisas Tod erzählt habe. Er habe stundenlang geredet, fast die ganze Nacht, einem wildfremden Menschen seinen Schmerz gezeigt. Er könne nicht begreifen, mit welchem Recht die Redakteurin in sein Haus kommt und ihm vorspiegelt, sie würde einen Dokumentarfilm über Eeva-Liisas Arbeit machen.

»Ich habe nicht gesagt, dass ich einen Dokumentarfilm nur über Eeva-Liisas Arbeit mache, sondern ...«, versucht Pii eine Korrektur, aber Teppo Martinsilta unterbricht sie gleich wieder.

»Wir haben vereinbart, am Morgen fortzufahren, wir hätten weiterreden sollen, aber du bist, ohne ein Wort zu sagen, verschwunden, so als wäre ich irgendein ... Ich habe deinen Vorgesetzten angerufen, weil ich dich nicht erreicht habe. Ich habe die Papiere gefunden, die du holen wolltest. Ich hätte sie dir geschickt. Dein Vorgesetzter hat aber gesagt, dass ein Dokumentarfilm nicht in Planung sei.«

Er ist wütend und verletzt und macht einen bekümmerten Eindruck. Pii ist peinlich berührt. Sie ist wirklich wie ein Einbrecher oder eine Prostituierte aus dem Haus der Martinsiltas verschwunden. Sie hat sich beim Witwer der Gemeindepfarrerin Eeva-Liisa Martinsilta nicht wieder gemeldet, ihn weder angerufen noch sonstwie Kontakt mit ihm aufgenommen. Sie versucht, es bestmöglich zu erklären, wird aber gewahr, dass sie nur ausweicht und immer nur noch mehr erklären muss. Sie hat geschludert.

»Du hast gedacht, dass ich Eeva-Liisa getötet habe, wo ich doch ein Ex-Knacki bin, nicht wahr?«, fragt Teppo Martinsilta, er schleicht nicht wie die Katze um den heißen Brei, sondern will es von Pii genau wissen.

Pii schämt sich, genau das hat sie gedacht, so einfach, so kindisch und so voreingenommen.

»Einmal abgestempelt, immer abgestempelt«, raunt Teppo Martinsilta, »na ja, du kennst das ja. Einen Mohren kannst du nicht weiß waschen.«

»Das ist es nicht«, bringt Pii heraus, »nicht deswegen hab ich dich ... es liegt nicht an dir, sondern an dieser schönen lockigen Frau, die dich in der Gyllenbergallee geküsst hat, vor diesem rosafarbenen Haus.«

Teppo Martinsilta nimmt Piis Hände in seine und zieht Pii fast über den Tisch, näher zu sich heran.

»Ich sage dir das jetzt so klar, wie ich es kann. Eeva-Liisa und ich haben einander gemocht. Wirklich gemocht. Eeva-Liisa, die damals in meinem letzten Jahr im Knast Gefängnispfarrerin war, wollte mir zu einem neuen Leben verhelfen. Sie war so, dein Kollege, der Hirvonen, Eeva-Liisa hat ihm Geld geborgt, damit er seine Spielschulden bezahlen konnte und nicht in Schwierigkeiten mit seinen Spielkumpanen geriet. So war sie. Sie hat wirklich geholfen, hat sich nicht nur hinter dem Rücken des Herrn verschanzt. Anfangs habe ich als Untermieter bei ihr gewohnt und Kurse besucht, damit ich wieder Arbeit finde. Eeva-Liisa hat mir auch dabei geholfen, hat auch ein paar Mal mit Arbeitgebern gesprochen, hat für mich gebürgt. Als wir uns dann besser kannten, hab ich begriffen, dass auch ich ihr helfen könnte. Eeva-Liisa und ihre Partnerin, Helen, konnten nicht offen miteinander leben. Eeva-Liisa kommt aus dem Norden, aus einer kleinen Gemeinde, sie wollte ihre Eltern schützen, für die war es schwer genug, dass Emma als Pfarrerin ordiniert werden wollte. Theologie war in Ordnung, Religionslehrerin hätte sie werden sollen, aber doch nicht Pfarrerin. Jetzt schau dich mal um, diese unsere Gesellschaft wirkt nicht sehr tolerant. Für Emma und Helen war es unmöglich, offen als Paar zu leben, vor allem wegen dieser scheiß Doppelmoral, diesem ganzen Blablabla, es war einfach nicht möglich. Eeva-Liisa hätte vom Pfarramt zurücktreten müssen, und damit war Helen nicht einverstanden. Emma hat für viele Dinge in der Kirche gekämpft, auch für die Durchsetzung des Rechts von

Frauen auf das Pfarramt. Sie beide glaubten, dass sie irgendwann einmal offen als Paar leben könnten ... Wir heirateten, ich nahm Eeva-Liisas Namen an und verwendete statt Terho den Vornamen Teppo, so konnte die Konstellation leichter bemäntelt werden. Helen war fast immer bei uns, war auch bei allen Veranstaltungen der Gemeinde dabei. Das war ganz natürlich, keiner schenkte dem Beachtung, weil ich ja da war. Als Emma und Helen dann von einem Kind anfingen, habe ich versprochen zu helfen. Natürlich, natürlich habe ich ihnen geholfen, sie waren doch die einzigen Menschen, die jemals ... Arme Helen, sie ist, sie, sie kann nicht einmal öffentlich trauern.«

Teppo Martinsilta drückt Piis Hände, drückt so stark, dass es sie schmerzte. Lässt den Kopf hängen, senkt den Blick auf die zerkratzte Tischfläche. Bittet Pii, zu begreifen, zu verstehen, was er fühlte. Er konnte nichts mehr sagen, er hatte schon zu viel gesagt, alles. Pii bittet um Verzeihung, einmal, zweimal, auch ein drittes Mal. Unterliegt nicht der Versuchung, Erklärungen abzugeben, auch wenn ihr der Sinn danach steht. Teppo Martinsilta weint. Er zittert und weint, stammelt, er verstünde Pii. Die Tränen fließen über sein rundes Gesicht, an der Nase vorbei zum Kinn und auf Piis Hände. Pilatus, erinnert sich Pii, der hat sich auch die Hände gewaschen.

Die folgende Woche beginnt dunstig, vergeht quälend langsam bis zum Freitag. Hirvonens Tod scheint alle erst jetzt zu berühren, mit einer leichten Verspätung. Ihre Nachtradioschicht kann Pii nicht rückgängig machen. Sie möchte schon, aber es gelingt ihr einfach nicht. Und nun ist Freitag.

Kaartinen erläutert gemeinsam mit dem Betriebsleiter und dem Grundstücksverwalter im Café die neuen Codeschlüssel. Auch Seppo wurde zum Zuhören in die erste Reihe gesetzt. Innerhalb einer Woche wurde im Haus alles fertig. Nach der Zusammenkunft könne jeder Mitarbeiter seine persönliche Karte beim Betriebsleiter abholen. Die alten Codes würden dann nicht mehr funktionieren.

Pii schleicht sich hinein, setzt sich neben Petteri, zupft ihn am Ärmel und versucht, Blickkontakt zu ihm zu bekommen.

»Ich lad dich nachher zum Kaffee ein«, flüstert Pii, »Pirjos Hefeteilchen kommen in ein paar Minuten aus dem Ofen. Ich muss was mit dir bekaspern.«

»Kaartinen ist ein altes Arschloch«, zischt Petteri zurück. Pii muss unwillkürlich lächeln. Sie schaut auf Kaartinen, der mit schiefem Kopf vor der Cafétheke große Reden schwingt, auf seinen roten Nacken und die straff gebundene Krawatte. Auf Kaartinens Hände, die breite Bögen beschreiben, darauf, wie er seine dünner werdenden Haare nach jedem dritten Satz zurückstreicht. Was Petteri ausrief, charakterisiert ihn fast perfekt. Er hat es schön gesagt. Petteris Art, der Einladung zum Kaffee zuzusagen.

»Das wär dann alles«, erklärt Kaartinen, »wenn es noch Fragen gibt, dann beantwortet Harri die gern. Der Codeschlüssel ist eine persönliche Karte, und wenn sie verloren geht, muss der Verlust sofort gemeldet werden, denn damit gelangt man überall hin hier im Haus.«

»Bislang kamen wir doch auch ohne Karte überall hin, also an sich«, ruft ein junger Musikredakteur vom Radio aus der hinteren Ecke, »also what's the point?«

»Der Punkt liegt genau in dem gerade Gesagten. Wir haben diese Order erhalten und mit diesen Jetons werden wir jetzt spielen. Und das Kooperationsseminar mit den anderen Vertretern der regionalen Medienbranche beginnt dann um sechs, vergesst das nicht.«

»Heute?«, entschlüpft es Pii und alle um sie herum prusten los.

»Explizit heute«, sagt Kaartinen mit eisiger und lauter Stimme, »aber du bist ja im Nachtradio, Marin, dies trifft also nicht auf dich zu.«

»So eine Scheiße«, murmelt Pii hinter vorgehaltener Hand.

»Verfolgt eigentlich jemand hier die Ermittlungen im Mord an Martinsilta?«, ruft Petteri. »Ich hab nur die Morgenzeitungen gelesen, und da gibt es überall wüste Spekulationen.«

»Ja, ich«, teilt Kaartinen äußerst ungehalten mit, »und sollte es etwas mit Nachrichtenwert geben, dann geht ein Aufnahmeteam los, aber wir werden keine Mörderumfragen veranstalten.«

Das ganze Café bricht in Lachen aus, die Leute scheinen es eindeutig nötig zu haben, jeder Chance, die Stimmung etwas aufzulockern, wird aufgelauert. Kaartinen bringt die Kollegen aber schnell wieder zum Schweigen.

»Helena macht die Nachrichten, oder liest sie, so wie vorher auch, und die Redakteure im Haus, Teufel noch mal, ihr kennt das doch, das System ist das gleiche wie vorher. Es gab jetzt nur so ein kleines Abtasten, denn ins Haus gekommen sind ...neue ... Menschen ... und alte sind gegangen. Das wird sich schon wieder irgendwie einrenken«, beendet Kaartinen sein Geschwafel und scheint Pii freundlich anzuschauen. Vielleicht bilde ich mir das aber auch nur ein, lächelt Pii.

»Was wolltest du denn letzten Samstag, als du angerufen hast?«, fragt Pii Kaartinen, als der an ihr vorbeigehen wollte. Kaartinen riecht nach scharfem Schweiß, aber er macht zumindest seine Arbeit ordentlich, denkt Pii. Kaartinen blickt kurz auf seine Uhr und macht mit dem Betriebsleiter ein Treffen in der Mittagspause aus. Fingert auf seinem neuen Nokia-Handy herum, während er mit Pii spricht, versichert, dass er Pii am Wochenende nicht angerufen habe. Wirklich nicht. Pii zuckt mit den Schultern, sie würde auf keinen Fall mit Kaartinen streiten, sie kann und will nicht. Vielleicht hat er ein Glas zu viel getrunken und kann sich an den Anruf nicht mehr erinnern. Oder er hat vergessen, die Tastensperre einzuschalten, und das Telefon hat mich von selbst angerufen.

»Geh zu Helena, du bist doch heute im Nachtradio.«

»Darüber wollte ich mit dir reden«, beginnt Pii, »könnte man da nicht irgendwie wechseln ...«

»Wechseln?«

»Ja, wenn du etwa für mich einspringst, dann könnte ich dann ...«

»Marin, ich bin in diesem Seminar ...«

»Aha. Ich dachte, das sei nicht für die Chefetage gedacht.«

»... als Dozent. Ich werde auch sonst keine Tauschgeschäfte machen, da bleibt man immer im Minus. Hier wird die Arbeit in der Reihenfolge gemacht, wie es vereinbart wurde. Und du hast heute das Nachtradio.«

»Ja ja«, ächzt Pii und sinnt nach, warum sie überhaupt Kaartinen irgendetwas fragen sollte.

»Und dann machst du dich an die Planung der Wochenumfrage«, ruft Kaartinen noch, als Pii sich dem Tablettstapel am Ende des Cafétresens nähert. »Jetzt hilft nur, dass wir möglichst schnell zur Tagesordnung übergehen, oder wir werden nach Hause externalisiert.«

»Zum Teufel«, grinst Petteri, der neben Pii steht, »wenn Hirvonen geglaubt hat, dass er diesen Clown mit seinem Schaukeltrick in den Griff bekommt, dann war er aber schwer auf dem Holzweg. Kaartinen ist ja schlimmer als früher. Der Pisser blüht ja richtig auf.«

»Du führst hier aber komische Reden«, schimpft ihn Pirjo aus. »Wasch dir mal deinen Mund, bevor du das nächste Mal zum Essen kommst.«

»Ach, ein Pisser erkennt einen Pisser«, witzelt Petteri, und überlegt lange, bevor er seine Wahl trifft. Nimmt schließlich ein Wurstbrötchen, eine Zimtschnecke und einen Pott Kaffee. Pii nimmt einen Kaffee und eine Zimtschnecke. Pirjo verspricht, Pii heute Nacht zuzuhören.

»Ich mag diese Sendung. Spiel ein bisschen flotte Musik, kein Techno. Technomusik gehört nicht ins Nachtradio.«

Pii bedankt sich für die Tipps, bemerkt aber im gleichen Atemzug noch, dass sie für die Sendung noch Gesellschaft suche.

»Pirjo, könntest du nicht kommen?«

»Was, ich?«

»Ja, ich dachte nur, dass es amüsant wäre, mit jemandem die Nacht durchzuwachen. Du könntest mein Gast sein. Wir würden so Frauensachen bereden.«

»Ach je«, seufzt Pirjo, »das wäre ja ... so wundervoll. Ach je, wenn du das nur früher gesagt hättest. Aber Eino und ich spielen doch Bridge. Und wir haben da eine Spielgemeinschaft, und heute Abend spielen wir. Wie schade, ich wäre so gern gekommen.«

»Na dann, ein anderes Mal«, versucht Pii zu lächeln und verspricht, die Musik sorgfältig auszuwählen.

»Das ist eine lange Zeit bis fünf Uhr in der Frühe, da braucht man viele CDs«, lacht Pirjo, »zum Glück gibt es ja die Radio-Bibliothek.«

Pii bittet Pirjo, ihre Einkäufe anzuschreiben, und folgt Petteri, den eine beginnende Erkältung plagt, nach unten. In den Technikerräumen hat sie noch nie gesessen. Unten ist es kühl, und ohne Karte gelangt man durch keine einzige Tür. Zum Glück hat Petteri seinen Codeschlüssel schon abgeholt, als Pii noch mit Kaartinen diskutiert hat.

»Jetzt sind wir hier im Bunker sicher«, bricht es aus Petteri heraus. »Wir sitzen den lieben langen Tag hinter verschlossenen Türen, ohne etwas machen zu können.«

»Kaartinen hat doch allen eine Mail mit Programmvorschlägen geschickt. Irgendetwas soll wohl trotzdem hier gemacht werden«, versucht Pii.

»Es ist doch nicht Kaartinen, der entscheidet. Die Kunden entscheiden über die Programme. Sie schreiben vor, dass die Vorschläge der Form halber verschickt werden. Vielleicht wird das Ganze ja zu einem Lehrstudio für die Studis der Medienwissenschaften an der Fachhochschule. Als ich noch in der Schule war, haben die schon von sowas gesprochen. Ich hab Kaartinen darauf angesprochen, aber der sagt ja nichts.«

Petteri lässt Pii zuerst hinein, balanciert mit dem Tablett durch die Tür, bekommt einen Hustenanfall und verschüttet, von Flüchen begleitet, Kaffee auf seinem Hemd.

»Jetzt hol ich mir erstmal den Teer aus der Apotheke, dieser Schleim geht doch ohne Chemie nicht weg«, versetzt Petteri, »und damit ich mir nicht den Tod hole, helfen mir am Wochenende die beiden anderen sprichwörtlichen Mittel: Sauna und Schnaps.«

Das Gespräch ist nicht leicht zu beginnen, Pii hat sich eigentlich noch nie so richtig mit Petteri unterhalten. Beiden ist klar, was sie vom anderen halten. Freunde werden sie nie und nimmer. Wenn sie nur miteinander zurechtkämen, wenigstens leidlich.

Petteri zündet sich eine Zigarette an, bläst den Rauch an die Decke, schlürft seinen Kaffee.

»Würdest du mir heute im Nachtradio Gesellschaft leisten?«

Petteri erstickt fast. Hustet, dass die Augen zu tränen beginnen, und als der Anfall vorbei ist, schaut er Pii überrascht an.

»Wie jetzt, ich?«

»Ja doch. Als Toningenieur. Du beherrschst doch die Regler. Weil ich das früher nie gemacht habe, könnte das tricky werden. Ich bezahl dich auch.«

»Auf Steuerkarte?«

»Wenn du kommst, auch auf die Hand.«

»Ach, auf die Hand? Den normalen Stundenlohn und den Nachtzuschlag?«

»Wenn du willst.«

Petteri staunt Bauklötze. Zählt im Geiste das Geld zusammen, das Pii wie eine Karotte vor seine Nase hält.

»Warum denn nicht? Ich könnte schon«, Petteri leckt sich die Lippen und Pii möchte schon erleichtert aufatmen, als Petteri einen Rückzieher macht. »Zum Teufel, ich kann ja nicht.«

»Doch, du kannst«, will Pii ihn überreden, sieht aber, dass Petteri nicht kommen will.

»Anu ist so krankhaft eifersüchtig, also wenn ich der so plötzlich erzähle, ach so, ich habe ja Nachtradio, das glaubt die mir nie. Die denkt, dass ich so ein kleines Techtelmechtel habe, und dann geht es los. Und, Marin, wenn ich die Nacht mit dir verbringen würde, dann hätte ich zuhause mehrere Wochen lang wirklich schlechte Karten. Nach Anus Auffassung können Frauen und Männer keine Freunde sein. Da geht es immer nur ums Bumsen. Und weil die weiß, was ich von dir denke ...«

Petteri wird sofort bewusst, was er da gesagt hat. Aber Pii ist das ganz schnuppe. Okay. Petteri mag sie nicht und hat das auch zuhause so erzählt. So what?

»Sorry, Marin«, murmelt Petteri, »aber nein, ich ...«

Pii nickt. Petteri erkennt wohl ihre Enttäuschung, zeigt aber keinerlei Reaktion. Die Angst ist schon im Bauch spürbar, als kleiner, stetig wachsender Klumpen. Pii versucht, sich auf die Sache zu konzentrieren. Sie will ja etwas von Petteri, sie muss es wissen. Pii atmet tief durch.

»Wie viel schuldete Hirvonen dir?«

Petteri ist überrascht.

»Ach, du wusstest auch, dass Hirvonen spielt? Ich dachte ...«

»Hast du in derselben Truppe gespielt?«, fragt Pii weiter.

»Wovon hätte ich denn spielen sollen, mit dem Wohnungskredit an der Backe? Zuhause, Marin, herrscht so eine Zucht, dass ich mir von meinem Lohn gerade mal so viel abknapsen kann, dass es für zwei Bier reicht. Einmal war ich dabei, hab zugeschaut, aber mit zwanzig Euronen kannst du da nicht groß auftrumpfen. Kaartinen hat die Truppe anfangs wohl zusammengewürfelt, der hat glaub ich auch an Pokerturnieren teilgenommen. Ihm hat Hirvonen wohl ein Vermögen geschuldet.«

Kaartinen, begreift Pii, na klar. Kaartinen war ja selbst mal Kameramann. Gehört zur gleichen Generation wie Hirvonen, ist Arm in Arm mit diesem seine Karriereleiter emporgeklettert. Ist dann irgendwann zum Producer aufgestiegen, einfach so. War zur rechten Zeit am rechten Ort, konnte seinen Mund aufmachen, anders als Hirvonen, der sich durch niemandes Druck irgendwie verbogen hat. Plötzlich war Kaartinen in der Chefposition. Die Spielgemeinschaft könnte anfangs der Versuch gewesen sein, auf der gleichen Seite wie die alten Kumpels zu sein, grübelt Pii, ein ganz aufrichtiger Versuch. Die Jungs sind ihm dort vielleicht dumm gekommen, er hat sich in der Arbeit gerächt, und so hat sich die ganze Sache in eine völlig andere Richtung entwickelt. Die Einsätze sind stetig gestiegen. Und wenn die Untergebenen dann in den roten Bereich geraten und sich verschulden, hat Kaartinen einen Freifahrtschein für Demütigungen. Wäre es nicht an der Zeit, dass Kaartinens Vorgesetzter mal hört, wie hier die Dinge durchgesetzt werden, dämmert es Pii. Ich habe nichts zu verlieren. Der weiß sofort, wer die Petze war. Er glaubt, er könne mein Leben zur Hölle machen, aber da hat er die Rechnung ohne den Wirt gemacht. Mein Leben ist bereits die Hölle. Aber ich habe überlebt. Schlimmer kann es nicht werden.

Pii fährt auf, als eine Metalltür zuschlägt. Petteri wirft sich den Mantel über.

»Gibt's noch was?«, fragt Petteri.

»Eigentlich ja«, entgegnet Pii. Sie würde gern nach Petteris samstäglicher Gesellschaft fragen, aber sie schafft es nicht. Was geht sie das an? Petteri wird ja wohl selbst entscheiden dürfen, in welcher Meute er steht. Er ist ein großer Junge.

»Nimmst du mich mal irgendwann mit deinem Auto in die Innenstadt mit?«

Bis zum Nachmittag zeichnete sich ab, dass es im ganzen Haus niemanden gibt, der für Pii in der Sendung einspringen könnte. Pii ist nahe daran, in Tränen auszubrechen, sie muss ihr Bestes tun, damit sie vor aller Augen keine Panik ergreift. Sie fühlt sich schlecht und sagt das Helena auch.

»Hoffentlich bekommst du jetzt kein Fieber«, sorgt sich Helena. »Aber andererseits, du spielst nur die CDs und verkriechst dich ansonsten da im Studio in eine Decke. Da kann man es zum Glück ganz locker nehmen.«

»Wenn nur die Stimme nicht versagt«, krächzt Pii.

Helena muss lächeln.

»Du hast Lampenfieber? Merkwürdig, viele, die vom Fernsehen kommen, empfinden Radio als schwieriger. Aber an sich ist es das gar nicht. Auch wenn deine Stimme versagen sollte, kannst du trotzdem Radio machen und voll aufdrehen. Die Mikros sind heute so toll. Du gehst einfach nah heran, sprichst heiser ins Mikro und du wirst ganze Fanscharen um dich sammeln. Heiser kommt im Radio gut an.«

Pii willigt ein, geht zur Schlachtbank. Sie hat es nicht geschafft, den Job jemand anderem aufzudrücken. Sie muss irgendwie die Nacht überstehen.

»Hast du im Dunkeln Angst?«, fragt Helena überraschend. »Ich meine, fühlst du dich deshalb irgendwie unsicher, macht es dich traurig, allein hier zu bleiben? Der Hirvonen hat ja auch ...«

Pii könnte erzählen, es ist ihr aber peinlich. Sie kann es einfach nicht. Helena bietet ihr die Chance, sich auszutauschen, aber Pii ergreift sie nicht. Sie kennt Helena nicht gut genug, kann ihr nicht vertrauen.

»Nein, im Gegenteil«, sagt Pii. »Ich bin ja eher ein Nachtmensch.«

»Toll, ich dachte nur, für mich war das ja schrecklich, als ich das erste Mal allein hier war«, erzählt Helena, »ich hörte jedes Rascheln und Knacken. Wenn es in den Heizkörpern plätscherte oder der Wind heulte. Einfach alles.«

Darüber müssen beide lachen. Pii fällt auf, dass sie das erste Mal mit Helena über etwas anderes als die Nachrichten spricht. Denkt, dass Helena sie als distanziert eingeschätzt hat, als schwer zugänglich und schroff. So war ich ja auch, begreift Pii.

Nachdem sie noch einen Schnellkurs über die Abläufe im Radiostudio erhalten, die zu spielenden CDs ausgesucht und ihre Schlüsselkarte abgeholt hat, sucht Pii Kaartinen auf. Sie teilt ihm mit, dass sie gern ein offenes Gespräch über ihre Situation sowohl hier im Team als auch im Leben überhaupt führen möchte.

»An sich bin ich keine so schlechte Redakteurin, Kaartinen, aber ich hatte ...«, beginnt Pii, aber Kaartinen unterbricht sie sofort und verkündet, dass er keine Zeit für irgendwelche beruflichen Orientierungssitzungen habe. Er sei genau jetzt auf dem Weg zu einer Besprechung in der Innenstadt.

»Es ist sicher schwer, von der Mattscheibe wegzukommen, mit dem Problem müssen ja auch andere Bildschirmgesichter kämpfen«, äußert Kaartinen, »aber in Anbetracht des Unsinns, den du in letzter Zeit verzapft hast, ist es für das

Image des Senders besser, wenn du auch weiter weg vom Fenster bleibst. Wir brauchen hier keine Skandalpromis.«

Was sollte sie dazu sagen? Pii fällt nichts ein, kein einziges ausschöpfendes Argument. Kaartinen nimmt seine Aktentasche, sagt, dass er die Umfragealternativen fertig auf seinem Schreibtisch haben möchte, wenn er zurück sei. Dann verschwindet er. Eine kleine Finnlandfahne am Revers. Finnland den Finnen, für die Heimat, Finnlands Zukunft liegt in den Händen der Finnen, denkt Pii.

Es lohnt sich nicht, mit Kaartinen zu diskutieren. Vielleicht sollte man einfach nur zeigen, was man kann. Die Chemie zwischen uns wird nie stimmen.

Pii läuft an ihren Schreibtisch und schaltet den Computer an. Zwingt sich, ruhig zu bleiben, sich nicht zu erregen. Richtet ihre Gedanken anderswohin, denkt an ihre Eltern und ihren Bruder, wird sie abkommandieren, am Radio wach zu bleiben.

Sofort, als Kaartinen bestimmt das Haus verlassen hat, ruft Pii Aikku an. Die hebt außer Atem ab.

»Hi, sorry, dass du warten musstest«, keucht Aikku, »ich hab das Telefon nicht gleich gefunden.«

»Was machst du heute Abend?«, fragt Pii hoffnungsvoll.

»Den Antrag.«

»Immer noch?«

»Der ist nur zur Hälfte fertig. Da geht die verdammte ganze Nacht drauf. Warum?«

»Ach, ich wollte dich einladen, mir im Nachtradio Gesellschaft zu leisten.«

»Bist du im Radio?«, wundert sich Aikku. »Ich dachte, du arbeitest beim Fernsehen.«

»Mach ich auch, aber das ist ein kleines Haus. Hier macht jeder alles.«

»Natürlich würde ich irrsinnig gern kommen, aber ...«

»Du kannst nicht. Hey, macht doch nichts. Frohes Schaffen mit deinem Antrag. Schalt das Radio an, ich halte dich wach.«

»Okay. Klasse, dass du angerufen hast. See you.«

»Na dann.«

Im Postfach sind acht neue E-Mails. Marjukka lädt Pii zum Geburtstag ihres Sohns ein und Pii antwortet, dass sie kommen werde. »Wenn ihr mich im Gegenzug an einem der nächsten Wochenenden über Nacht besucht.« Pyry hat eine kleine aktive rassistische Regionalgruppe gefunden, die hauptsächlich Postings im Internet schreibt. »Die haben ihr Quartier ein paar Kilometer außerhalb der Innenstadt. Die Polizei hat dort schon zwei Mal eine Razzia veranstaltet. Meines Wissens handelt es sich vor allem um junge Burschen. Was du in deiner Nachricht beschreibst und was die Bilder zeigen, scheint von genau so einer Gruppe zu stammen, die müssen sich ganz schön bemüht haben, um einen alten südafrikanischen Werbespruch zu kopieren.« Aikku hat eine Thelma & Louise-Karte als Dank für das erfrischende Wochenende geschickt. Und hat nichts gesagt!, denkt Pii. Ach, Aikku! Pii druckt das Bild gleich aus. Darunter steht das Motto der großen Favoritin ihrer Teeniezeit Louisa May Alcott, der Autorin von *Little Women*, das sie zu Tränen gerührt hat: »I'm not afraid of storms, for I'm learning how to sail my ship.« Pathetisch, vielleicht, aber der Satz vervollständigt toll das Versprechen des Terminators wiederzukommen. Und spornt an, mit den vor einem liegenden Prüfungen klar zu kommen, lacht Pii. Nachtradio, here I come!

Sami teilt kurz und bündig mit, dass Maiju wieder zuhause sei und ernsthaft überlege, für ihre Firma nach London zu gehen. »Natürlich gibt es auch dort in der Tube Verrückte, aber trotzdem, wir haben gedacht, dass wir das machen sollten, bevor unser Kind in die Schule kommt, wenn wir das nunmal wollen.« Beim Lesen der Mail beschließt Pii, noch heute einen Schwangerschaftstest zu besorgen. Sie muss ohnehin noch nach Hause, um etwas Material für die Radiosendung zu holen. Da würde sie auch gleich in der Apotheke vorbei gehen. Dieser Gedanke hat bereits vorher versucht, in ihr Bewusstsein einzudringen, aber Pii hat ihn immer wieder zum Schweigen gebracht. Sie hatte wie früher Sex mit Sami, aber sie trägt keine Spirale mehr. Bevor sie Helsinki verließ, hat sie sie entfernen lassen. Eigentlich hätte gleichzeitig eine neue eingesetzt werden sollen, aber das hat sie bleiben lassen.

»Setzen wir doch eine neue ein, wenn wir die Ergebnisse des Pap-Tests haben«, sagte der Arzt.

Den Termin ließ sie sich aber nicht geben.

Ich muss es jetzt wissen, ist Pii eisern entschlossen und verspricht sich selbst, dass sie das nie Sami erzählen würde. Wenn ich ein Kind bekomme, bin ich nicht mehr allein, nie mehr, begreift Pii plötzlich, und das fühlt sich gleichzeitig wunderbar und beängstigend an. Sami gehört nicht dazu, Sami und Maiju und ihr Baby sind eine eigene kleine Einheit, ich mische mich nicht in ihr Leben sein. Sie ziehen ins Ausland. Das ist eine wirklich tolle Geschichte. Meine Geschichte scheint hier abzulaufen. In dieser Stadt. Merkwürdig, aber das ist wirklich meine eigene Geschichte. Ich ließ die Spirale herausnehmen, ich stellte mir vor, dass ich irgendeinen fremden Mann anbaggere und mit ihm ins Bett gehe. Einen One-Night-Stand mit einem smarten Mann habe, den ich in irgendeiner Kneipe aufgabele. Aber in der *Tränke* gibt es keine smarten Männer. Deshalb ging ich auch mit Sami ins Bett. Oh mein Gott, ich habe es wirklich getan.

Pirjo läuft durch das Haus, um Geld für Blumen für Hirvonens Beerdigung zu sammeln. Pii kramt aus ihrem Portemonnaie einen Zwanziger heraus und reicht ihn Pirjo. Verspricht, noch heute auch ihre Schulden im Café zu begleichen. Pirjo versichert ihr, dass sie das auch noch später erledigen könne.

»Es ist doch nichtmal Zahltag heute.«

Als Pirjo geht, sieht Pii weiter ihre E-Mails durch. Kauppi hat Artikel über Morde an Frauen in den Anhang seiner Nachricht gelegt, es sind viele Dateien. Pii sieht die Artikel flüchtig durch, stoppt dann aber bei dem letzten aus der Nykyposti und liest ihn. Der Witwer einer drei Jahre zuvor ermordeten Frau gewährte der Illustrierten ein Interview. Die Familie wohnte in Mittelfinnland bei Raahe. Die Frau war im sechsten Monat schwanger und erwartete das erste Kind der Familie. Schon wieder ein Erstgeborenes, wie bei Eeva-Liisa auch.

Nach zwei Weiterbildungsmails war noch eine übrig. Sie kam von Kaartinen, war aber nicht an sie gerichtet. Es war Kaartinens Antwort auf eine Witzrundmail von Hirvonen. Kaartinen hat versehentlich auf *Allen antworten* geklickt, nicht wissend, dass Hirvonen die Mail nicht nur ihm selbst, sondern noch mehreren weiteren Leuten geschickt hatte. Die Mail ist kurz. In ihr steht nur »Du wirst bezahlen.« Pii sendet die Mail mit einem Anschreiben und den Dateien von Kauppi weiter an Heinos E-Mail-Adresse, die er ihr gegeben hat.

Draußen hat es begonnen, dicke, nasse Flocken zu schneien, der Himmel schüttelt von seinen Bindfäden graue Kinderfäustlinge herab und aus der Landschaft hinter dem

Fenster verschwindet jegliche Farbe. Unten in der Stadt geht alles träger vor sich. Die Menschen laufen langsamer, die Autos fahren langsamer. Nur die Dunkelheit scheint sich in einem Augenblick einzustellen.

Pii ruft ihre Eltern an und blättert gleichzeitig ihre Notizen über das Gespräch mit Teppo Martinsilta durch, ihr erstes Gespräch. Unterstreicht alle auch nur ein wenig auffallenden Punkte mit einem roten Stift. Ein Schuss ins Blaue, denkt Pii. Mama freut sich, als sie Piis Stimme hört, und verspricht, zumindest so lange wach zu bleiben, bis sie einschläft.

»Schön zu hören, dass du wieder lachst«, ist Mama beglückt, »du warst in letzter Zeit so melancholisch.«

»Aikku wohnt hier! Wir sind uns auf der Straße begegnet, sie war schon bei mir zu Besuch.«

»Ach, das ist ja schön«, freut sich Mama. »Papa und ich haben uns sehr gesorgt, weil du so viel allein warst.«

»Na ja«, sagt Pii. »Ihr braucht euch keine Sorgen zu machen, das wird schon. Eigentlich ist es ganz nett hier. Sag Papa, dass ich seine Aufnahme von Heikki Sarmantos *Zärtlichkeit* spielen werde. Und kommt mich besuchen, ich habe jetzt eine neue Bettcouch, auf der man gut schlafen kann.«

»Eure Klasse scheint im nächsten Frühjahr ein Klassentreffen abzuhalten, in Hvitträsk«, erzählt ihre Mutter. »In der Zeitung war eine kleine Meldung, in der Kirkkonummen Sanomat. Man soll sich bald anmelden.«

»Wirklich? Gerade erst habe ich mit Aikku darüber gesprochen ...«

»Das wäre so schön, wenn ihr kämet. Ich habe Ainomaija seit dem Abiturfrühling ja nicht mehr gesehen. Ihre Eltern wohnen ja auch nicht mehr hier. Grüß bitte Ainomaija von uns. Ich habe sie immer für ein intelligentes Mädel gehalten.«

Nach dem Telefonat mit ihrer Mutter ruft Pii nochmals Aikku an, möchte ihr sofort von dem Klassentreffen erzählen. Aikku geht nicht an ihr Handy und Pii sucht die Durchwahl der Biologischen Fakultät im Telefonbuch heraus. In der dortigen Zentrale findet der Mitarbeiter Aikku nicht und vermutet, dass die betreffende Person vielleicht im Chemischen Institut arbeite.

»Ja, natürlich«, leuchtet es Pii ein und sendet eine SMS an Aikku. Sie stellt fest, dass ihr Telefon schon wieder Sperenzien macht, einige Tasten funktionieren, andere muss sie mehrmals drücken, bevor überhaupt etwas passiert. Und auch der Akku ist fast leer, obwohl Pii ihn gerade erst aufgeladen hat. Dann wird der eben ausgewechselt, sinniert Pii, wie alles andere in meinem Leben auch. Die Liebe, das Zuhause, die Stadt, die Arbeit und die Freunde. Oder nein, nicht die Freunde. Die Freunde bleiben, auch wenn alles andere den Bach heruntergeht.

Pii tippt einige einander variierende Themen für die Umfrage in den Computer: Funktioniert dein Handy, wenn es funktionieren soll? Könntest du ohne Handy leben? Wann brauchst du dein Handy am dringendsten? Ist dein Handy seinen Preis wert? Nachdem sie die Fragen für Kaartinen ausgedruckt hat, geht Pii das Material aus dem Internet durch. Sie versucht, den roten Faden zu finden, der sich durch die Sachen zieht. Oder gibt es gar keinen roten Faden? Es gibt nur Scherben, hin und her geschleuderte Teile einer Vase. Pii klemmt sich mehrere Stunden hinter das Material und stellt fest, dass die kleine Redaktion und die wenigen Produktionsmengen schon ihre Vorteile haben: Zeit zum Lesen blieb in Pasila fast gar nicht.

Am Nachmittag, bevor Kaartinen zurückkommt, nimmt Petteri Pii mit in die Innenstadt. Er bringt gleichzeitig Max zum Bahnhof. Dessen Einsatz ist erst einmal vorbei. Zur Frage nach einer möglichen Fortsetzung verhält sich Max entschieden negativ.

»Wir haben gerade in Vaasa ein Haus gebaut. Und die Kinder haben ihre Freunde und die Schule dort. Wir ziehen nicht mehr anderswo hin. Wenn Kinder da sind, ändert sich die Einstellung zu allem. Auch zur Arbeit.«

Pii erbebt. Sie schaut aus dem Autofenster zum Strandpark und sieht, wie eine Frau mit zwei kleinen Kindern Enten füttert.

Petteri meint, dass er mit Kaartinen verabredet habe, auch Hirvonens Arbeit zu übernehmen. Pii hat dazu eine klare Meinung, sie spart sie sich aber für Kaartinen. Sie lassen Max zuerst raus, verabschieden sich und danken ihm für die Unterstützung, auch Petteri, oh Wunder. Max wünscht ihnen weiterhin alles Gute und bemerkt noch, dass er gern wieder für einen solchen temporären Job herkäme.

»Ein paar Tage so für sich hin und wieder sind für einen verheirateten Mann ein seltener Luxus.«

Pii versichert, dass sie die Sache bei Kaartinen zu Sprache bringen werde. »Solche Situationen gibt es immer mal wieder. Und Petteri kann ja auch nicht alles machen.«

»Für einen Finnlandschweden ganz in Ordnung«, witzelt Petteri, als er vom Parkplatz vor dem Bahnhof zurück auf die Straße fährt. Pii ist amüsiert. Petteri hat also nicht nur Vorurteile gegenüber Menschen anderer Hautfarbe und gegenüber Frauen. Petteri hat Bedenken gegen alles, was auch nur ein bisschen von außen in seinen eigenen Bereich eindringt.

Als Pii dann vor der Apotheke aus dem Auto steigt, dämmert es bereits. Die Tage sind kurz und lichtlos. Die Abende kommen schnell. Wie wunderbar wäre es, zur Apotheke und dann nach Hause zu gehen, das Telefon auszuschalten und das ganze Nachtradio zu vergessen, sinniert Pii, aber sie weiß, dass sie das niemals tun könnte. Sie konnte es einfach nicht.

»Du bist doch nicht etwa krank, wenn du zum Pillendreher musst«, fragt Petteri.

»Nein, nein. Ich hole nur ein paar Vitamin-C-Tabletten und so Zeugs«, erklärt Pii und nimmt den Rucksack auf den Schoß. Petteri wendet scharf und überfährt beinahe einen Radfahrer. Pii erschrickt, schreit und stellt fest, dass sie automatisch bremst, obgleich der Sitz für Hasenfüße ja über gar keine Bremse verfügt.

»Hoppla«, entfährt Petteri, »den Alten hab ich ja gar nicht gesehen.«

»Puh«, bringt Pii heraus, »zum Glück ist nichts passiert.«

Pii öffnet bereits die Tür, als Petteri nochmals auf das morgendliche Gespräch zurückkommt.

»Nochmal zu diesem Nachtradio. Also im Prinzip sind ja alle Extras für mich i. O., weil ich ja nur meinen Praktikantenlohn kriege und ... Aber Nachtjobs kann ich nicht machen, weil Anu ...«

»Gut zu wissen«, entgegnet Pii lächelnd. Sie begreift das Gespräch als Entschuldigung von Petteri und möchte zeigen, dass sie die akzeptiert. »Ich laufe zurück. Es tut gut, etwas Sauerstoff ins Gehirn zu bekommen.«

»Ach, ihr Neger habt auch ein Gehirn«, witzelt Petteri, und Pii grinst.

»Im Gegensatz zu euch Männern.«

Heino geht das Verhörprotokoll schon das dritte Mal durch. Er sitzt auf der Couch am Ende des Korridors. Versucht, Zugang zu der auf dem Papier aufgezeichneten Person zu bekommen. Hat das Zimmer mit seiner stickigen Atmosphäre verlassen, um sich die Beine zu vertreten. Die Lider sind schwer und die Augen blutunterlaufen. Der Schlafmangel ist jetzt schneller sichtbar als noch etwa vor einem Jahr. Heino wirft einen Blick aus dem Korridorfenster nach draußen. Schaut einen Augenblick auf die vor der gegenüber liegenden Pizzeria herumhängende Clique, wundert sich, wie diese Kinder, nach ihrer Größe schätzungsweise jünger als zehn Jahre, zu dieser späten Tageszeit noch draußen sein dürfen. Ihre Eltern können sonstwo sein und wer weiß in welcher Verfassung. Oder sie sind zuhause und sehen in diesem Zustand nichts Besonderes. Sich um ihre Kinder zu kümmern gelingt heutzutage ungewöhnlich vielen nur ungewöhnlich schlecht. Und ich bin mir nicht sicher, ob es mir je gelänge. Ich wäre ja hier, auf dem Revier, ich bin doch häufiger hier als zuhause. Ich wäre hier, und ich wüsste nicht, ob oder wo sich mein Kind herumtriebe, grübelt Heino und kehrt kopfschüttelnd zu den Papieren in seiner Hand zurück.

Der Küster wurde vor ein paar Stunden nochmals verhört, nun auf Heinos Veranlassung. Er hat auf die Fragen in nahezu gleicher Weise geantwortet, zumindest dem Anschein nach bereitwillig. Hat die Geschehnisse der Tage vor dem

Mord an Eeva-Liisa Martinsilta in der Gemeinde, im Pfarramt und im eigenen Leben wiederholt.

»Ich hatte an dem Abend einen Termin beim Zahnarzt, da hinten wird eine Brücke eingesetzt.«

Rissanen und Ålander haben alles überprüft, seine Bewegungen sind bekannt, da gibt es keine Unklarheiten. Dennoch quält Heino etwas, aber er kann nicht genau sagen, was es wäre. Santala hat Heino mehrfach zum Schlafen abkommandiert, aber Heino weiß, dass er es gar nicht erst zu erwägen braucht, schlafen zu gehen. Haukka taucht plötzlich im Korridor auf und erkundigt sich laut, ob Heino schon die Liste der Untersuchungen an Eeva-Liisa Martinsilta gesehen habe.

»Nein, wird sie denn schon verteilt?«

»Aber ja.«

»Ich will sie sofort haben, hat Santala sie bekommen?«

»Ich vermute ja. Er wollte sich für eine Stunde hinlegen, aber sofort geweckt werden, wenn etwas anliegt.«

»Anliegen tut ja die ganze Zeit etwas«, lacht Heino, »aber morgen früh brauchen wir funktionierende Gehirne.«

»Ich hole sie dir, und auch einen Kaffee?«

»Na ja, dieses eine Mal. Obwohl, nachher werde ich wieder drei Liter davon trinken, so wie früher, bevor ich damit aufgehört habe. Ich gehe ins Kontor.«

Haukka lacht. Santalas intensives Arbeiten hat Heino aus seinem eigenen Zimmer verjagt, und er hat sich seitdem in einer Ecke des Sitzungszimmers einquartiert. Unterhält dort sein Kontor. Im Raucherzimmer wurde schon über die Unvereinbarkeit der großen Egomanen gelästert, obgleich es keine Beweise für Zwistigkeiten zwischen beiden gibt. Im Gegenteil. Sie scheinen wirklich gut miteinander zurechtzukommen. Obgleich man davon ausgehen kann, dass Heino sich bis an seine

Grenzen anstrengt. Für den führungsgewohnten Heino ist es nicht unbedingt leicht, Santalas Befehlempfänger zu sein.

Heino erhebt sich, streckt seinen Rücken und schüttelt seine Arme aus. Geht mit kreisenden Nackenbewegungen zum anderen Ende des Korridors. Im Sitzungszimmer öffnet er als erstes die beiden Fenster, obwohl er weiß, dass das im automatisch klimatisierten Haus nicht erlaubt ist. Sofort verdrängt die kühle Nachtluft die sich im Zimmer eingenistete muffige Luft. Heino macht tiefe Atemzüge und schaltet alle verfügbaren Lampen an. Er räumt den Projektortisch, den er als Arbeitstisch für sich erobert hatte, von allen Papieren leer und breitet diese in chronologischer Reihenfolge auf dem großen Verhandlungstisch bis an die Ränder aus, so dass man um den Tisch herumgehen und mit jedem Dokument neue Informationen aufnehmen kann.

»Das ist es«, sagt Heino halblaut und beginnt, den Tisch zu umkreisen, »man muss nur imstande sein zu lesen ... Muss nur die Beziehungen zwischen den Dingen sehen ... Oh, nur gut, dass Santala nicht hört, dass ich mit mir selber spreche«, lacht Heino, »der schickt mich sonst in den Urlaub.«

Das Zimmer kann man nicht als gemütlich bezeichnen. Es ist trostlos, basta! Aber das Revier ist ja auch kein Wellnessbad, denkt Heino, Hauptsache, es regnet nicht hinein und es ist genug Luft da. Nur an einem Teil der Einrichtung hat er etwas auszusetzen. Wenn die wirklich mit der Sanierung des Polizeireviers beginnen, würde er eine schriftliche Zusicherung verlangen, dass jeder einzelne Teppichboden im Haus herausgerissen würde. Teppichböden sind ..., denkt Heino noch, aber im gleichen Moment lässt ihn ein anderer Gedanke in der Mitte des Raumes stehen bleiben. Ein Bild baut sich hell und klar vor ihm auf. Eigentlich verwirrend offensichtlich.

Von der Apotheke läuft Pii nach Hause. Die Bäume haben ihre Arme entblößt, der böige Wind hat die Blätter bewegt. Die Luft ist voller Wintersamen. Pii eilt vorwärts, stößt die Kälte aus dem Weg, ermutigt sich für den Abend und die Nacht. Der Schwangerschaftstest springt im Rucksack auf und nieder. Der ist ein guter Grund, zuhause vorbeizuschauen. Sie möchte den Schwangerschaftstest in ihrem eigenen Bad durchführen. Gleichzeitig wird sie bequeme Kleidung für die Nacht anziehen. Eine weiche Hose und einen Pullover, Wollsocken, so plant es Pii. Noch ein paar Bücher für die Sendung, sollte ihr doch einmal nichts einfallen, worüber sie reden könnte.

Hirvonens Fahrrad steht unten herum. Als gehöre es dahin, unter Piis Fenster. Die Dame von oben sitzt am offenen Fenster und liest in der Zeitung. Ihr Mann ist nicht zu sehen. Vielleicht schläft er ja und seine Frau kann etwas durchatmen. Pii läuft die Treppe hoch. Ist außer Atem.

Zwei Zeitungen, die Telefonrechnung und eine Erinnerung der Wohnungsgesellschaft an den gemeinsamen Arbeitseinsatz zur Säuberung des Geländes um das Haus herum. Pii bringt die Post geradewegs zum Esstisch und geht in die Küche, um die Wasserflasche aufzufüllen. Nimmt ein kleines Paket Sultaninen aus dem Küchenschrank und packt es für den Fall der totalen Ermüdung mit in den Rucksack. Wirft Mantel und Rucksack in den Sessel und schließt sich mit dem Test im Bad ein. Der ist ganz einfach zu machen, aber Pii muss tief durchatmen, bevor sie sich das Ergebnis anschauen wird. Sie sammelt erst alles Mögliche für die Sendung zusammen. Aus dem CD-Regal neben der Couch nimmt Pii einige CDs mit. Die eigenen CDs vervollständigen gut die Standardschlagermischung des Senders. Sie nimmt sich Zeit, die richtige Musik auszuwählen, und denkt dabei daran, was Pirjo sagte. Keine Lärmmusik. Nimmt schließlich nur Musikerinnen mit: Björk, Lisa Nilsson, Rebekah Del Rio, PJ Harvey, Tori Amos, Annie Lennox, Melissa Auf der Maur, Maaya Sakamoto, Kate Bush, Cindy Lauper und Suzanne Vega. Außerdem nimmt sie noch das Greatest-Hits-Album von Carola Standertskjöld, ein Geschenk ihrer Mutter, und das Album *Zärtlichkeit* vom Orchester ihres Vaters mit. Ein ziemlicher Rettungsreifen für die einsamen Momente der Nacht, sinniert Pii. Vom Couchtisch nimmt sie das Büchlein *Stress and personality factors*. Das nimmt sie manchmal als Material für die Nachrichten.

Schließlich begibt sich Pii ins Bad, um das Testergebnis anzuschauen. Das Stück Weg vom Wohnzimmer bis zur Badtür scheint ihr riesig lang zu sein. Während sie dorthin läuft, fällt sie eine Entscheidung über die Tapeten für den Flur und eine über eine weitere Investition: Sie wird sich eine neue, schönere Garderobe anschaffen und alte Kinderfotos vergrößern und an der einzigen freien Wand anbringen. Pii hört, wie das Blut in ihren Ohren rauscht. Sie nimmt das Teststäbchen hoch und wirft einen Blick darauf. Das Ergebnis ist eindeutig. Anders, als Pii es sich vorstellte. Die Linie lässt keinen Raum für Spekulationen. Pii hört das Klingeln des Telefons, lässt es aber weiterklingeln. Jetzt nicht. Fassungslos steht sie mit dem Stäbchen in der Hand da und überlegt, was sie wohl denken solle.

Pii räumt auf, wirft das benutzte Stäbchen in den Mülleimer unter dem Handwaschbecken. Sieht sich im Spiegel an, sucht im Gesicht Zeichen irgendeines Gefühls. Ist in den Augen Enttäuschung zu sehen? Erleichterung? Freude? Glück oder Trauer? Nein. Nichts. Ihr Gesicht verrät sie nicht.

Nachdem sie sich die Hände gewaschen hat, geht sie ins Schlafzimmer, um sich umzuziehen. Schon an der Tür weiß sie, dass etwas nicht in Ordnung ist. Pii ist sich sicher, dass sie das Fenster am Morgen offen gelassen hat. Das macht sie immer so. Sie hat eine Obsession für das Lüften entwickelt. Jetzt ist das Fenster geschlossen. Jemand war hier, schreckt Pii auf, jemand war in meiner Wohnung. Panik ergreift sie unvermittelt. Sie schnürt ihr die Kehle zu, die Atmung beginnt zu zischen. Alles andere weicht zurück, um der Angst Platz zu machen. Pii sucht mit den Augen nach möglichen Sprengladungen, aber alles scheint unverändert zu sein. Nur der Papierstapel auf ihrem Nachttisch wurde verschoben. Das Freundschaftsbuch ist nicht mehr da, wo sie es hingelegt hat. Es liegt jetzt ganz oben auf dem Stapel. Jemand hat ihre Papiere durchsucht. Pii geht zurück, sie wagt es nicht, in der Wohnung zu bleiben, die Schranktüren zu öffnen, sie zieht sich nicht um. Sie stolpert ins Wohnzimmer, greift nach Mantel und Rucksack und geht. Weiß bereits, dass die Tapeten keinerlei Bedeutung mehr haben, auch die Couch, der Sessel und der Esstisch nicht. Nervengas strömt ins Zimmer. Das gerade erst fertig eingerichtete Heim wird in einem einzigen Augenblick zu einer Isolierzelle.

Pii ruft Heino an, sobald sie das Haus verlassen hat. Der ist in einer Sitzung und Pii wird mit der Telefonzentrale verbunden. Sie hinterlässt keine Nachricht. Etwas später würde sie nochmals anrufen. Beginnt schon während des Telefonats, an ihrem Erinnerungsvermögen zu zweifeln. Ist sie sich sicher, dass sie das Fenster offen ließ? Ist sie sich wirklich sicher? Hat sie nicht in letzter Zeit viele Dinge versehentlich getan? Und das Buch? Sie wollte es doch mitnehmen? Hat sie es nicht doch selbst auf den Papierstapel gelegt? Sie ist sich nicht mehr sicher, sie ist sich wirklich nicht ganz sicher. Oh mein Gott, bin ich hysterisch, glaubt Pii, genau wie Aikkus Mutter mit ihrem Herd und ihrer Kaffeemaschine.

Dass sie die Nacht im Haus des Senders verbringt, ist für sie eine immer verlockender erscheinende Option. Dort hinter verschlossenen Türen ist sie jedenfalls in Sicherheit.

Als Pii beim Sender ankommt, sind alle anderen bereits weg, nur Seppo und Pirjo sind noch da. Seppo in seinem Kabuff sitzend, und Pirjo die Küche des Cafés reinigend. Pii hat den Eindruck, dass die beiden nur auf ihre Ankunft gewartet haben, und ist ihnen dafür dankbar. Es ist viel leichter, in ein Haus zu gehen, wenn Menschen da sind.

»Da sind wir ja«, sagt Seppo sichtlich erleichtert. Ob der Arme geglaubt hat, dass ich gar nicht komme und er die Show hätte durchziehen müssen?, grübelt Pii und zeigt dem Codeschloss an der Tür ihre Schlüsselkarte. Seppo kommt zur Tür seines Kabuffs, macht eindeutig den Abflug.

»Ist noch keine höchste Eisenbahn.«

»Ich war noch zuhause«, erklärt Pii.

»Du bist eine gefragte Persönlichkeit«, informiert Seppo sie, »es gab mehrfach Anrufe für dich.«

»Wer hat denn gefragt?«

»Hat sich nicht vorgestellt. Hat auch nicht um Rückruf gebeten. Ich habe ja extra gefragt.«

»Mann oder Frau?«

»Ein Mann«, antwortet Seppo. »Obwohl: Man weiß es nicht immer, wenn man das Gegenüber nicht sieht, und manchmal weiß man es nicht, obwohl man das Gegenüber sieht. Hat jedenfalls keinen Namen genannt.«

»Hm, wird schon wieder anrufen«, entgegnet Pii und erinnert sich, dass ihr Telefon beim Schwangerschaftstest geklingelt hat. Sie wird nachher, wenn sie allein ist, die Nachrichten auf der Mailbox abhören.

»Und die hat deine Freundin gebracht«, fügt Seppo hinzu und reicht Pii rote Wollsocken.

»Ach, Aikku? Wie schön!«

»Ich soll dir eine tolle Sendung wünschen.«

Pii ist guter Laune, Aikkus Fürsorge tut gut und ist bemerkenswert. Ich muss mich auch gut um Aikku kümmern, denkt Pii, damit sie nicht unter die Räder kommt. Aikku hat es auch nicht leicht.

Pii geht noch schnell mit Seppo die im Falle eines Alarms wichtigen Dinge durch.

»Die Lampen lassen wir an, als wären hier noch mehr Mitarbeiter. Wenn wir das Nachtradio senden, ist der Alarm immer aus, aber bislang ist noch nie etwas passiert. Es gibt ja auch nicht wirklich etwas zu stehlen. In den Schulen wird es modernere Gerätschaften als hier geben. Wenn du morgen früh Schluss machst, schaltest du die Alarmanlage an und löschst das Licht. Die Leuchten auf dem Vorplatz bleiben an und auch die in der Eingangshalle, die brennen automatisch. Die anderen Lampen sollten aber schon ausgeschaltet werden.«

Pii bedankt sich bei Seppo und wünscht ihm eine gute Nacht. Hofft bis zuletzt, dass Seppo dableiben würde, »um zu schauen, dass alles funktioniert«, aber er sagt, dass er gemeinsam mit Pirjo losginge.

»Wir müssen in die gleiche Richtung, wir wohnen doch im selben Stadtteil. Und Pirjo schafft es noch zu ihrem Bridgeabend. Also gute Nacht. Falls ich munter bleibe, werde ich mir zumindest den Anfang anhören.«

»Na, dann habe ich ja zumindest einen Zuhörer«, antwortet Pii und spürt, wie sich der Klumpen, der sich im Bauch angesammelt hat, vergrößert. Sie fühlt sich etwas labil, teilweise wohl auch, weil sie nichts gegessen hat. Ich hatte wirklich nichts Ordentliches gegessen heute, stellt Pii fest und macht sich auf den Weg zu Pirjos Tresen, um nach einem Erste-Hilfe-Paket für Idioten zu fragen.

»Ach je, du bist aber wirklich blass«, sagt Pirjo mit bekümmerter Stimme, »einen Moment, ich pack dir etwas auf den Teller ...«

»Danke«, verneigt sich Pii, »und sorry. Ich war ja zuhause und wollte mir Proviant mitnehmen, aber beim Wollen blieb es dann.«

»Na, ich hab doch immer was da«, bestärkt sie Pirjo, »wenn auch nichts Warmes mehr. Ich bring dir was rüber ins Studio. Geh nur, bereite dich auf die Sendung vor.«

Pii muss schlucken. Ein Teil des ständig wachsenden Horrors hängt mit der Sendung zusammen. Vier Stunden live in den Ohren von Truckern und anderen Nachtschichtlern, von Schlaflosen, Verlassenen, Enttäuschten, von frisch Verliebten, von ihre Kinder zuhause Erwartenden, von gemeinsam mit ihren Kolik-Babys wachenden Müttern und von Nachtradiofans. Vier Stunden sind eine lange Zeit. Pii begreift, dass sie einen Fehler gemacht hat. Ihre Vorbereitung beruhte auf der Vermutung, dass sie am Ende gar nicht ins Studio müsse. Sie hat sich keine Gedanken über ihre Moderation zwischen den Stücken gemacht, nicht ausgerechnet, wie viele Songs sie in den vier Stunden spielen könne, nichts. Pii schaut auf die Uhr im Korridor. Noch hat sie Zeit, das Ganze in den Griff zu bekommen.

ALS SEPPO UND Pirjo losgehen, checkt Pii, dass die Eingangstür verschlossen ist. Sie prüft sie einmal, dann ein zweites Mal und, bevor sie schließlich ins Studio geht, noch ein drittes Mal. Ja. Die Tür ist verschlossen. Die Eingangstür, die Zwischentür und jede einzelne Tür auf dem Korridor. Ins Haus gelangt keiner von außerhalb, beruhigt sich Pii selbst. Hinein kommt man nur mit dem Codeschlüssel.

Pii kann nicht alle Sachen auf einmal tragen und muss mehrmals den Weg zwischen ihrem Zimmer und dem kleinen Radiostudio zurücklegen. Jedes Mal, wenn sie das Studio verlässt, horcht sie auf die Stille im Haus, auf das gleichmäßige Summen, auf das Geräusch des Getränkeautomaten, auf das Geflüster der Wände der Korridore, auf das Knarren der Türen, auf die eigenen Schritte.

Pii lässt für sich selbst Streckenlichter an, eine dunkle Ecke auf dem Weg vom Studio über den Radiokorridor bis zum großen gemeinsamen Korridor und zur Eingangshalle darf es nicht geben. Sie erstellt eine Liste der CDs, die sie spielen möchte, und übt die Annahme von Anrufern; so wie Helena es ihr empfohlen hat, wird auch Pii den Zuhörern das Wort geben. Um die Wolfsstunde zwischen zwei und drei auszuknocken, sind Gespräche richtig vonnöten. Pii lädt die CDs in der richtigen Reihenfolge, die, die in der ersten halben Stunde gespielt werden sollen, passen ins CD-Deck und warten dort auf ihren Einsatz. Sie beginnt mit Shirley Basseys *All by myself*, das ist Piis Einladung an alle einsamen Wachgebliebenen, an alle, die Gesellschaft oder was auch immer suchen. *All by myself*, singt Shirley, *ganz allein.*

Bevor die Sendung beginnt, hört Pii die Nachrichten auf ihrer Mailbox ab. Es sind zwei, die erste von ihrem kleinen Bruder, der verspricht, Pii zu hören, und sie beschwört, ihm Grüße zu senden. Joels Stimme zu hören verschafft Pii Erleichterung. Sie würde den Bruder bitten, über ein Wochenende zu Besuch zu kommen, und ihm die Stadt zeigen, ihn auch in die *Kneipe* führen. Die zweite Nachricht ist bloße Stille. Oder nein: Autos dröhnen und jemand atmet. Sonst nichts. Pii versucht, sich gute Alternativen auszudenken, Papa hat angerufen und nicht begriffen, dass er zur Mailbox umgeleitet wurde, Aikkus Telefon hat Pii irgendwann angerufen, weil Aikku vergessen hat, die Tastensperre einzuschalten, Petteri hat angerufen, um noch etwas zu sagen, aber dann ist ihm nichts eingefallen

»Wichser«, schreit Pii, als ob am anderen Ende noch jemand wäre, »die Polizei ist schon hinter dir her! Hör auf mit den Belästigungen!« Die Mailbox schweigt, Pii schreibt Aikku eine SMS und erst, als sie im Sendebericht sieht, dass die Mitteilung angekommen ist, schaltet sie das Handy aus. Legt es mit der Schlüsselkarte und der Armbanduhr neben den Stapel CDs. Die Studiouhr zeigt Viertel vor Mitternacht.

Das Radiostudio ist ein klitzekleiner Raum, in dessen Mitte ein eckiger Tisch mit drei Gastmikrofonen steht. Weil Pii alles selbst macht, sitzt sie hinter dem Tisch und hört die Nachrichtensendung aus Pasila. Danach ist sie an der Reihe.

Die Musik erfüllt den Raum, Shirleys Stimme stülpt das Herz um. Mit diesem Lied gesteht die Fernsehredakteurin Pii Marin, dass sie wirklich einen Partner fürs Leben sucht, träumt Pii vor sich hin, und feuchtet sich den Mund an, bevor sie die Zuhörer zur Mitternacht begrüßt.

»Hier sitze ich an deiner Seite bis zum frühen Morgen, damit du nicht allein zu sein brauchst«, beginnt sie. »Du bist zum Nachtradio herzlich eingeladen. Heute sprechen wir über Veränderungen, über die eingetretenen, über die unter dem Teppich hervorgekehrten, über die beabsichtigten. Über die guten und die schlechten, über die überraschenden und die lange geplanten. Über die im Körper und in der Seele, in der Umwelt und in einem selbst. Ich bin Pii Marin und lade dich ein zur Veränderung.«

So eine Plauderei ins Mikrofon hat etwas merkwürdig Intimes, bringt eine Art besonderer Sensitivität hervor. Die Kopfhörer auf den Ohren lassen Muße zum Nachdenken. Für einen Augenblick verschwindet das Haus um Pii herum, die Stadt um das Haus herum, die Welt um die Stadt herum. Für einen Augenblick ist nur dieses stille kleine Studio vorhanden.

Pii hat sich als Thema also die Veränderung gewählt und zur Sicherheit ein paar Frauenzeitschriften und Bücher mitgebracht. Sollte ihr nichts mehr zum Reden einfallen, könnte sie immerhin die *Vorher - Nachher*-Seiten hervorholen und sich damit befassen, wozu oder wie man sich verändern möchte.

»Die Verkehrsmeldungen musst du immer sofort lesen, wenn sie hereinkommen, und vergiss nicht das einleitende Jingle, damit die Zuhörer innehalten«, erklärte ihr Helena. »Die Nachrichten müssen pünktlich kommen, ebenso das Zeitzeichen. Behalte die Studiouhr im Blick, mit einem Lied kommst du immer gut bis zu den Nachrichten, das kannst du besser ausblenden als irgendeine Geschichte, die dann unvollendet bleibt.«

Obwohl alles glatt geht, obgleich Pii gewissermaßen die besondere Atmosphäre der Nacht genießt, die vollständige Ruhe im Haus und das Fehlen alles Überflüssigen, kann sie nicht abschalten. Ihr schwirrt der Kopf, die Hände sind kalt und schwitzig und die Schultern sind verkrampft. Sie vermutet, dass die Aufregung in ihrer Stimme zu hören ist, versucht, sich zu drosseln, Luft zu holen, sich zu dämpfen. Sie spricht einfach zu schnell und zu viel. Verschwendet überhastet ihre Themen. Pii zwickt sich in die Wangen, drückt sich die Fingernägel in die Handflächen. Sie versucht, sich nicht in ihren eigenen Gedanken zu verlaufen, versucht, nicht an die sich angesammelte Stille auf der Mailbox zu denken, an das geschlossene Fenster im Schlafzimmer, an Hirvonen an der Studiodecke, an Eeva-Liisa und das Baby im Kühlfach der Pathologie, an das Auto auf dem Parkplatz vor dem Sender, an das Geschmiere an der Wand. Immer wenn Musik ins Studio strömt, geht Pii einen Deal ein, für jeden schlechten Gedanken einen guten Gedanken. Sie denkt an ihre Eltern, die zukünftigen Großeltern, in ihrem Ehebett mit dem Radio auf dem Nachttisch, an ihren Bruder, wie er mit seiner Freundin im Auto Radio hört, an Aikku in ihrem Arbeitszimmer mit dem kleinen Kofferradio im Bücherregal. Sie denkt an die ältere Dame oben in ihrem Haus, die oft nachts nicht schlafen kann. Sie versucht, sich ihrer Angst zu entledigen.

Bei jeder sich bietenden Gelegenheit dehnt Pii sich den Nacken, steht auf und versucht, die Wirbelsäule in Bewegung zu halten, Blut in den Kopf zu bekommen. Sie späht in regelmäßigen Abständen durch das Glasfenster in den Korridor und schilt sich gleich darauf selbst. Du bist ja verrückt. Nicht durchdrehen. Ruhig Blut bewahren. Trotzdem geht sie noch einige Male zu einer Kontrollrunde bis in die Eingangshalle. Ist erleichtert und beschämt, wenn sie sieht, dass alles leise und ruhig ist. Etwas mehr Augenmaß!

Wachzubleiben und zu arbeiten fühlt sich jedoch gleichsam zweckmäßig an, zumindest viel sympathischer, als die eigenen Dinge immer wiederzukäuen. Auch mit den Schaltern und Reglern kommt Pii gut zurecht, denn Helena hat alles für die Sendung Notwendige so gut gekennzeichnet, dass Pii gar keine Chance hat, etwas zu vermasseln.

In der zweiten Stunde geht alles etwas gemächlicher zu. Kate Bush lässt alles einfach erscheinen, und weil Pii nicht an Kameras denken muss, zieht sie die Schuhe aus und legt die Füße auf den Stuhl. Zieht Aikkus Socken an. Morgen würde sie die Funkstille beenden, würde ihren ehemaligen Chef anrufen, würde die Sachen durchsprechen, würde von ihrem Entschluss hier zu bleiben erzählen und würde ihr Glaubensbekenntnis aufsagen: Ich glaube an den öffentlichen Dienst, an die Pflege der nationalen Kultur und an den Staatlichen Rundfunk. Sie würde das Haus hier nicht verlassen. Sie kann sich weder vorstellen, Reklamefilmchen zu fabrizieren, noch *Wer wird Millionär* zu moderieren. Ich muss diesen Beruf hier von vorn erlernen, ohne die Vorstellung von einer Rückkehr nach Pasila, steht für Pii jetzt fest. Sie weiß, dass sie eine Gefangene ihrer Hautfarbe ist, dass sie in die Wolfsgrube gefallen ist, in die man sie auch werfen wollte. Ich habe begonnen, alles durch mich selbst widerzuspiegeln, mein Bild ist an mir vorbei gewachsen, es ist so groß geworden, dass es aus mir eine unnütze Redakteurin gemacht hat. Ich brauche eine Fortbildung und einen Tritt in den Arsch, Kaartinen von der vaterländischen Volksbewegung erhält mit mir eine fleißige Schülerin.

»Und jetzt ist es Zeit für eure Anrufe«, spricht Pii entschlossen ins Mikrofon. Sie schließt sich an den Stuhl und die Wirklichkeit an. Wenn ihr die Anrufe auch Angst bereiten, so rennt sie doch gegen diese Angst an. Lässt sich von ihren Gedanken keine Schlinge um den Hals legen. »In der nächsten Stunde erhaltet ihr, liebe Zuhörer, das Wort. Gehst du mit einer Veränderung schwanger? Bist du von Veränderungen abhängig? Leistest du gegen Veränderungen Widerstand? Ruf an und erzähl uns von deinen Erfahrungen. Du erreichst uns unter der altbekannten Nummer Nullzweinulldreisechzehntausend und im Studio wird dein Anruf erwartet von Pii Marin.«

Der erste Anrufer ist ein junger Bursche, der erzählt, dass er neulich bei der Musterung gewesen sei.

»Ich wollte immer zur Armee gehen, zur Luftwaffe, aber jetzt habe ich gerade eine neue Freundin, und wenn die hier bleibt, dann wird das echt schwer ...«

Nach dem Gespräch grüßt Pii ihren Bruder, dessen Musterung in einem Jahr ansteht. Danach ruft eine zweifellos betrunkene Frau an, deren Gerede für Pii völlig unverständlich ist.

»Aber, aber«, haspelt die Frau, »aber, aber.«

Pii kann der Frau einen einigermaßen kompletten Satz entlocken und beendet das Gespräch daraufhin. Der dritte Anrufer ist ein sechzigjähriger Mann, der vor kurzem in Rente gegangen ist. Er spricht von einer Einstellungsänderung, die vonnöten ist, damit die Menschen nicht in alles einwilligen.

»Das Flaggschiff der estnischen Börsengesellschaft versenkt seine Abwässer in den Finnischen Meerbusen, und was machen wir? Nichts. Uns wurde unsere finnische Unnachgiebigkeit, unsere Sisu, genommen, uns darf man frank und frei auf den Kopf schlagen. Und, um Himmels willen, wir werden auch geschlagen!«

Die Geschichten der Anrufer sind interessant, einer möchte den Arbeitsplatz wechseln, eine nach Lappland ziehen, einer möchte sich Hundewelpen anschaffen, eine abnehmen. Viele gute Themen für Dokumentarfilme, sinniert Pii, als sie den nächsten Anruf entgegennimmt.

»Und wen haben wir denn nun an der Strippe?«, fragt Pii. »Hallo? Du bist live in der Sendung.«

Aber niemand antwortet, niemand sagt ein Wort. Pii hört nur ein Rauschen, nur das Brummen eines Autos. Nur Stille. Ein Eisen kracht auf ihre Brust. Pii muss würgen.

»Na gut«, bringt Pii heraus. »Hier ist nichts zu hören, unser Anrufer scheint aus einer toten Ecke anzurufen ... Spielen wir zwischendurch etwas Musik.«

Das muss nichts bedeuten, das kann irgendjemand sein, das muss nicht das sich wiederholende Stalking sein. Natürlich ist es das nicht. Das kommt immer wieder vor, in jeder Live-Sendung, versichert sich Pii selbst, aber es bleibt doch ein leeres Gefühl. Während der Nachrichten geht Pii auf die Toilette und hört nach der Lautlosigkeit im Haus. Sie ist unverändert, die Lampen brennen, der Parkplatz vor dem Haus ist leer, in der Thermoskanne ist noch Kaffee. Alles in Ordnung, wiederholt Pii, alles in Ordnung.

In der letzten Stunde, nach verschiedenen aufgelisteten Vorhaben und nach der Schilderung von Lebenssituationen von Menschen, die in ihrem Leben scharfe Wendungen durchgemacht haben, vor und nach der Wendung, erzählt Pii von ihrem Opa, der sich bis zum Schluss eine Bereitschaft für Veränderungen bewahrt hat.

»Opa sang häufig ein Lied, das ungefähr so ging: Ändert sich der Mensch und in welche Richtung kann der morgige Weg führen? Da sind zwei gute Fragen zusammengebunden und es kann ja sein, dass, sofern sich der Mensch ändert, auch der Weg in eine neue Richtung abbiegt.«

Pii wünscht den Zuhörern Geduld und Mut bei ihren Veränderungen und einen guten neuen Tag.

»Ich bin Pii Marin und ich bedanke mich für eure Gesellschaft heute Nacht. Hier ist für euch Cindy Lauper mit *Time after Time*.«

Pii singt mit Cindy mit, dreht den Stuhl, tanzt auf der Stelle. Sie hat es geschafft. Sie hat die Sendung durchgezogen, ist nicht in Panik geraten, ist nicht abgehauen, hat nicht angefangen zu weinen. Sie verzeiht sich selbst, schließlich und endlich. In diesem kleinen Studio, mitten in der Nacht, in dieser Stadt, in der sie ihr Kind großziehen wird. Pii begreift, dass die Dinge sich ändern, und fürchtet das nicht mehr. Sie singt, singt aus voller Kehle, fühlt eine kleine, reine Freude, eine private, ihre eigene.

»Lying in my bed I hear the clock tick, and think of you
Caught up in circles of confusion – Is nothing new
Flashback – warm nights – Almost left behind
Suitcases of memories, Time after –«

»Ein toller Song«, sagt Aikku an der Tür. Pii zuckt zusammen.

»Oh mein Gott«, sagt Pii, »oh mein Gott, Aikku! Mann, hast du mich erschreckt! Wie bist du denn herein …? Regnet es?«

Aikku ist blass, fast weiß im Gesicht. Als wäre sie krank. Oder todmüde. Sie hat einen durchsichtigen Regenumhang an.

»Ich habe deine SMS bekommen«, sagt Aikku. Ihre Stimme ist heiser, nicht weinerlich, aber enttäuscht, schrecklich enttäuscht. Sie hat Schuhüberzieher aus Kunststoff an den Füßen, Gummihandschuhe an den Händen.

In dem Augenblick wird Pii alles klar, die Enden der Fäden verknüpfen sich miteinander, die Festplatte funktioniert wieder, alle in den letzten Wochen gesammelten Informationen lassen sich strukturieren. Die Erkenntnis lässt Piis Körper einfach erbeben, und sie ist nicht imstande, ihre durch das plötzliche Begreifen entstandene Furcht zu verheimlichen. Aikku riecht ihn sofort, spürt schon den Geruch des Schreckens, den bitteren, lähmenden Geruch der Todesangst.

»Du …?«

»Gewiss«, antwortet Aikku. »Wie hast du es herausgefunden …?«

»Die Frauen waren in deiner Probandengruppe«, flüstert Pii, »Eeva-Liisa auch?«

»Kluges Mädchen«, lacht Aikku.

»Mitochondriopathien«, erwidert Pii. »Ich habe darüber gelesen. Du hättest nicht davon reden sollen. Ich bin Redakteurin, Aikku, weißt du, es wurmt mich, wenn ich nicht im Bilde bin.«

»Du warst Redakteurin«, lädt Aikku nach, »derzeit bist du ein nervöses Wrack. Dich kann man so leicht aus der Bahn werfen, konnte man schon immer. Viel braucht man dafür nicht, ein paar Anrufe, Autolichter.«

»Du hast angerufen?«

»Ich, ja, wer sonst? Du warst schon immer so. Schon auf der Penne hast du dich nicht getraut zu schlafen, wenn man dir Geistergeschichten erzählt hat.«

Getroffen und versenkt. Um ein Haar.

»Du hast die Lebersche Optikusatrophie untersucht«, entgegnet Pii ganz ruhig, »nicht wahr? Aber nicht an der Uni.«

»Oho«, lacht Aikku, »da hat wohl jemand seine Hausaufgaben gemacht!«

»Ich hatte schon immer eine Vorliebe für die Research-Phase. Die haben dich an der Uni nicht gefunden.«

»Ja, weil ich nicht mehr da bin, deshalb. Nur noch ganz für mich, Pii, in meinen eigenen vier Wänden.«

»Alle die Frauen kommen aus Nordfinnland, oder? Hast du sie unter diesem Aspekt ausgewählt?«

»Ich gebe nur selten Interviews, aber du kriegst eins, aus alter Gutmütigkeit. Ein Deep-Dive der Nachrichtenredakteurin, können wir das so nennen?«

»Die kommen alle aus Nordfinnland«, wiederholt Pii mit metallener Stimme.

»Ja-hah. Dort entstehen unter Inzuchtbedingungen ziemlich viele Krankheiten«, lacht Aikku, »so dass der Präsident deiner Mutter eigentlich einen Orden verleihen sollte. Hat sie sich doch von etwas weiter her Blut geholt. Aber trotzdem wundere ich mich, wie sie so einen Fehlgriff machen und einen schwarzen Mann nehmen konnte. Oder hat sie ihn im Dunkeln ausgewählt und konnte nichts sehen ...«

»Hör auf damit, Aikku. Du ekelst mich an. Kommen wir zur Sache.«

»Zur Sache«, lacht Aikku.

»Dein anderes Forschungsgebiet«, schreit Pii fast, »über das du gesprochen hast?«

»Ja, das habe ich mir ausgedacht.«

Pii macht einen Schritt auf Aikku und die offene Tür zu, wendet ihren Blick nicht von Aikku ab.

»Du hast meine Sachen durchwühlt, nicht wahr?«

»Als du die Pizza geholt hast, habe ich die Schlüssel nachmachen lassen. Den Schlüsselcode hatte ich ja schon. Das Freundschaftsbuch war ganz schön entlarvend, oder?

›Meine beste Freundin: Pii Marin. Das mag ich: Leberauflauf, Laufen, Babysitten und Pii. Das mag ich nicht: Kohlrouladen, Hochsprung, Mama, wenn sie schreit.‹«

»Der Kärcher«, bringt Pii vor, »der war damals bei dir im Auto, als du mich hergebracht hast. Aber nicht mehr, als wir einkaufen gefahren sind. Schau hin, konzentriere dich, erinnere dich! Ich erinnere mich, Aikku.«

»Das hätte dir im Leben auch nutzen können«, versetzt Aikku kurz.

»Das war dein Fehler. Du hättest ihn im Auto lassen sollen, dann hätte ich dem keine Beachtung geschenkt.«

»Zu dem Zeitpunkt stand ja schon in der Zeitung, dass das Pfarramt gereinigt wurde.«

»Ich hab gemerkt, dass er fehlt«, sagt Pii und stellt sich direkt vor Aikku hin. Spürt Aikkus Geruch, spürt Aikkus Atem in ihrem Gesicht, sieht die dunklen Ringe unter Aikkus Augen, die Falten in den Augenwinkeln, das Zittern der Oberlippe. Sie muss in den Korridor gelangen, sie muss hier raus. Aikku versperrt ihr mit den Händen den Weg. Ihr Gesicht ist gefasst, die nichts enthüllende Oberfläche eines Teiches mit schlammigem Boden. Sie würde niemals imstande sein, sie kann nicht, nicht mich, wir waren doch die besten Freundinnen, grübelt Pii, aber weiß, dass sie zu viel erhofft.

»Weil du selbst keine Kinder bekommen kannst? Deshalb hast du Eeva-Liisa und die anderen getötet?«

»Mach es dir nicht zu einfach, Pii, mach es dir nicht zu einfach. Denk an die Lebersche Optikusatrophie.«

»Die kriegen dich«, sagt Pii.

»Nein, keineswegs«, faucht Aikku, »eines nach dem anderen. Interessierst du dich als Redakteurin gar nicht für die Hintergründe? Häh? Ich erzähl dir was. Ich bin ein guter Interviewpartner, ich hab was zu sagen. Hatte ich schon als Kid, aber damals hat das ja keinen interessiert, natürlich nicht, in unserer Klasse war ja das wunderbare Kakaogesicht Pii Marin. Du hast immer alle Aufmerksamkeit auf dich gezogen.«

»Das kann nicht dein Ernst sein«, scheit Pii auf, »überleg doch mal, wie das war. Das einzige schwarze Kind in Kirkkonummi zu sein. Alle gucken und die großen Kinder hänseln einen.«

»Auch das hast du zu einem Sieg wenden können, hast alle Erwachsenen auf deine Seite gezogen.«

»Zur Hölle mit dir«, schreit Pii.

»Na, na, jetzt gehen aber die Nerven mit dir durch. Aber jetzt hör mir noch mal zu. Die Lebersche Optikusatrophie. Lange hat man sich über das Vererbungsmuster gewundert, weil sie sich nicht an die Mendelschen Gesetze hält, Pii, und nie vom Vater auf das Kind übertragen wird.«

»Ich will deine Vorträge nicht mehr hören«, sagt Pii trotz ihrer Furcht. Mit trockenem Mund, mit eiskalten Fingerspitzen.

»Du hast nicht allzu viele Alternativen. Deine Sendung ist drüben in Helsinki, alle glauben, dass du hier fertig bist, die Putzen kommen erst in einer Stunde. In einer Stunde kann man viel schaffen. Wenn man alles im Voraus geplant hat.«

Pii bewegt sich, versucht, unter Aikkus Arm hindurch zu kommen, aber Aikku drängt sich an sie, drückt sie gegen den Türrahmen, hält sie am Nacken fest.

»Ich will dir das jetzt fertig erzählen, Pii, jetzt hör mir mal zu, was ich zu sagen hab, auch wenn deine eigenen Angelegenheiten so viel wichtiger sind ... Schau, im Mitochondrium gibt es ein eigenes DNA-Molekül und das vererbt sich einzig und allein über die Mutter. Alle DNA-Moleküle des Mitochondriums des sich entwickelnden Embryos stammen von der Mutter. Die Mutter ist also die Wurzel allen Übels. Ich habe an alle 18–45-jährigen Frauen, die aus Nordfinnland stammen, einen Brief geschrieben, ihnen von meiner Forschung erzählt und Freiwillige gebeten, sich zu melden. In dieser Phase war nur eine Schwangere unter den Freiwilligen, Tuija. Tuija habe ich zuerst getötet, hab die Reinigung mit einem Kärcher vollendet, so wie jetzt auch. Sofort danach bin ich ins Ausland gegangen, bin zwischendurch immer mal wieder nach Finnland gekommen, hab meine Probandinnen getroffen, hab zu ihnen vertrauliche Beziehungen aufgebaut. Wenn mir eine Schwangerschaft zu Ohren gekommen ist, hab ich einen Plan erstellt. Jede kriegte eine individuelle Behandlung. Alles ging gut, zwischen den Fällen wurden nie Zusammenhänge hergestellt. Erst jetzt.«

»Wie hast du Eeva-Liisa zum Pfarramt locken können?«, fragt Pii, das muss sie wirklich wissen.

»Ich hab Eeva-Liisa aus einer Telefonzelle angerufen, wir waren doch Freundinnen, sie hat mir vertraut. Ich hab auch ihre Teppiche gereinigt, war bei ihnen zu Besuch ... Ich hab am Telefon geheult, gesagt, ich wäre in Käkelä und ich hätte gehört, dass ich Krebs hätte. Eeva-Liisa hat mir aufgetragen, dass ich warten solle, sie käme sofort. So war sie, eine Helferin von Beruf.«

Aikku beginnt kraftlos zu lachen wie über einen dummen Witz, behält aber Piis Bewegungen die ganze Zeit im Auge, will verhindern, dass sich Pii aus dem Staub macht. Aikku lacht laut und schrill, als müsse sie ihre spektakuläre Übermacht zeigen.

»Schade, dass du nicht nach diesen anderen Frauen gefragt hast«, lacht Aikku schallend, »schade, dass du diesen Polizisten nicht nach ihnen gefragt hast. Schau, Pii, die haben überhaupt nichts gemerkt. Es sollte ja auch niemand etwas merken, jeder einzelne Fall war auf das Opfer zugeschnitten, einzigartig. Sie geschahen mit langen Pausen, in verschiedenen Regionen und waren alle gut vorbereitet. Den Kärcher habe ich nur beim ersten und bei diesem Mal verwendet. Auch der Künstler signiert ja sein Werk. Aber by the way: keine zwei gleichen Muster, und niemand hat bislang bemerkt, dass sie miteinander zusammenhängen und ...«

»Die werden dich kriegen«, spricht Pii direkt in Aikkus Gesicht, »du bist verrückt.«

Pii stößt sich an Aikku vorbei, sie drängt mit Gewalt, Aikku lockert ihren Griff, Pii kann das Studio verlassen. Sie würde hinausgelangen, sie würde die Polizei anrufen ... sie stolpert hinter der Tür über den Kärcher.

»Oha«, lacht Aikku und zieht Pii an den Haaren hoch, »Sag nicht, dass du nicht neugierig bist, du solltest neugierig sein! Ich hab von dir eine SMS gekriegt, du bist trächtig, und wenn das Kind die Lebersche Optikusatrophie hat? Und wenn du die Krankheit in dir trägst und sie auf deinen kleinen Sohn überträgst, was ihn von anderen Leuten abhängig macht, was?«

»Woher soll ich denn wissen, ob es ein Junge oder ein Mädchen wird, woher kann ich denn wissen, ob die Schwangerschaft gut ausgeht und ob das Kind überhaupt geboren wird?«

»Vielleicht weißt du es nicht, aber ich weiß es, beruhigt dich das nicht? Ich weiß, wie deine Schwangerschaft ausgeht. Es wird eine Unterbrechung geben. Ich erklär dir das jetzt ganz idiotensicher und du hörst zu. Mein kleiner Wachhund folgt uns und wir laufen jetzt ganz gemächlich über diesen Korridor ...«

Pii versucht, sich loszureißen, aber Aikku ist stärker und es gelingt ihr, Piis Hände hinter ihrem Rücken mit dem Stromkabel des Kärchers zusammenbinden.

»Die Lebersche Atrophie, Pii, ist eine Erkrankung des Sehnervs, aber keine x-beliebige Augenkrankheit, nei-hein, Pii. Die Lebersche Optikusatrophie kann ein nettes kleines Paket neurologischer Symptome sein, ein der Multiplen Sklerose ähnelndes Krankheitsbild, Skelettabweichungen, Zwangsbewegungen und Steifheit, Herzsymptome, das Wolff-Parkinson-White-Syndrom oder etwa Bewegungsstörungen in den Mund- und Kinnmuskeln. Stell dir vor, Pii, dass dein kleiner kakaofarbener Sohn Schwierigkeiten hat zu kauen oder zu sprechen, wenn er diese kleinen Nebenwirkungen hat ... Die verlieren ihre Sehfähigkeit, die Leute, eine heilende oder vorbeugende Medikation gibt es nicht.«

»So what?« fragt Pii. »Gibt es nicht eine wahnwitzige Anzahl von Krankheiten auf der Welt, kann nicht jeder von uns an welcher Krankheit auch immer erkranken?«

»Ja, durchaus. Und deshalb muss die Verbreitung jeder dieser verdammten Krankheiten verhindert werden. Du hast diesen Genotyp der Inzucht von deiner in Nordfinnland geborenen Mutter erhalten, Pii, tut mir echt Leid, es wär toll gewesen, wenn du adoptiert gewesen wärst. Stell dir vor, ich hab das geglaubt. Aber du hast mich angelogen, du hast mich betrogen, Pii.«

Aikku streichelt über Piis Haare, Pii bebt vor Hass, Aikku nimmt das wahr und ihr Gesichtsausdruck ändert sich. Wenn Aikku jetzt lächelt, ist sie schon ganz eine Fremde, Pii kennt sie nicht, nicht diese Aikku. Aikku teilt ihr mit, dass sie Piis Tod betrauern werde.

»Weißt du, Pii, ich glaub, dass ich bei deiner Beerdigung heulen werde. Ich werde deine Mum in die Arme nehmen und wir werden gemeinsam heulen, ich werde der Familie mein Beileid ausdrücken, sie besuchen, ich werde für sie sozusagen zu einem Ersatz, zur Tochter, die sie verloren haben. Ich hab deine Family immer gemocht, es sind großartige Menschen, und bei euch zuhause ist immer eine so warme Stimmung, ganz anders als bei uns.«

Pii möchte schreien, aber diese Genugtuung will sie Aikku nicht geben. Aikku macht das ja mit Bedacht, möchte Pii in Panik versetzen. Stochert in ihren Wunden, kennt Piis Familie, weiß um deren enges Verhältnis. Pii muss würgen, beißt die Backenzähne zusammen, zwingt sich, ihr Zittern einzustellen.

Aikku holt ein Samttuch aus ihrer Tasche. Zeigt darin ein Messer, sagt, es wäre das zweitbeste Messer auf der Welt.

»Das beste ist ein chinesisches Messer mit breitem Griff, aber das benutze ich nur, wenn ich Essen zubereite. Diese Black Beauty ist etwa so wie du, Pii, die zweitbeste Qualität. Ein Fällkniven K1.«

Pii möchte ausspucken, treten, irgendetwas tun, damit dieses überhebliche Lächeln aus ihrem Blickfeld verschwindet. Aikkus Augen glänzen, sie ist im Begriff zu weinen. Weine, wünscht Pii beschwörend, weine, weine, weine! Wenn du weinst, werde ich fliehen.

»Piichen, klitzekleines Piilein, was bist du doch dumm! Wie kann das Fortschreiten der Krankheiten aufgehalten werden? Wie geschieht das, wenn man nicht ahnt, dass man selber potentieller Krankheitsträger ist? Um die Pest auszurotten, waren ziemlich große Operationen notwendig. I am a cleaning woman, Pii, das ist eine bloße Reinigungsmaßnahme. Mehr nicht.«

Pii tritt zu, sie tritt Aikku zuerst mit dem Knie, trifft sie am Oberschenkel, Aikku heult auf, lässt Pii reflexartig los. Pii macht kehrt, tritt den Kärcher mit voller Kraft, setzt ihn in Bewegung. Aikku versucht, Pii zu ergreifen, der Kärcher ist zwischen ihnen, eine böse kläffende Töle, er erwischt Aikku am Schienbein, Aikku verliert das Gleichgewicht, fällt, Pii rennt los, die Hände hinter dem Rücken, den Kärcher scheppernd hinter sich herziehend. Aikku steht schon wieder, läuft los, schreit Pii hinterher, sie solle stehen bleiben, flucht. Der Kärcher poltert an die Wände, Pii läuft den Korridor entlang, versucht, die Hände loszureißen, sie muss die Hände frei bekommen, sie muss die Korridortür öffnen, sie muss es schaffen ...

»Ich hab dich immer beim Laufen besiegt, oder?«, lacht Aikku, »obwohl ihr da doch so verflucht gut sein sollt.«

Pii rennt um die Ecke, sie wird ins Studio gehen, von dort würde sie hinaus gelangen, das weiß Aikku vielleicht nicht. Aikku rennt schon. Ich muss es als erste schaffen, ich muss durch die Eisentür des Studios hineinkommen.

»Die Schlüsselkarte!«, spottet Aikku, schon ganz nahe. »Wo ist denn deine Schlüsselkarte, Pii?«

Pii ist wie gelähmt. Ihr Fehler. Der letzte in einer langen Liste von Fehlern. Pii gelangt nicht durch die Tür, sie bekommt ihre Hände nicht aus dem fest verknoteten Kabel frei. Ihre Schlüsselkarte liegt im Radiostudio auf dem Tisch, neben Cindy Lauper.

»Ich hab ja eine«, und Aikku zeigt ihr ihre, »und das war so einfach. Die Leute passen einfach nicht auf ihre Sachen auf, die lassen sie leichtsinnig ... Ich war doch hier, hab dir die Wollsocken gebracht. Und siehe da: Jetzt habe ich die Schlüsselkarte der Lady aus dem Café.«

Aikku weiß, dass sich die Tür vor Pii nicht öffnet, sie hat also keine Eile mehr, Pii steckt in einer Sackgasse, ein Reh im Lichtkegel der Autoscheinwerfer direkt vor dem Aufprall. Aikku schreitet in aller Ruhe vorwärts. Pii dreht ihr Gesicht nicht weg, sie fleht nicht, sie wirft sich nicht auf die Knie und bettelt nicht um Gnade.

»Heino weiß Bescheid«, sagt Pii, »ich habe ihm von deinen Forschungen erzählt. Und ich habe ihm auch gesagt, dass du versprochen hast, die selbstgewebten Teppiche von Mama abzuholen und zu waschen. Mit dem Kärcher, weil das so praktisch sei.«

Aikkus Hand geht hoch, ihr Gesicht verzerrt sich, die Augen werden zu zwei dünnen Strichen. Als das Messer in Piis

Bauch sticht, schreit Pii nicht einmal. Sie sieht ein blau blinkendes Licht, ein sich drehendes Licht, ein sich näherndes Licht. Das ist alles.

Weiß, weiß, ganz weiß. Nur Weiß. Der Tod ist ja doch nicht schwarz, sondern weiß, analysiert Pii, ja natürlich.

»Guten Morgen«, sagt jemand leise. Pii erkennt die Stimme, sie nimmt die sich vor einem weißen Hintergrund abzeichnende weiße Form einer Lampe wahr und dreht vorsichtig ihren Kopf. Sie schafft es, ihren Blick schärfer zu stellen. Sieht durch den Nebel ein Fenster, weiße Wände, ein weißes Waschbecken und einen Spiegel darüber, einen weißen Kleiderschrank, eine weiße Tür, eine weiße Trennwand. Sie ist im Krankenhaus. Sie liegt in einem weißen Zimmer, unter einer weißen Bettdecke, in einem weißen Krankenhemd. Auf dem Handrücken weiße Pflaster, ein Stück weißer Mull, der Plastikkopf einer Nadel. Ein Tropf an einem Ständer speit Lebenskraft in ihre Adern. Auf einem kleinen Tisch neben dem Bett stehen Blumen. Eine junge Krankenschwester steht neben ihr. Hauptwachtmeister Juha Heino hinter ihr.

»Aha«, jault Pii. »Und ich dachte, ich ...«

»Wie fühlst du dich?«, fragt die Schwester. Beugt sich zu Pii, Pii könnte sie berühren, wenn sie am Ertrinken wäre.

»Benommen«, bringt Pii heraus.

»Hast du Schmerzen?«

»Nein.«

»Wenn du welche verspürst, drück sofort die Klingel, du bekommst dann gleich eine Schmerzspritze. Du brauchst nicht zu leiden. Und der Arzt wird auch bald nach dir schauen.«

»Okay«, sagt Pii und schaut der Schwester in die warmen Augen. Die Schwester schüttelt ihr Kopfkissen auf und verlässt den Raum. Heino stellt sich neben Pii. Kommt ganz nahe, schaut Pii warmherzig an.

»Wo ist Aikku?«, fragt Pii.

»In Verwahrung«, entgegnet Juha Heino. »Und für lange.«

»War sie es?«

»Ja. Fünf Morde hat sie auf ihrem Konto. Und von dem sechsten war sie nicht weit entfernt. Es hätte nicht viel gefehlt, und du ... In ihrer Wohnung haben wir alles fehlende Beweismaterial gefunden, den größten Teil hast du uns ja schon geschickt ...«

»Wenn sie gewollt hätte, hätte sie mich getötet«, flüstert Pii.

»Hätte sie sicher.«

»Wie bin ich ...? Habe ich ...?«

»Die Ärzte wissen sicher mehr, die Milz hast du wohl verloren, aber ohne die kann man vermutlich leben.«

Mehr sagt Heino nicht, aber Pii weiß Bescheid. Sie spürt den an die Oberfläche strebenden Schmerz im Bauch. Sie weiß, dass die gerade erst wahr gewordene Schwangerschaft beendet wurde, bevor sich richtig angefangen hat. Pii hebt ihren Arm, schafft es aber nicht hoch genug. Sie sucht nach Heinos Hand, der versteht, greift nach ihrer. Seine Hand ist warm, groß. Pii schließt die Augen, heißes Wasser verbrennt die Lider.

»Deine Eltern und dein Bruder sind da. Soll ich sie hereinbitten?«, schlägt Heino vor.

Mama, denkt Pii erleichtert und kann nun nicht mehr verhindern, dass die Tränen laufen. Mama und Papa und Joel.

»Wann sind sie denn gekommen?«

»Sofort, als sie es erfuhren.«

»Da hast du ja dann auch meine Familie kennen gelernt«, murmelt Pii.

»Ich werde mich dann noch mit dir unterhalten, wenn du dich etwas besser fühlst«, erwidert Heino und für Pii sieht es so aus, als lächle er. Pii nickt. Sie ist nicht imstande zu antworten. Sie vermutet, dass Heino versteht. Sie ist am Leben, hätte tot sein können. Sie hat das gerade erst begriffen, gerade gespürt, dass sie lebt. Das schmerzt mehr als der Tod. Der Schmerz zieht einen ins Leben zurück,

»Wenn du das nächste Mal Ermittlungen anstellst, ruf mich bitte vorher an«, sagt Heino an der Tür. Pii nimmt das als letzten Stimmungsaufheller und bemüht sich um ein kleines Lächeln. Heino sieht übermüdet aus. Ein Dreitagebart macht einen Mann nicht zu einem Brad Pitt.

»Ich rufe sofort an, wenn ich ein Telefon habe«, verspricht Pii, »wirklich. Vielleicht schickst du die Schwester doch sofort wegen der Spritze herein.«

»In Ainomaija Haapasalos Arbeitszimmer an der Wand war ein altes Klassenfoto. Dich erkennt man sofort.«

»Natürlich«, lacht Pii und grinst. Die Wunde im Bauch schmerzt. Ein Lachen hält sie noch nicht aus. »Das ist ja nicht schwer zu erkennen, das einzige schwarze Mädchen der Klasse.«

»Daran nicht«, entgegnet Heino langsam. »Du warst die einzige, die lächelt. Breit, so dass die Zähne zu sehen sind.«

»Vielleicht werde ich irgendwann wieder so lächeln«, flüstert Pii.

»Ganz sicher«, sagt Heino.